MARKUS BEHR

STRASSENMUSIK

Product footprint
CO_2 Neutral
PBN-CFMCP-015258
www.preferredbynature.org

MIX
Papier aus verantwortungsvollen Quellen
FSC® C014138
FSC
www.fsc.org

Grafische Gestaltung: Dorothea Löcker, Wien
Umschlagabbildung: © Frank/AdobeStock
Druck und Verarbeitung:
FINIDR, s.r.o., Český Těšín
ISBN 978-3-7117-2133-4

Informationen über das aktuelle Programm
des Picus Verlags und Veranstaltungen unter
www.picus.at

MARKUS BEHR

STRASSEN MUSIK

ROMAN

PICUS VERLAG WIEN

Donnerstag, 5. September

»Dankeschön!«

Kaum hat Jonas die Gitarre der Frau ins Gepäckfach gehievt, schon gibt sie ihm die Hand.

»Hi! Ich bin Chiara.«

»Ich heiße Jonas.«

Noch während er spricht, setzt sie sich hin, um in ihrer Tasche zu kramen, das Klappern der Gegenstände entspricht rhythmisch genau der Bewegung ihrer leicht zerzausten langen Locken. Vermutlich ist sie etwas jünger als er. Jetzt steckt sie sich Kopfhörer in die Ohren und blickt auf ihr Handy. Macht man das neuerdings so? Fremden Leuten im Zug die Hand geben, seinen Namen sagen und ihnen dann keinerlei Beachtung mehr schenken?

Der nächste Halt ist Rheine.

»Entschuldigung, diesen Platz hab ich reserviert«, sagt jemand zu der lockigen Frau.

»Was? Ach so. Tut mir leid.« Es klingt nicht, als ob es ihr wirklich leidtäte. Eher so, als freute sie sich, dass jemand Größeres gleich ihren Rucksack und die Gitarre für sie herunterhebt, worum sie den Mann, der den Platz reserviert hat, auch bittet und was dieser sofort tut, »Selbstverständlich, gern«, sagt er, »Gute Reise noch.« »Danke.« Wieder schaut sie aufs Handy, und schon ist sie weg.

Was will die wohl mit der Gitarre?, fragt sich Jonas.

Chiara wartet im Gang, vor ihr steht der Schaffner und kontrolliert Fahrkarten. Also stellt sie die Gitarre auf den Boden.

Mit sechzehn hat sie zum ersten Mal in einer Fußgängerzone Musik gemacht. Im Januar, bei Schnee und klirrender Kälte. Ihr Vater hat sie damals für verrückt erklärt, zu Unrecht, die Leute gaben schon allein deshalb Geld, weil sie beim Spielen fast eingeschneit wurde. Drei Kinder nötigten ihre Mamas zum Stehenbleiben, wahrscheinlich weil sie so lustig aussah unter dem Schnee, aber auch weil sie nicht nur *Eternal Flame* und *Männer sind Schweine* sang, sondern auch das Biene-Maja-Lied. Was ihr Vater nicht wusste: Sie hat das Ganze nur wegen Frau Meiring gemacht. Die wohnte nämlich in der Osnabrücker Altstadt. Frau Meiring fuhr immer mit dem Bus, sie würde genau dort, wo Chiara stand, aussteigen, bis vier Uhr nachmittags war sie in der Schule, das wusste Chiara, wahrscheinlich würde sie gegen halb fünf da sein. Leider kam sie erst um zwanzig nach fünf, da war Chiaras Thermoskanne längst leer, sie hatte manche Lieder schon zum dritten Mal gesungen – es waren nur sechs oder sieben, mehr hatte sie nicht geprobt –, sie fror sich die Finger und Zehen ab und stimmte gerade zum vierten Mal ihre Gitarre nach, ausgerechnet in diesem Moment kam der Bus. Die mittleren Türen öffneten sich wie ein Vorhang für Frau Meiring. Sofort fing Chiara an, *Cornflake Girl* zu spielen, sie wusste, Frau Meiring fand diese Tori Amos toll, die Gitarre war immer noch nicht perfekt gestimmt, und als Frau Meiring tatsächlich stehen blieb und mit offenem Mund ihre Tasche abstellte, da kam Chiara ins Schwitzen. Vielleicht passiert es jetzt, dachte sie, vielleicht sagt Frau Meiring »Du zitterst ja, du musst dich erst mal aufwärmen« und lädt mich in ihre Wohnung ein. Zu Hause hatte sie sich noch mehr ausgemalt: wie sie in Frau Meirings Badewanne lag und wie sie einander kurz darauf intensiv berührten, so wie der Junge und die Frau in dem Buch aus ihrem Deutschunterricht, *Der Vorleser*.

»Bravo!«, rief Frau Meiring am Ende des Liedes, sie klatschte, warf zwei Euro in den Korb und flüsterte: »Viel Erfolg noch!«, dann ging sie weiter. Chiara spielte noch drei Lieder und fuhr nach Hause. Immerhin lagen am Schluss zwanzig Euro im Korb. Später, in der Badewanne, gab sie sich wieder ihrem Badetraum hin. Nein, sie hatte nicht wirklich die Erfüllung dieses Traumes erwartet. Ein schönes Gespräch auf dem Sofa, vielleicht eine Berührung der Hände beim Griff nach dem nächsten Keks und sie wäre glücklich gewesen. Stattdessen war sie nun erkältet, lag am Tag darauf mit Fieber im Bett und verpasste die nächste Deutschstunde. Nachts ging das Fieber zurück, dafür kam wieder ein Juckreiz-Schub.

Der Schaffner ist weg, Chiara geht weiter und setzt sich ins Bordrestaurant.

Sie darf nicht mehr über das Ergebnis aus Graz nachgrübeln. Das geht sie im Moment nichts an, besser an Amsterdam denken. Wenn das Ergebnis kommt, dann kommt es eben, entweder ist sie drin oder nicht. Sie wird in Amsterdam auf der Straße spielen, und es werden Leute stehen bleiben. Vielleicht nicht sofort, aber irgendwann.

Jonas denkt an seine eigene Gitarre. Die lag heute Morgen immer noch auf dem Teppich, neben einer leeren Kaffeetasse und den Socken von gestern. Eigentlich wollte er vor der Abfahrt noch aufräumen.

Vorhin ist er zusammengezuckt, nach dem Einsteigen. Da war jemand mit Jeansjacke, ganz vorn im Abteil, er dachte, das wäre Verena. Schon seit Wochen denkt er bei Jeansjacken immer sofort an Verena. Womöglich wird er auch in Amsterdam ständig glauben, Verena zu sehen.

Verena ist bald mit dem Studium fertig, trotzdem wohnt sie noch bei ihren Eltern, darüber lässt sie nicht mit sich reden.

Ihr letztes Gespräch ist jetzt drei Wochen her. Jonas hatte sich einen Mittwochabend dafür ausgesucht, mittwochs sind ihre Eltern immer bei einem Tangokurs. Er kam um acht Uhr an und wusste, ihm standen genau zwei Stunden zur Verfügung, um kurz nach zehn würden die Eltern wieder da sein. Wie erwartet zog Verena ihn gleich zu Beginn vor den Fernseher.

»Könntest du den Fernseher ausmachen?«

»Wieso?«

»Ich muss mal mit dir reden.«

Sie schaltete den Ton aus, ließ den Fernseher aber weiterlaufen. Man sah eine Herde von Zebras. Jonas wusste, er würde gleich der Böse sein. Die Geschehnisse der letzten Wochen setzten ihn ins Unrecht. Für sie musste es aussehen, als wäre sie ihm nicht mehr gut genug, jetzt, wo Wunderwerk endlich den Vertrag bei Universal Music Deutschland hatten. Zumal Kasimir, ihr Gitarrist und Sänger, seine Freundin bereits zwei Wochen vorher durch eine deutlich hübschere ausgetauscht hatte, kurz nach dem Auftritt beim Festival im Park. Kasimir hatte ihnen mindestens dreimal erklärt, seine alte Beziehung sei »sowieso schon lange tot« gewesen.

»So. Worüber willst du jetzt reden?«

Sie hatte eine Chipstüte geöffnet und griff hinein.

»Ich wollte mal mit dir reden. Über so ein paar Sachen.«

»Dann red mal.« Wieder griff sie nach den Chips, obwohl sie noch kaute. Die Öffnung der Tüte glich einem großen Fischmaul.

»Ich meine vor allem Sachen, die uns beide betreffen.«

»Ja. Hab ich mir schon gedacht.«

»Was hast du dir gedacht?«

Sie kaute wieder eine Weile, dann sagte sie: »Dass du über uns beide reden willst. Über unsere Beziehung.«

»Warum, findest du auch –«

»Das hab ich nicht gesagt.«

»Na, jedenfalls find ich«, sagte er, »wir haben schon lange nicht mehr so richtig miteinander geredet.«

»Das stimmt doch nicht. Wir reden jeden Tag miteinander.« Sie schüttelte den Kopf, wie jemand, der sich wehrt.

»Aber nicht mehr so wie früher. Vielleicht fällt dir das nicht auf.« Dass er das Gefühl habe, es stimme etwas nicht mehr, sagte Jonas, und dass irgendwas erstarrt sei, leider ging beim Wort »erstarrt« das Stottern wieder los, das »s« wurde zum langen »schschsch«, dann prallte es gegen das »t« wie ein Spechtschnabel gegen Holz, »t-t-t-t«, Verena lächelte mit einem Mal, so wie früher, wenn es unvermittelt über ihn gekommen war, sie wusste ja, er hatte als Kind gestottert, inzwischen passierte es nur noch selten, zum Beispiel, wenn er ihretwegen nervös wurde, was ihr meistens gefiel, nun aber, nach fünf weiteren »t«, schien sie in Apathie zu versinken, Jonas brachte doch noch das Wort »erstarrt« heraus und sprach weiter: dass er den Eindruck habe, auch sie fühle sich nicht mehr richtig wohl bei ihm, jedenfalls nicht mehr so wie früher. »Das ist jetzt kein Vorwurf. Aber das ist für mich irgendwie auch b-b«, bei »blöd« stotterte er aufs Neue, weil es ihn irritierte, weiterhin keine Regung in Verenas Gesicht zu sehen, er hatte eigentlich mit einem Wutausbruch gerechnet, aber nichts passierte, sie nickte nur noch, als wollte sie sagen, dass sie schon Bescheid wusste. Er holte Luft. »Das ist echt kein Vorwurf«, wiederholte er. »Na, jedenfalls glaub ich, es ist das Beste, wir sehen uns erst mal länger nicht.«

Sie saßen eine Weile still da, dann füllten Verenas Augen sich mit Tränen, zumindest nahm er einen Glanz auf ihren Pupillen wahr. Schließlich griff sie nach der Fernbedienung, schaltete den Fernseher aus und guckte auf den schwarzen Bildschirm, so als hätte sie gerade begonnen fernzusehen. Sie sah nacheinander die Fernbedienung, die Bettdecke, auf der sie saß, und das Kissen neben sich an.

»Du meinst, wir reden zu wenig, und deshalb reden wir am besten *gar nicht* mehr«, sagte sie. »Alles klar. Klingt voll logisch.«

»Na, jedenfalls find ich, so wie jetzt, so geht das nicht weiter. Und deshalb, ach, ich weiß auch nicht.«

Sie begann, in der Zeitschrift auf ihrem Bett zu blättern.

»Möchtest du lieber, dass ich gehe?«

»Wie du willst.«

Sie blätterte weiter. Und schien irgendwas zu lesen. Und blätterte wieder weiter.

»Wann fangt ihr jetzt mit euren Aufnahmen an? In dem Studio?«

»Nächste Woche.«

»Und? Freust du dich?«

War das ein Vorwurf? Nein. Es war eine Frage, wie man sie auch Bekannten stellte, in der Mensa oder so.

»Ich geh dann jetzt am besten.«

Sie ließ das Heft sinken. »Ja. Ist wohl wirklich besser.«

Was las sie da eigentlich? Es war eine Zeitschrift ohne Bilder. Sie klappte das Heft so zu, dass man nur die Rückseite sah.

»Ich bring dich runter.«

Im Flur umarmte sie ihn, nicht fest, aber doch für mehrere Sekunden, beim Öffnen der Tür sah sie kurz in sein Gesicht, wieder glänzte etwas auf ihrer Pupille. Bevor sie die Tür schloss, berührte sie mit dem Finger ihr linkes Augenlid. »Ich melde mich so in –«, sagte er, aber die Tür war geschlossen, bevor er ausreden konnte.

Es war kurz nach neun. Wenigstens musste er nicht befürchten, auf dem Weg zur Haltestelle ihre Eltern zu treffen.

Jonas guckt auf die Uhr. Bald beginnt der erste Wunderwerk-Auftritt ohne ihn am Bass. Es wäre schön, jetzt einzunicken und erst kurz vor Amsterdam wieder wach zu werden.

Chiara sitzt im Bordrestaurant und schaut wieder aufs Handy. Sie hat gestern ein neues Lied aufgenommen, das will sie sich noch mal anhören, vor allem die Stelle beim Refrain, wenn sie »Und das Wasser sinkt nach innen« singt, dazu spielt sie d-Moll, gefolgt von C-Dur und D-Dur, das ist ein cooler Stimmungswechsel, bei dem sie »Aber ich kann neu beginnen« singt. Zuerst findet man die eigene Stimme beim Anhören immer seltsam, das wird zum Glück aber schnell besser, der harte, rhythmische Anschlag der Saiten bei C-Dur groovt total, das findet sie auch jetzt noch, ihr Körper zuckt wieder. Vielleicht sollte sie den Song Judith Holofernes schicken. Chiara und ihre Mutter waren früher große Wir-sind-Helden-Fans. Judith Holofernes hat bestimmt nicht mehr so viel zu tun, die freut sich, die ist nett und wird antworten.

Am anderen Fenster sitzt eine blasse Frau mit Lippenstift gegenüber einem Mann mit Krawatte. Beide essen Suppe. Gehören die zusammen? Auch Frau Meiring trug in der Schule manchmal einen hellen Lippenstift, dadurch glänzte ihr Gesicht noch mehr, wenn sie vorne an der Tafel stand, eine längere Haarsträhne hinters Ohr strich und leise »So, jetzt alle mal herhören« sagte. Chiara sieht sich um, langsam könnte die Bedienung kommen. Frau Meiring war damals, als Chiara in die sechste Klasse kam, ganz neu an der Schule, sofort mochte Chiara die wippenden Haarspitzen und das helle Lachen, was sie allerdings nicht davon abhielt, am Anfang der ersten Deutschstunde den Turnschuh von Deborah Bollmann mit einem Edding zu bemalen. »Das ist jetzt eigentlich nicht die Kunststunde«, meinte Frau Meiring dazu und lachte noch schöner als vorher, aber nur bis Chiara den Turnschuh quer durch die Klasse auf Deborahs Pult warf. »Mach so was noch *einmal* und du lernst mich ganz anders kennen«, zischte Frau Meiring, Chiara erstarrte, Frau Meiring hob das Kinn und zeigte ihre Zähne, ihr Lippenstift glänzte bedrohlich, dadurch sah sie noch toller aus als vorher, Chiara kam sich mit einem Mal hässlich vor und meldete sich dann in der Stunde andauernd. Frau Meiring nahm sie auch ein paarmal dran und Chiara fühlte sich wieder etwas schöner.

Am liebsten würde sie ihr Notizbuch herausholen und versuchen, die Frau da drüben zu zeichnen. Aber das wäre zu auffällig, sie starrt ja sowieso schon die ganze Zeit rüber. Ihr fällt wieder dieser Typ ein, der eben im Abteil ihre Sachen in die Ablage gehoben hat. Als sie ihm die Hand gab und »Hi! Ich bin Chiara« sagte, da ist er richtig zusammengezuckt, als wäre es eine Gefahr, ihr seinen Namen zu verraten, erst dann hat er gelächelt. Manche Leute machen sich das Leben echt zu schwer.

Jonas hat die letzte halbe Stunde vergeblich versucht, im Reiseführer zu lesen. Um drei spielen Wunderwerk beim Grooving September in Hamburg. Theoretisch könnte er sich das auf seinem Handy angucken. Stattdessen wollte er sich eigentlich ins Lesen versenken und den Auftritt verpassen. Natürlich klappt das nicht.

Zwei Tage nach dem Gespräch mit Verena war die letzte Probe mit Wunderwerk. Schon gleich zu Anfang fühlte sich der E-Bass schwerer an als sonst. Irgendwie machte es mehr Spaß, als man hinterher noch zu Verena gehen konnte, dachte Jonas beim Stimmen der Saiten.

»Einen Moment«, sagte Kasimir, »wir wollen eigentlich noch gar nicht mit dem Spielen anfangen.« Wie es denn erst mal mit 'nem Bier wäre, fragte er, dabei griff er in die Bierkiste und holte sein Feuerzeug raus, wie immer fiel ihm beim Öffnen der Flaschen eine Haarsträhne ins Gesicht. Eigentlich Quatsch, dass ich immer noch den Bass umhängen habe, dachte Jonas, während er sich auf den Teppich hockte. Aber er fühlte sich wohler mit dem Instrument vor seinem Körper. Vielleicht weil die beiden anderen so wenig redeten. André, der Schlagzeuger, klopfte mit einem der Sticks auf seinem Knie herum.

»Wir wollten erst mal über die Situation insgesamt reden«, erklärte Kasimir. André nickte und trommelte weiter auf sein Knie.

»Über die Aufnahme?«, fragte Jonas.

»Nee, noch was anderes. Wir wollten dir halt sagen, es hat sich jetzt noch was Neues ergeben. André und ich haben quasi 'ne neue Formation, mit Malte Schuster zusammen. Ich weiß nicht, kennst du den eigentlich?«

»Nein«, sagte Jonas.

»Na, auf jeden Fall spielt der auch Bass. Und zwar ähnlich geil wie du. Und mit dem haben wir jetzt son paarmal zusammen gespielt, und das würden wir echt gern weitermachen mit dem.«

Jonas sagte nichts.

»Weil, André und ich finden nämlich auch –« Kasimir sah André an, der noch immer mit seinem Drumstick hantierte – »Wir finden«, fuhr Kasimir fort, »es is grad alles sone Art zweischneidiges Schwert, einerseits geht's gar nicht geiler, jetzt mit dem Album bei Universal und so, aber irgendwie haben wir auch gemerkt, dass die Bandchemie son bisschen, wie soll ich sagen, auf der Stelle tritt.«

Er schien auf eine Reaktion von Jonas zu warten, redete dann, als Jonas nichts antwortete, aber weiter.

»Also, nur zum Beispiel, bei dir, Jonas« – Kasimir schwenkte seine Bierflasche in Jonas' Richtung, als wollte er ihm zuprosten – »da haben wir das Gefühl – aber das soll jetzt echt kein

Vorwurf sein –, wir finden, da war schon mal mehr Groove, nicht nur beim Spielen, sondern insgesamt. Beim Abhängen, beim Spielen, du warst da früher, wie sagt man, präsenter. Du bist ja auch ständig mit deinem Bass-Synthesizer beschäftigt, das bremst total.«

»Oder auf der Bühne«, sagte André, »du stehst manchmal echt ungünstig, direkt vorm Schlagzeug oder so, und merkst das dann gar nicht. Da haben sogar schon manche bei Twitter drüber gelästert.«

»Stimmt«, rief Kasimir, »aber wie gesagt, das ist kein Vorwurf –«

»Kann ja sein«, unterbrach Jonas, »ich hatte auch Stress mit Verena in letzter Zeit, das hat man wahrscheinlich gemerkt, aber das ist vor–«, er wollte »vorbei« sagen, aber beim »b« ging das Stottern wieder los, sofort kam ihm das wie eine gerechte Strafe für den Verrat an Verena vor, Kasimir und André nickten, als könnte das sein Stottern beenden, und Jonas verstummte.

»Na jedenfalls, dieses neue Projekt mit dem Malte«, sagte André und fing wieder mit dem Kniegetrommel an, »das würden Kasimir und ich echt gern weitermachen, quasi als neue Band.«

»Na ja, was heißt neue Band«, sagte Kasimir, »natürlich weiter mit dem Namen Wunderwerk, wir haben ja immer noch den Vertrag bei Universal. Willst du eigentlich noch 'n Bier?«

Tatsächlich hatte Jonas bereits seine Flasche leer getrunken. Und schon reichte ihm Kasimir eine zweite, während er sagte, bei anderen Bands, da laufe das sowieso anders. »Damals bei The Cure, da lief das total krass, da haben die Bandmitglieder immer durch 'nen Anruf vom Management erfahren, dass Robert Smith sie gefeuert hat.«

»Das heißt natürlich nicht, dass wir dich jetzt –«, sagte André.

»Ach was, gefeuert, das ist ja Quatsch, darum geht's ja gar nicht«, rief Kasimir. »Egal, André und ich haben uns jetzt für das neue Projekt entschieden, und damit leider auch gegen das alte, geht halt nicht anders. Das wissen auch die von Universal schon, aber das wollten wir dir nicht so Robert-Smith-mäßig sagen, und auch nicht per WhatsApp oder so, sondern persönlich. Jetzt sag doch auch mal was.«

Jonas blieb stumm und trank.

»Nee, im Ernst«, sagte Kasimir, »das is uns – also da kann ich auch für André sprechen, denk ich – das is uns schon wichtig zu hören, wie du dazu stehst. Ob das für dich richtig scheiße ist oder doch halbwegs okay.« Er öffnete sich selbst ein neues Bier. »Dass es nicht geil is, weiß ich natürlich auch.«

Und nun merkte Jonas, wie seine Augen sich mit Tränen füllten. Schnell führte er die Flasche wieder zum Mund, ihm stand Verena vor Augen, er hätte gern so wie sie im Schneidersitz auf einem weichen Bett gehockt, nicht auf diesem Teppich, er hätte auch gern auf einen schwarzen Bildschirm gestarrt, stattdessen musste er, nach längerem Trinken, die Flasche wieder absetzen und feststellen, dass bereits eine Träne seine Wange hinunterlief, sofort hielt er das Bier gegen die Wange, zum Glück war es gut gekühlt, er musste sich auf diese Kälte konzentrieren.

»Was soll ich sagen«, flüsterte er, »dann ist es eben so.«

Ich steh also auf der Bühne im Weg rum, dachte er auf dem Weg zur Haltestelle. Solche Bemerkungen kamen manchmal auch von Verena. Kürzlich hatte sie ihn abrupt von der Straße gezogen und »Spinnst du?« gekeift, angeblich hätte ein Bus ihn sonst angefahren, worauf Jonas meinte, er hätte den Bus bestimmt noch rechtzeitig gesehen, auch Verena sei oft mit den Gedanken woanders, vor allem wenn er ihr von den Bandproben erzählte und überhaupt von seiner Musik, darauf antwortete sie nichts, sie senkte nur kurz den Blick und presste die Lippen aufeinander.

Jonas ärgerte sich. Wieso hatte er denen, während sie ihn aus der Band warfen, das mit Verena erzählt, es kam ihm vor, als hätte er sie vor einen Bus gestoßen. »Ich trenn mich sogar von meiner Freundin, damit ihr weiter mit mir spielt!« Wie konnte man so tief sinken.

Ihm fällt ein: Wenn er von der Reise zurückkommt, wird er in seinem Zimmer wieder die Gitarre, die leere Tasse und die Socken auf dem Teppich sehen. Die Sachen bleiben einfach dort liegen und üben sich in Geduld. Genau wie die Uni-Ordner, die lagern weiter im Schrank. Und sie beschweren sich nicht, darüber muss Jonas auf einmal grinsen.

Chiara wird in einem Hostel übernachten. Das Geld hat sie von ihrer Mutter. Natürlich brachte das bissige Kommentare ihrer Schwester Hanna mit sich: »Ach so. Mama bezahlt dafür. Ist ja schön.«

Zuvor hatte Chiara es abgelehnt, bei Hannas Freundin Nadine zu übernachten. Die studiert neuerdings in Amsterdam Jura. Der Vorschlag von Nadine war nett, überhaupt scheint diese Nadine nett zu sein. Aber Chiara sagte Nein. Ihre Schwester wirkte nicht gerade begeistert, als sie von dem Angebot erzählte. Beinahe mürrisch war sie, so ist das immer, wenn sich zwischen Hannas Freundinnen und Chiara ein Kontakt anbahnt.

»Weißt du, ich möchte die Nadine echt nicht stressen«, hat Chiara geantwortet.

Sie will in Amsterdam niemandem mitteilen müssen, wann sie kommt und geht. Schon gar nicht jemandem, der diese Informationen direkt an Hanna weitergibt.

Sie nimmt die Kopfhörer wieder aus den Ohren. Sie will

jetzt keine Musik, sie möchte lieber die Frau mit dem blassen Lippenstift sprechen hören. Die Frau isst immer noch Suppe, gemeinsam mit dem Mann im Anzug, der ihr gegenübersitzt. Wobei die Suppe den Lippenstift kein bisschen zu verwischen scheint.

»Ich hab Nadine erzählt, dass du nach Amsterdam fährst«, meinte Hanna, als es um den Vorschlag mit der Unterkunft ging. »Die Nadine ist eine Freundin, die ich sehr schätze. Jemand, auf den ich mich verlassen kann.«

Ein typischer Hanna-Satz war das. Als würde Chiara sich sonst nur mit Heroindealern und Mördern herumtreiben. Und dann noch so ein Spruch: »Ich glaub, das kann funktionieren. Dass du bei Nadine wohnst.« Anscheinend war Nadine so etwas wie chinesisches Porzellan. Und Chiara der Elefant im Porzellanladen. Dabei hat Chiara Nadine letztes Jahr selbst kennengelernt, Nadine lacht viel, mit niedlichen Grübchen in den Wangen, wodurch auch Hanna viel mehr lachte als sonst, das Gespräch zu dritt wurde sogar noch richtig nett, Hanna erzählte, wie sie früher im Dunkeln mit Taschenlampen gespielt hatten, Schattenspiele oder Lichtkegel-Fangen, und zwar am helllichten Tag, das Spiel war im Grunde nur ein vorgeschobener Grund, um schon mittags die Rollläden komplett herunterzulassen.

»Ich hab inzwischen auch 'ne Theorie, warum man das als Kind so toll findet«, hatte Chiara gesagt, »Weil es einem vorkommt, als könnte man mit den Rollläden die Zeit aushebeln. Wenn man mitten am Tag auf einmal alles dunkel macht. Man entscheidet dann selber, wann Tag und Nacht ist.«

»Aber irgendwann kam Papa und hat geschimpft«, meinte Hanna. »Wir sollten nicht bei Sonnenschein im Dunkeln hausen. Und nicht die Batterien verschwenden.«

»Als hätten wir die Taschenlampen für irgendwas anderes

brauchen können.« Auf einmal war Chiara glücklich, sie hätte nicht damit gerechnet, dass ihre Schwester das alles noch so genau wusste. Trotzdem musste sie sich hinterher anzicken lassen. »Du könntest echt mal den Kaugummi rausnehmen, wenn du mit meiner besten Freundin sprichst. Und zwischendurch dein Deo benutzen.«

Die blasse Frau mit dem Lippenstift und ihr Begleiter, der inzwischen seine Suppe aufgegessen hat, reden jetzt über Bilder von Rembrandt. Es wäre schön, mehr Ahnung von Kunst zu haben, denkt Chiara. Endlich kommt die Bedienung, sie bestellt einen Tee.

Jonas' Smartphone vibriert, es ruft ihn jemand an, auf dem Display steht *Kasimir*. Er verlässt das Abteil, erst dann drückt er auf »Annehmen«.

»Hallo?« Er steht jetzt im Gang vor der Toilette.

»Hi, ich bin's, Kasi. Wir sind grade in Hamburg, beim Grooving September. Um drei spielen wir.«

»Ist ja cool.« Vor der verschlossenen Toilettentür steht ein Mann im Anzug, der auf seinem Handy *Pflanzen gegen Zombies* spielt. Die Zombies grunzen leise.

»Und da wollten wir uns vorher auf jeden Fall noch mal bei dir melden«, sagt Kasimir. »Ist heute unser erster Auftritt mit Malte. Aber du weißt ja, du gehörst immer noch zur Community, ist ja klar. Was machst du denn grade?«

»Ich bin im Zug.«

»Pass auf, wir haben nicht viel Zeit«, sagt Kasimir, »in 'ner Stunde kommt sone Frau vom NDR, die interviewt uns. Und da wollten wir auch was von dir erzählen, wie gesagt, du gehörst doch weiter zur Bandfamilie.«

»Ist ja schön.«

»Na klar, du stehst ja sogar noch als Bassist auf unserer

Homepage, und bei Facebook und Instagram. Wobei genau das son kleines Problem aufwirft.«

»Inwiefern?«

Der Mann mit dem Handy atmet tief aus.

»Na ja, die Tante vom NDR hat sich bestimmt online die Besetzung angeguckt, die fragt uns dann gleich, warum wir 'nen neuen Bassisten haben. Und die Zuschauer fragen sich so was ja auch«, sagt Kasimir. »Darum würden wir dazu gern was online stellen, am besten noch vor dem Interview.«

Der Handy-Spieler gibt ein leises Stöhnen von sich. Auf seinem Display erscheinen gerade mehr Zombies, als er abschießen kann.

»Und wir fänden's echt schön, wenn wir sone Art Abschiedsstatement von dir hätten, das wirkt einfach besser. Und für dich ist das doch auch 'n cooler, würdiger Abschied. Wir posten das nachher zusammen mit dem Foto von der letzten Probe.«

»Das heißt, ich soll jetzt … Soll ich was schreiben?«

»Nein nein, musst du nicht. André hat den Text schon geschrieben, wir wollten dir keine Arbeit machen.«

Jonas sagt nichts.

»Ich reich dich mal an André weiter.«

Nach ein paar Sekunden meldet sich André.

»Hi Jonas! Also bisher geht der Text so: *Eine Nachricht von Jonas. Hey Wunderwerk-Follower! Es fällt mir echt schwer, doch ich hab mich entschieden, den Wunderwerk-Bass an den Nagel zu hängen.*«

Dem Mann mit dem Handy gelingt es jetzt, mehrere Zombies hintereinander abzuschießen. Das Grunzen der Zombies klingt beklagenswert.

»*Ist natürlich schade, denn die letzten Jahre mit der Band waren der absolute Kracher*«, liest André weiter. »*Allerdings hab ich gemerkt, dass für mich im Moment andere Sachen noch wichti-*

ger sind. Und ich will den Jungs entweder hundertprozentig den Groove geben, den sie verdienen, oder lieber den Stab weiterreichen. Ich freu mich, dass ein so geiler Bassist wie Malte Schuster jetzt meinen Platz einnimmt. Ahoi Wunderwerk! Es war 'ne Megazeit mit euch, und Wunderwerk sind und bleiben ein Feuerwerk, das weiter wunderbar erstrahlen wird. Darauf verwette ich meinen Arsch. Bleibt so cool, wie ihr seid. Euer Jonas.«

Die Toilettentür öffnet sich, eine ältere Frau kommt heraus. Jonas geht zur Seite, der Mann mit dem Handy verschwindet in der Toilette. »Ist doch okay, oder?«, hört Jonas André sagen. »Wenn du willst, kann ich auch noch was ändern.«

Jonas sagt weiterhin nichts.

»Na, ich geb dir mal wieder Kasi. Mach's gut, Jonas.«

»Wie sieht's aus?«, fragt Kasimir. »Ich find, André hat das richtig gut geschrieben, der Text sagt genau das aus, was wir bei der letzten Probe besprochen haben, mit der Unkonzentriertheit von dir und den hundert Prozent, die nicht mehr komplett da waren, weißt du? Das ist ja auch voll legitim, dass du dich jetzt mehr auf andere Sachen fokussierst.«

Jonas bleibt stumm.

»Wie gesagt, du gehörst weiter zu unserer Community. Das bringt ja auch der Text rüber.«

»Ihr könnt machen, was ihr wollt«, sagt Jonas.

»Wenn wir was ändern sollen, musst du's nur sagen.«

»Ihr könnt online stellen, was ihr wollt.«

»Das heißt, du bist einverstanden?«

Jonas schweigt aufs Neue.

»Pass auf, wir müssen echt noch viel vorbereiten. Wir spielen um drei, man kann's sich auch online angucken. Wir sehen uns ja bestimmt bald wieder, oder? Ciao, Jonas.«

Jonas wendet sich wieder der Tür ins Abteil zu. Noch anderthalb Stunden bis zu dem Auftritt, bei dem er nicht mitspielen wird. Am besten packt er seine Armbanduhr weg. Aber bestimmt wird es schwer, nicht aufs Handy zu gucken.

Wieder sieht Chiara zu der Frau hinüber. Ihr glänzender Mund bewegt sich, ohne in die Breite zu gehen oder sich weit zu öffnen, außerdem schiebt sie manchmal den Unterkiefer nach vorn. So ähnlich hat das auch Frau Meiring gemacht.

Erst in der zehnten Klasse hatte sie wieder Frau Meiring in Deutsch. Da ging es um den *Vorleser*, auch diesmal benahm Chiara sich gleich in der ersten Stunde schlecht. Max, der sie als Sängerin für seine Doom-Metal-Band haben wollte, spielte ihr auf seinem iPhone eine Probenraumaufnahme vor, bis Chiara laut »Waaas? *Das* soll ich singen?!« rief, und noch während ihr der Kopfhörer aus dem Ohr fiel, traf sie die kalte Stimme von Frau Meiring: »Chiara, wenn du singen oder quatschen willst, mach das bitte woanders.« Chiara hört jetzt noch die darauf folgende Stille im Raum, sie hat sich genauso gefühlt wie beim ersten Mal, in der sechsten Klasse, aber diesmal wich ihre Scham beim Blick auf Frau Meirings offenen Mund mit dem vorgeschobenen Unterkiefer schon bald einem Prickeln auf der Haut. Und dann fühlte sie dieses Prickeln auch auf den Brustwarzen und sie dachte: Ihr Mund sieht aus wie vor einem Kuss.

Chiara schaut wieder die Frau am Tisch drüben an und spielt ein Spiel, das sie in letzter Zeit öfter spielt. *Würde die Geld in meinen Korb tun?*

Sie holt tief Luft und fragt: »Entschuldigung, hätten Sie vielleicht Zucker?«

»Wie bitte?«

»Ich hätte gern Zucker für meinen Tee.«

Die Frau durchsucht ihre Handtasche – warum sollte sie auch Zucker vor sich haben, sie trinkt Wasser –, lang und gewissenhaft, als erfüllte sie eine wichtige Aufgabe. Irgendwann holt sie tatsächlich eine Tüte mit Zucker heraus, darauf steht »Cisco Systems San José«.

»Dankeschön«, flüstert Chiara mit klopfendem Herzen, sie weiß, während sie Zucker in ihren Tee streut, bereits nicht mehr, was sie noch zu den beiden sagen könnte, sie weiß auch nicht, warum sie die Tüte fast komplett leert. Die Frau und der Mann sprechen jetzt wieder über Rembrandt, über ein Bild namens *Nachtwache*.

Natürlich hätte Chiara auch ihren Vater nach dem Geld für Amsterdam fragen können. Aber der hat vor zwei Wochen schon die Österreichreise bezahlt. Und das Hotel in Graz. Mit der Bemerkung, er finde »diese Unternehmung nicht zwingend notwendig«, auch in Deutschland könne man schließlich viel Sinnvolles studieren, und selbst wenn ihm bewusst sei, dass Chiara sich »bevorzugt mit sich selbst beschäftigt«, müsse es denn auf Biegen und Brechen Psychologie sein? Kurz vor der Fahrt kam dann ein besonders heftiger Juckreiz-Schub. Lag das an der Aufnahmeprüfung? Oder an ihrer Trennung von Merle? Oder an der Wut auf Hanna und ihren Vater? Wahrscheinlich an nichts von all dem. Vielleicht war es einfach nur ein Juckreiz-Schub, nichts weiter. Ihr Vater jedenfalls seufzte wieder viel, wie immer, wenn sie Neurodermitis bekam. Hatte er nicht zwei gesunde Töchter verdient, mit glatter, reiner Haut? So ein Quatsch, hätte Merle gesagt. Das unterstellst du ihm nur, dass er so über dich denkt. Du unterstellst ihm sowieso immer alles Mögliche, genau wie deiner Schwester. Trotzdem war es für Chiara tabu, ihn ein weiteres Mal um Reisegeld zu bitten. Lieber fragte sie ihre Mutter.

Sie trinkt den Tee, der jetzt ungenießbar ist, in sehr kleinen Schlucken und säße am liebsten direkt dieser Frau gegenüber. Sie würde von ihren eigenen Liedern erzählen, der Frau das

Handy mit dem neuen Song ans Ohr halten, die Frau würde beim Wechsel von d-Moll zu D-Dur lächelnd nach ihrer Hand greifen und vorsichtig den Ringfinger küssen, mit geschlossenen Augen. Schon wieder diese Tagträume, so wie früher das mit Frau Meiring und der Badewanne. Muss das immer von Neuem losgehen?

Jonas sieht aus dem Fenster. Sie verlassen gerade Utrecht, es ist zehn nach drei. Der Grooving-September-Auftritt ist also schon im Gange. Es hat keinen Sinn, das zu ignorieren, er kann sich sowieso auf nichts anderes konzentrieren, er will auch nicht an Referate oder Prüfungen denken, nicht auf dieser Reise. Er steckt die Kopfhörer in die Ohren und wartet, bis die Website des Festivals geladen ist, dann sieht er die Bühne. Tatsächlich, sie spielen bereits *Die Wüste in dir*. Er macht das Bild größer, nun kann er sich den neuen Bassisten genauer ansehen: Ganz schön dick ist der. Sein schütteres Haar steht hier und da vom Kopf ab, so, als wäre er gerade erst aufgestanden und hätte sich nicht gekämmt. Ist das wirklich dieser Malte Schuster? Oder mussten sie den kurzfristig durch eine Notlösung ersetzen? Er spielt genau die gleichen Bassläufe wie Jonas, dabei grinst er ständig vor sich hin, bewundernswert selbstverständlich berühren seine Finger die Saiten. Er steht – oder besser: wippt und zappelt – rechts vom Schlagzeug, sein Körper ist ständig in Bewegung, wie macht er das? Und nun erschrickt Jonas: Dieser Malte spielt haargenau das Gleiche wie er, im gleichen Tempo, es wirkt aber fließender, manchmal druckvoller, auch die Gitarre hört sich anders an, so als würde sie das genießen. Jonas macht das Bild kleiner, nun sieht er wieder die ganze Band. Dieser Malte – oder wer immer das ist – grient weiter vor sich hin, Kasimir findet das wohl witzig, er lacht den Bassisten gelegentlich an, das hat er bei Jonas nie gemacht. Nun sieht man das Publikum, ebenfalls lachend, die Stimmung ist großartig. Während Jonas sich fragt, wie lang er sich das noch antun will, sieht er, dass sich der Mann gegenüber zu ihm nach vorn beugt. Er nimmt den Kopfhörer aus dem linken Ohr.

»Könnten Sie das etwas leiser machen?«

»Entschuldigung.«

Es war doch sowieso Quatsch, denkt er, sich das alles in höherer Lautstärke zu geben. Schon wieder vibriert sein Handy. Es ist eine Nachricht seiner Mutter: *Viel Erfolg in Hamburg!*

Was er darauf antwortet, überlegt er sich besser heute Abend. Vor dem Schlafengehen, wann immer das sein wird.

Chiara hat sich in ein anderes Abteil gesetzt. Sie steckt sich wieder Kopfhörer in die Ohren und hört Esperanza Spalding. Die kennt sie durch ihren Vater. Er findet die toll, seit er weiß, dass sie von Barack Obama zu einem seiner Jazz-Abende ins Weiße Haus eingeladen wurde. Einmal sah sich Chiara diesen Auftritt auf Youtube an, da kam er rein und guckte sehnsüchtig aufs Display. »Gib's zu, die gefällt dir doch auch, oder?«, meinte sie. »Wie die sich an ihren Kontrabass schmiegt. Und dann die Zahnlücke und dieser Afro.« Sofort sah ihr Vater gequält aus, was nichts heißen muss, er sieht meistens gequält aus, allerdings behauptet Hanna, die Qual sei erst in sein Gesicht getreten, »als Mama ausgezogen ist. Vorher hat er ganz normal geguckt.« Chiara weiß nicht, ob das stimmt. Sie war damals noch zu klein. Manchmal steigert sich die Qual in seinen Mundwinkeln noch durch besondere Anlässe. Zum Beispiel als sie das erste Mal Merle nach Hause brachte. Sie sagte: »Das ist meine Freundin« und umfasste Merles Hüfte. »Womit hab ich das jetzt wieder verdient?«, fragte darauf sein Gesicht. Sie weiß: Ihre Mutter hat sich früher eine WG mit ihrer besten

Freundin geteilt, nur zu zweit, da war Chiara selbst noch im Kindergarten. Er würde am liebsten gar nicht genau wissen, »wie eure Mutter jetzt lebt, und mit wem«, sagt ihr Vater auch heute noch manchmal und atmet tief aus.

Chiara hätte Lust, jetzt irgendwas zu schreiben. Sie hat nur keine Ahnung was. Sie schlägt ihr Notizbuch auf, da steht ein Songtext, den sie schon fast vergessen hat.

Ich kratz mich blutig, es juckt und juckt,
es ist nicht mutig, wenn niemand guckt.

Über diese Zeilen hat sie sich damals mit Merle gestritten. Merle meinte, das sei reiner Quatsch ohne Bedeutung, das Kratzen habe doch nichts mit Exhibitionismus oder so was zu tun. Chiara meinte, wie schlau, das wisse sie auch, das sei ja auch gar kein Text übers Kratzen, sondern über Emotionen, die man nicht rauslassen könne, aus Angst, es verstehe einen niemand. Merle blieb stur, das sei nur schlecht gereimt, ohne diesen Reim wäre Chiara doch nie auf diese Sätze gekommen, worauf Chiara sagte, Merle begreife halt nichts vom Schreiben, es sei ja gerade cool, sich vom Sound der Wörter leiten zu lassen, dann komme man nämlich auf Sachen, auf die man sonst nicht komme, ja klar, lachte Merle, natürlich könne man irgendwas reimen und hinterher alles Mögliche reininterpretieren, und Chiara merkte leider zu spät, dass sie bereits schrie und ihre Stimme sich fast überschlug, Merles Reaktion zeige ja nur, wie notwendig der Songtext für sie persönlich sei, rief sie, offenbar interessiere es ja keine Sau, was wirklich in ihr vorgehe, tatsächlich war dieses Sich-Aufregen und Schreien wie das Kratzen selbst, fing man einmal an, kribbelte es noch stärker, es war eine andere Art von Erregung, die böse endete, wenn man sich ihr hemmungslos hingab, alles blutete und verkrustete, ähnlich schlimm entwickelte sich auch dieser Streit, bis Merle rief: »Und es *stimmt* ja noch nicht mal!«

»Inwiefern?«

»Das mit den Emotionen, die du nicht rauslassen kannst. Du lässt doch *ständig* deine Emotionen raus. Und wehe, man versteht sie nicht gleich.«

Auf einmal war Chiara still. Und hatte Angst, dass Merle ihr den Rücken zukehrte. Dass sie weggehen würde und nicht mehr wiederkäme.

Es tut gut, die sich hochwindende Stimme von Esperanza Spalding zu hören. Die würde mich verstehen, denkt Chiara und weiß: Auch darüber würde sich Merle jetzt lustig machen. Merle hatte oft recht, dadurch wurde es nicht leichter.

Kaum hat er die Musik leiser gemacht, sinkt auch Jonas' Respekt vor diesem neuen Bassisten. Das liegt bestimmt am Sound. Die werden da richtig cool abgemischt bei diesem Festival, dadurch klingt das automatisch viel besser. Und die sind alle drei so gut gelaunt, weil sie zum ersten Mal vor richtig großem Publikum spielen. Nach einer Weile steht Kasimir am Mikro und sagt irgendwas. Jonas dreht den Ton weg, wird jetzt der neue Bassist vorgestellt? Er schaut nach draußen, nein, er muss sich nicht weiter abquälen, lieber den Auftritt wegtippen und noch mal das Instrumentalstück anhören, das er letzte Woche aufgenommen hat. Nur so, für sich allein, zu Hause mit dem Bass-Synthesizer. Er wollte etwas Neues probieren, mit den höchsten Tönen, die der E-Bass hergibt, so hoch, dass es kaum noch nach einem Bass klingt. Er hat es Charlotte, seiner Mitbewohnerin, in der WG-Küche vorgespielt. Sie sah ihn an, als wollte sie sagen: Und wer soll sich das anhören?
»Warum kommt Verena denn gar nicht mehr?«, hat Charlotte in letzter Zeit mehrmals gefragt.

»Wir sehen uns im Moment nicht«, hat Jonas erwidert, als die Frage sich nicht mehr ignorieren ließ. »Ich wollte – also nein, Verena und ich, wir wollten beide mal son bisschen Abstand voneinander haben.« Er konnte nicht das Wort »Schlussmachen« sagen, er wusste nicht warum.

»Abstand. Klingt ja höchst interessant«, antwortete sie, und kurz darauf, beim Zusammenlegen der Wäsche, zickte sie ihren Freund ständig an, als wollte sie ihm sagen, er solle bloß nicht auf solche Ideen kommen.

Leider tanzt vor Jonas' Augen immer noch der neue Wunderwerk-Bassist herum. Schon ist ein Satz von Kasimir wieder in seinem Kopf: »Du stehst auf der Bühne manchmal echt ungünstig, direkt vorm Schlagzeug oder so, und merkst das dann gar nicht.«

Dass er im Weg rumsteht, sagt auch Charlotte manchmal, nicht immer nur scherzhaft. Einmal hat sie ihn als »Traumtollpatsch« bezeichnet, beim Abwaschen. Verena saß daneben und schwieg. Verteidigt man seinen Partner nicht, wenn jemand ihn schlechtmacht? Nein, tut man nicht. Außer man ist Yoko Ono, die bei Interviews, Schulter an Schulter neben John Lennon, auf jede kritische Frage sofort geantwortet hat, vor allem, wenn es gar nicht um sie ging, sondern um die Beatles.

Sie nähern sich bereits Amsterdam, Kräne und Schornsteine bewegen sich am Fenster vorbei, man sieht viel Wasser, sofort wird sein Atem ruhiger. Wenn er aufs Wasser guckt, fühlt er sich eigentlich nie fehl am Platz. Immerhin hat Verena ihm nie solche Vorwürfe gemacht wie Charlotte, jedenfalls nicht, solange kein Bus kam. In letzter Zeit war sie ohnehin oft selber mit den Gedanken woanders gewesen.

Am besten hört er sich doch noch sein neues Stück an. Bei dem Basslauf gehen die Töne fließend ineinander über. Durch den Synthesizer könnte man diesen Effekt noch verstärken, das wird er ausprobieren, wenn er wieder zu Hause ist.

Chiara betritt den großen Platz vor dem Amsterdamer Hauptbahnhof. Hätte sie vielleicht *doch* dem Vorschlag von Nadine zustimmen sollen? Dann würde Nadine sie jetzt abholen und mit ihren Grübchen anstrahlen. Aber egal. Am besten läuft sie gleich drauflos und spielt irgendwo auf der Straße, in ihr Hostel kann sie auch später, notfalls noch nachts, sie geht jetzt erst mal zum Dam, dem großen Hauptplatz. Vor dem Königlichen Palast sitzt ein älterer Mann an einer kleinen Orgel. Gegenüber, vor einer Kirche, spielt ein langhaariger Typ Klarinette, hier kann sie also nicht hin. Zwei gold und silbern lackierte Männer mit Frack und Zylinder stehen regungslos auf Kisten, eine große schlanke Frau macht riesige Seifenblasen. Die Typen auf den Kisten sind cool, die schwitzen sich bestimmt halb tot, verziehen aber keine Miene. Sie macht zwei Fotos und schickt sie ihrer Mutter.

Bin grade in Amsterdam angekommen. Gleich mach ich hier Musik :-)

Auch in der nächsten Straße hört man noch die Klarinette. Irgendwann erreicht sie eine schmale Seitengasse, hier wird sie spielen. An einer Laterne klebt ein Zettel, darauf sieht man eine Katze, die einen von unten anblickt, so als würde sie neugierig auf Chiaras Lieder warten, sie packt die Gitarre aus und muss grinsen. Sie stellt sich nah an die Wand, sonst würde sie den Passanten den Weg versperren. Soll sie mit dem Biene-Maja-Lied anfangen? Sie beginnt zu spielen und zu singen: »In einem unbekannten Land …« Eine Familie mit Kindern kommt auf sie zu. Es gelingt ihr, sofort die hohen Töne zu treffen, »Maja, alle lieben Maja«, das hat damals in Osnabrück mindestens drei Familien angelockt, hier dagegen halten sich die Kinder an ihren Eltern fest, als ginge von Chiara eine Gefahr aus. Ihre Stimme, findet sie, klingt bei der zweiten Strophe besser, nun blickt immerhin ein Paar, anders als die Kinder, lächelnd zu ihr hinüber, bestimmt sind das Deutsche, die das Lied aus dem Fernsehen kennen. Sie bleiben nicht stehen, sie geben kein Geld. Als Nächstes singt Chiara *Eternal Flame*. Wieder geht die Melodie oft sehr hoch. Weitere Passanten kommen vorbei, die meisten sehen Chiara nicht an. Allmählich steigt Wut in ihr auf. Sie merkt, man kann die hohen Stellen auch anders singen, wie eine wilde Furie, fast überschlägt sich ihre Stimme, sie genießt das. Zwei weitere Fußgänger begaffen sie mit offenen Mündern, ohne ihre Schritte zu verlangsamen, Chiara singt noch einmal »this eternal flame«, noch schriller, gehen die Leute deswegen zügiger als vorher oder bildet sie sich das ein? Auf jeden Fall kommen jetzt mehr Personen durch die Gasse als bisher, es gilt durchzuhalten, auch wenn Chiara inzwischen, beim etwas ruhigeren C-Teil des Songs, etwas zu oft und lang Luft holen muss, aber sie wird nicht aufhören, diesen Gefallen wird sie den Leuten nicht tun. Sie macht weiter mit *Friday I'm in Love*. Sie ist erschöpft, schon klingt das Lied mehr nach Liebeskummer als nach euphorischem Verliebtsein. Selbst diejenigen, die allein gehen, haben es eilig und geben nichts. Merle würde jetzt sagen, stell dich nicht so an, die Leute haben dich nicht um deine Musik gebeten. Einmal meinte Merle, Chiara habe diese Eitelkeit von ihrer Mutter, die habe ihr beigebracht, alle Welt müsse sie bewundern. Leider waren Merles Vermutungen nie komplett falsch. Das Weiterspielen wird zermürbend, es wäre schöner, einer von diesen Passanten zu sein, man könnte frei herumlaufen und müsste nicht wie angewurzelt hier stehen bleiben. Sie beginnt die zweite Strophe, »Monday you can fall apart«, die Energie kehrt zurück, während sie denkt, Merle soll den Mund halten, die ist doch unmusikalisch, meine Mutter erkennt wenigstens mein Talent. So was Ähnliches dachte sie auch damals, erst keifte sie Merle an, dann bekam sie einen Weinkrampf, jetzt ist es wieder so weit, dachte sie dabei, jetzt stellt sich schon wieder alles Mögliche in meinem Kopf zwischen mich und Merle, das hielt sie nicht aus. Merle ging einfach aus dem Zimmer, sie dachte natürlich, Chiara heule aus Selbstmitleid. Sie spielt weiter und merkt, dass sie »Tuesday, Wednesday stay in bed« mehr nölt als singt, ohne dabei so cool wie Robert Smith zu klingen, wenn das so weitergeht, geben die Leute Geld, damit sie aufhört. Nun wirft tatsächlich ein Mann eine Münze auf die Gitarrenhülle, vielleicht aus Mitgefühl, wegen ihrer klagenden Stimme? Das Lied ist vorbei, der Gehsteig fast leer, es kommt ihr niemand mehr entgegen. Eine gute Gelegenheit zum Aufhören.

Aber Aufhören ist blöd. Und mit Gitarre und Rucksack kann man nicht so richtig entspannt durch die Stadt schlendern. Andererseits, vielleicht lohnt sich der Rückweg zum Dam, vielleicht gehen manche Straßenkünstler hinterher noch was zusammen trinken. Und durch ihre Gitarre gehört Chiara dazu, bestimmt nehmen die sie gerne mit.

Zwischendurch schaut sie aufs Handy. Ihre Mutter hat noch nicht geantwortet.

Jonas weiß bereits, dass die zwei nach Nikotin und Pfefferminz riechenden Typen, die auf dem Bett über ihm Siebzehnundvier spielen, Cousins sind und aus Nordhorn kommen, dass sie letzte Woche beim Headbangers Festival in Brande-Hörnerkirchen waren und »aus Prinzip nicht mehr nach Wacken« fahren, weil das »längst nur noch Kommerz-Scheiße« ist. Er weiß auch, dass sie Thorsten und Philipp heißen, dass Thorsten, der Breitschultrige, Fotos von seiner Frau und seinem zweijährigen Sohn im Portemonnaie hat, während Philipp kürzlich von seiner Partnerin verlassen wurde, was den Anlass zu ihrem gemeinsamen Urlaub gab. Sie haben ihm auch erzählt, dass sie nichts mit Coffeeshops und Kiffen am Hut haben. »Ich auch nicht«, hat Jonas schnell erwidert. Thorsten wurde vorhin von seinem Chef angerufen, »Schon wieder«, meinte Philipp, aber Thorsten fand das Verhalten des Chefs »definitiv in Ordnung«. Selbst wenn er »in Ordnung« sagt, hat dieser Thorsten einen stechenden Blick und runzelt die Stirn, jeder Wortwechsel mit ihm gibt einem das Gefühl, schnell antworten zu müssen. Philipp dagegen bewegt oft den Mund, als täte ihm ein bestimmter Körperteil weh. An irgendjemanden erinnern Jonas diese beiden, er weiß aber nicht an wen. Er weiß nur, die Erinnerung ist unangenehm.

Seit einer halben Stunde hockt er auf seinem Bett und blättert im Reiseführer. »Erst mal drei Übernachtungen«, hat er an der Rezeption gesagt, viel zu lang kommt ihm das inzwischen vor. Gerade eben, beim Reden mit den beiden, hat er noch nicht mal Wunderwerk erwähnt. Wunderwerk. Das klingt für die bestimmt nach Kinderdisco.

»Schläft sonst noch wer hier?«, fragt er nach einer Weile.

»Ja, zwei Leute aus Freiburg«, sagt Thorsten und dann, als er Jonas' aufgeschlagenen Reiseführer sieht: »Warst du schon im Rijks?«

»Im was?«

»Im Rijks.«

»Nee, ich bin ja heut erst angekommen. Ich weiß noch gar nicht so richtig, was es hier für Clubs und so gibt.«

»Ich mein das Museum. Das Rijksmuseum.«

»Ach so.«

»Da hängt die *Nachtwache*«, erklärt Thorsten, und dann, nachdem Jonas stumm genickt hat: »Das Teil von Rembrandt.«

»Thorsten, red nich so viel, du musst geben«, sagt Philipp von oben.

Jonas steckt den Reiseführer in die Tasche und steht auf,

er muss sich endlich in der Umgebung umsehen. Und dann irgendwas essen. Und noch gründlicher im Reiseführer lesen.

Sein Hostel liegt in der Warmoesstraat, kurz danach kommt das Rotlichtviertel. Kaum ist man durch eine der kleinen Seitengassen gegangen, sieht man Läden mit Namen wie »SM Specials« und »Red Light Souvenirs«, in einem Türrahmen streckt sich ein nacktes Frauenbein aus. Davor sitzen Leute in Cafés unter Sonnenschirmen. Jonas geht an einer Gracht entlang, Touristengruppen kommen ihm entgegen. Er stellt sich auf eine der Brücken, im Wasser spiegeln sich schon die Lichter der Cafés. Er stützt sich aufs Geländer und betrachtet die kleinen Wellen. Eigentlich könnte man auch drei Tage hier stehen und aufs Wasser gucken. Er schließt die Augen. Das Stimmengewirr wird lauter und leiser. Sein Handy vibriert.

Jonas sieht, dass er eine neue Nachricht hat, von Charlotte.

Hi Jonas, du weißt, dass du heute eig. das Bad putzen müsstest? Kein Problem, dass du stattdessen mit der Band in Hamburg bist, aber sag doch demn. vorher Bescheid. Ach ja: toi toi toi. Auch von Verena (sitzt gr. mit mir in der Küche) :-)

Fast fällt sein Handy in die Gracht. Dabei sollte er gar nicht überrascht sein, Verena und Charlotte haben früher öfters zueinander gesagt, sie könnten sich auch mal zu zweit auf einen Kaffee treffen. Kaum ist man weg, machen sie es tatsächlich. Na ja, wieso nicht.

Kein Problem, dass du stattdessen mit der Band in Hamburg bist.

Aha: Sie denken also, er wäre in Hamburg, beim Grooving September. Aber der Wunderwerk-Auftritt ist längst vorbei, den haben sie also nicht gesehen. Er steckt das Smartphone in die Hosentasche, er muss sich endlich mehr vom Stadtzentrum angucken. Er geht wieder in eine Seitengasse, als es von Neuem vibriert. Noch eine Nachricht von Charlotte.

Nanu, wer ist denn da am Bass?

Für mehrere Sekunden hört er nichts als ein Pochen. Dann stößt ihn jemand von hinten an. Er stolpert, hinter ihm gehen zwei Männer, einer von ihnen trägt eine Sonnenbrille, sie rufen ihm etwas Unverständliches zu. Das Pochen ist jetzt direkt neben ihm, er dreht sich danach um und sieht einer Frau mit schwarzem BH ins Gesicht, sie klopft von innen gegen eine Scheibe und sieht ihn an. Jonas geht zur Seite und stößt fast mit zwei weiteren Männern zusammen, er sieht viel Haut und Brusthaar und zwei grinsende Gesichter, »Keep cool!«, sagt der linke, der ein Netzhemd trägt, der andere lacht. Wieder fällt sein Blick auf die Frau im BH. Sie sieht ihm in die Augen und scheint zu sagen: Du bist doch eh zu feige. Ein junger Mann und eine junge Frau, beide blond, sehen ihn besorgt an, bestimmt ist er kreidebleich, der Mann fragt: »Sorry, can we help you?« Jonas schüttelt schnell den Kopf. Er muss raus aus dieser Gasse, in der man dauernd Leuten direkt ins Gesicht guckt, er ist froh, als er wieder auf einer breiten Allee steht. Er geht zur nächsten Brücke und denkt an die zwei Typen aus dem Hostel, an wen erinnern die ihn? Unten fährt ein Boot mit mehreren lachenden Mädchen. *Nanu, wer ist denn da am Bass?*, scheint das Lachen zu sagen.

Sie wissen es also, Verena und Charlotte wissen es schon. Bald wissen es alle. Wieso hat er das Handy nicht einfach im Hostel gelassen? Und warum hat er nicht seine Gitarre nach Amsterdam mitgenommen? Gitarre spielen, das wäre jetzt heilsam.

Chiara steht beim Publikum des Klarinettisten. Sie denkt an Hanna, die hat mal Cello gespielt, nur ein Jahr lang. Der umgeschnallte Cellokasten auf dem Rücken schien ihr ein Gefühl von Wichtigkeit zu geben, sie bewegte sich damit, als nähme sie an einer Prozession oder Bestattung teil.

Der Typ mit der Klarinette spielt eine schnelle Jazz-Improvisation und lässt sein Instrument durch die Luft wirbeln. Vielleicht kommt sie ja gleich mit dem ins Gespräch.

Kaum zu glauben, dass Hanna mal Musik gemacht hat. Ihre Mutter spielt Gitarre, es kam Chiara damals immer vor, als bräuchte Hanna ein größeres, die Gitarre in den Schatten stellendes Instrument, hinter dem sie sich verschanzen konnte wie ein Burgfräulein. Manchmal schloss sie beim Spielen die Augen. Leider war ihr Gekratze auf dem Cello furchtbar. Hanna ist nun mal nicht musikalisch. Das Klarinettengedudel ist eintönig, warum gucken die Leute diesen Typ so fasziniert an, bloß wegen seiner wilden Bewegungen? Die Seifenblasen-Pusterin redet mit einem Mann, der eben noch als lebende Statue auf einem Sockel stand, er ist immer noch silbern lackiert. Chiara würde gern etwas zu den beiden sagen, aber ihr fällt nichts ein.

Noch einmal dreht sie sich zum Klarinettenspieler um, er steht nicht mehr da, er ist nirgends zu sehen. Auch die Seifenblasen-Frau und der silberne Mann haben sich in Bewegung gesetzt, noch bevor man sie hätte ansprechen können.

Noch nie hat sie mit anderen Leuten Musik gemacht, außer mit ihrer Mutter, die hat ihr die ersten Griffe gezeigt. Wenn sie dann zu Hause spielte, sahen Hanna und ihr Vater sie manchmal an wie jemanden, der ins Lager des Feindes überläuft. Aber das war sie gewohnt. Hannas Cello staubte irgendwann ein, stattdessen fing sie mit Kampfsport an.

Jonas muss an die Sesamstraße denken: Da gab es Szenen mit Grobi als Kellner und einem dicken Glatzkopf als Restaurantgast. Folglich dachte er als Kind, es wäre für Erwachsene normal, alleine ein Restaurant zu besuchen. Von wegen. Je länger er hier sitzt, umso blöder kommt er sich vor. Hält das kleine

Mädchen, das zu ihm rübersieht und seiner Mutter etwas zuflüstert, ihn für einen Kinderschänder? Nur weil er allein hier am Tisch sitzt und sie vorhin angelächelt hat?

Er weiß nicht mehr, wie lang er ziellos durch die Stadt gelaufen ist. Irgendwann wurden Erschöpfung und Hunger zu viel. Einmal hörte er, dass jemand *Friday I'm in Love* auf der Gitarre spielte. The Cure, dachte er, Robert Smith, dieser Arsch. Auf dem Dam stand diese Seifenblasen-Frau. Die erst langsam fliegenden und dann platzenden Riesenblasen waren ein guter Grund, dortzubleiben und nichts zu tun. Irgendwann musste er weiter, sonst hielt die ihn noch für einen Stalker. Die dunkelgelbe Beleuchtung des Chinarestaurants war ihm wie eine Rettung erschienen.

Wer weiß, vielleicht haben Kasimir und André vorhin auf der Bühne noch diesen blöden Brief vorgelesen, den er angeblich geschrieben hat. *Hey Leute*, klingt es in Jonas' Ohr, *wir haben hier noch 'ne Message für euch von 'nem ganz lieben Freund, der einen Megaapplaus verdient hat, weil ohne ihn Wunderwerk nicht da stünden, wo sie heute stehen, nämlich: hier bei euch an diesem geilen Nachmittag!* Applaus wäre gefolgt, vermutlich nicht allzu frenetisch, Jonas betrachtet sein Handy, nein, er muss jetzt nicht wissen, was Wunderwerk heute noch alles gemacht haben und ob dieser eklige Text schon gepostet wurde. Er ist jetzt in Amsterdam.

Das kleine Mädchen drüben lacht jetzt seine Eltern an. Er beneidet diese Straßenkünstler: Sie sind Bettler, aber immerhin gibt ihnen ihr Betteln einen Grund, dort zu stehen, überhaupt in dieser Stadt zu sein, auch allein.

Sein Handy vibriert. Wieso schreibt ihm Charlotte heute ständig?

Dein Vater hat angerufen. Er möchte wissen, wo du bist.
Liebe Grüße, auch von Verena :-)

Ohne zu überlegen, ruft Jonas bei seiner WG an. Nicht bei seinem Vater.

»Hi! Ich bin nicht in Hamburg, wisst ihr ja schon.«

»Stimmt. Wo bist du denn?«, fragt Charlotte.

»In Amsterdam. Ich sitz im Restaurant«, sagt er, und dann leiser: »Ich glaub, ich darf hier gar nicht telefonieren.«

Charlotte lacht. »Aber du rufst ja trotzdem an.

Verena und ich haben schon überlegt, was jetzt eigentlich los ist mit dir und Wunderwerk. Ob du da überhaupt noch mitmachst.«

»Na jedenfalls«, sagt Jonas, »danke für die Nachricht mit meinem Vater. Ich meld mich bei ihm.«

»Gern geschehen. Und du bist jetzt einfach so in Amsterdam, ja?«

»Na, was heißt einfach so«, sagt Jonas. »Vielleicht bin ich hier, damit ich nicht ständig Fragen beantworten muss.«

»Ich hab gar nichts gefragt.«

»Nein, du hast nur gesagt, ihr überlegt –«

»Was heißt denn ›ständig Fragen beantworten‹?«, lacht Charlotte. »Wirst du von Reportern verfolgt? Ist mir noch gar nicht aufgefallen.«

»Na, ist ja auch egal. Wie gesagt, man darf hier eigentlich nicht telefonieren. Tschüs dann.«

Ein kleiner Kellner bedient ihn, lächelnd sagt er »Yes, sure« oder »It's a pleasure«, wie jemand, der einem zeigen will, dass man keine Belastung ist. Nach der Bestellung ist Jonas wieder ohne Beschäftigung. Es bringt auch nichts, verstohlen aufs Handy zu gucken. Und wenn man sich vorstellt, unsichtbar zu sein? Es geht nicht. Der Körper bleibt, wo er ist. Durch das Essen der Nudeln ist man immerhin beschäftigt. Und es hilft, zu trinken. Der Wein, das Klavier im Hintergrund und das Stimmengewirr formen einen sanften Kokon, allerdings nur, solange er auf die Nudeln guckt, sieht er dagegen hoch, sind da wieder die Leute mit ihren Gesprächen, er selbst wird abermals zu überschüssiger Masse. Er hat aufgegessen, er muss bezahlen, der kleine Kellner erweist sich als Verräter, er läuft herum und scheint Jonas nicht mehr zu sehen. Er muss die Hand heben, er ist ja sowieso für alle sichtbar.

Steif lächelnd steckt der Kellner sein unverdientes Trinkgeld ins riesige Portemonnaie. Jonas ist erleichtert, er kann aufstehen.

Es ist Viertel nach neun. Draußen sind jetzt noch mehr Touristen unterwegs, obwohl es allmählich kalt wird. Auch hier ist Jonas als Einziger allein. Vielleicht helfen Handy und Kopfhörer, melancholische Songs im Ohr, das ist die Lösung, so fühlt man sich als einsamer Filmheld. Er entknotet den Kopfhörer und steht im Weg herum. Am besten einfach weiterlaufen. Er muss einer Familie ausweichen, die Kinder essen Eis. Arm in Arm gehende Paare kommen ihm entgegen, dann erreicht er eine Gracht, das Licht der Laternen glitzert auf den dunklen Wellen, ein schöner Anblick. Den Wellen ist es egal, ob er allein in Amsterdam ist oder bei Wunderwerk in Hamburg. Sein Handy vibriert. Es ist sein Vater.

»Guten Abend, Jonas. Wir haben mitbekommen, du bist gar nicht in Hamburg.«

»Das stimmt.«

Etwas drückt auf seine Kehle, er spürt den Wein im Kopf und hört sich sagen: »Hab ich denn gesagt, ich wäre in Hamburg?«

»Nein, hast du nicht. Du sagst ja ohnehin wenig zu uns in letzter Zeit.« Auch das Licht auf den Wellen scheint zu sprechen. »Aber dein Bruder hat uns letzte Woche von diesem Festival erzählt«, sagt sein Vater. »Und er hat heute im Internet den Auftritt gesehen. Mit diesem anderen Bassspieler.«

»Ach so. Ja, hab ich auch kurz gesehen. Der ist ganz gut, der neue Bassist.«

»Deine Mutter hat dir heute auch eine Nachricht geschrieben.«

»Ja, weiß ich«, sagt Jonas. »Fand ich nett. Ich antworte ihr auch noch. Ich bin gerade unterwegs.«

»Aha. Wo bist du denn?«

»In Amsterdam. Ich brauch mal, wie soll ich sagen, Abstand. Zeit für mich selber.«

»Heißt das …« Sein Vater scheint nachzudenken. »Ist Verena nicht dabei?«

»Nein.«

Ob Verena nicht mitwollte, fragt sein Vater.

»Nein, Verena und ich, wir sehen uns im Moment nicht.«

»Aha. Na ja, dein Bruder hat schon so etwas angedeutet.«

»*Was* hat er angedeutet?«

Sein Vater seufzt. Und schon gesteht Jonas, während das Licht auf den Wellen gleichmütig weiterfunkelt, beide Trennungen, erst die von Wunderwerk, dann die von Verena, und nun spricht sein Vater für längere Zeit: von Verständnis für Enttäuschungen, von der Notwendigkeit, Tatsachen ins Auge zu sehen und von Verhältnissen, die es zu ordnen gelte. Vielleicht meint er, denkt Jonas, ich soll mich gefälligst auf den Arsch setzen und weiterstudieren, seit ein paar Jahren drückt sein Vater sich ihm gegenüber umständlicher aus als früher.

»Ich bleib auch nicht mehr lange hier«, sagt Jonas.

»Ehrlich gesagt, ich bin noch etwas irritiert von dieser Sache mit Verena«, sagt sein Vater. »Ich hatte in letzter Zeit den Eindruck, Verena hat dir gutgetan. Hast du durch Verena nicht diesen Job bekommen? In dem Copyshop?«

»Was soll das denn? Das hätt ich auch ohne Verena –«

»Na gut, ich will nicht ausschließen, dass du dich auch selbst um Arbeit bemühst. Falls ja, ist mir das nicht aufgefallen. Wie gesagt, man erfährt ja nicht viel von dir.«

»Ich komm euch besuchen, wenn ich wieder da bin. Jetzt möcht ich aber bald schlafen gehen.«

»Das heißt, du willst das Gespräch beenden.«

»Ja, genau.«

»Kein Problem, Jonas. Gut, dann beenden wir dieses Gespräch. Gute Nacht, und ich hoffe, du meldest dich bei deiner Mutter.«

»Mach ich. Ja, gute Nacht.«

Endlich kann er in Ruhe sein neues Stück mit dem Bass-Synthesizer anhören, die Gracht liefert den Videoclip dazu, die Lichter auf dem Wasser tanzen zu seiner Musik. Wäre er jetzt zu Hause, könnte er weiter daran arbeiten. Aber nein, jetzt ist er hier, irgendwas muss passieren, etwas, wovon er selbst noch nichts ahnt, nur leider ist solch ein Wunsch meist zum Scheitern verurteilt, wenn man einfach nur will, dass irgendetwas passiert, dann passiert in der Regel nichts. Im Moment fallen ihm eh fast die Augen zu. Hoffentlich findet er noch den Weg zurück zum Hostel.

Chiara sitzt im Café 't Mandje. Ihr Kinn liegt auf einem Bierglas. Schon wieder schläft sie fast ein. So wie vorhin, auf dem Dam.

Nach einer Weile ratlosen Herumstehens hat sie die Gitarre wieder ausgepackt, sich vor die Kirchenwand gesetzt und gespielt, ohne zu singen. Manchmal fielen ihr die Augen zu, sie hat die Saiten nur noch gestreichelt, dabei leise e-Moll gespielt und sich ein Interview ausgemalt, das sie in wenigen Jahren geben würde, *damals war ich ganz unten*, hörte sie eine mittlerweile berühmte Chiara sagen, *so wie viele Künstler in Amsterdam vor mir, die Stadt hat mich nicht gewollt*, der Interviewer nickte voller Anteilnahme, während sie *Die Stadt hat mich ausgesaugt und ausgespien* sagte. Merle würde mich jetzt auslachen, dachte sie, Merle hat sie schon für weit weniger peinliche Fantasien ausgelacht.

Das Bierglas wird, wenn sie nicht aufpasst, bald umkippen. Auf den Barhockern gegenüber sitzen drei Frauen, offenbar Amerikanerinnen. Eine von ihnen sieht fast wie Esperanza Spalding aus, ohne Zahnlücke, aber mit Afrolook, daneben eine kurzhaarige mit asiatischen Gesichtszügen und eine langhaarige blonde. Chiara sieht nach oben. Die Frauen reden Englisch und sprechen von »Ännfränk«, schließlich kapiert Chiara, dass Anne Frank gemeint ist, außerdem versteht sie Wörter wie »choreography« und »movements«.

»Sorry to interrupt«, sagt Chiara, »are you making a dance show about Anne Frank?«

Die drei sehen aus, als hätten sie nichts verstanden. Dann tauen die Gesichtszüge der Frau mit Afrolook auf. »Yes, sort of«, sagt sie. Die Asiatin beugt sich zu Chiara nach vorn. »Dance show«, das stimme, aber der Ausdruck sei »slightly misleading« – sie spricht akzentfrei Englisch, eher britisch als amerikanisch, was zu den eleganten Bewegungen ihrer Hände passt –, sie gehörten alle drei zum »Anne Frank Youth Network«, erklärt sie, und hätten dort eine Initiative namens Lesbians for Anne Frank gegründet. Es habe sie nämlich beeindruckt, wie Anne Frank in ihrem Tagebuch ihre »sensuality« und ihre »sexuality« erforsche, diese Passagen habe Annes Vater ja ursprünglich gestrichen. Einmal gehe es sogar um »some really sexy experience with another girl«, ergänzt die Afrolook-Frau mit einem warmen, dunklen Lachen, die Asiatin sagt »Yes, of course«, aber der eigentliche Grund, warum sie als Lesbians for Anne Frank jetzt diese Choreo machten, der liege in den Parallelen zwischen Annes Situation und ihrer eigenen als Lesben in den USA, Anne habe sich inmitten einer feindlichen Umgebung aus Notwehr in ihre Innenwelt zurückgezogen, und dieses Konzept, »introspection as self-defence and resistance«, das habe viel mit der Situation heutiger Lesben in manchen Teilen Amerikas zu tun.

»That sounds a bit strange to me«, ruft Chiara. Sie fragt die drei, ob sie sich wirklich mit jemandem verglichen, den die Nazis getötet hätten. Nun sind alle sechs Augen weit aufgerissen auf Chiara gerichtet, »No!«, ruft die Asiatin, »We are not saying that at all!«, es gehe vielmehr um Anne als Inspiration und Vorbild, die Dunkelhäutige mit dem Afro nickt, nun schaltet sich auch die dritte ein und fragt Chiara, was sie denn über die Situation heutiger Lesben in der amerikanischen Provinz wisse, etwas pathetisch fährt sie sich durch ihre blonden Strähnen, und Chiara sagt, nein, so habe sie das nicht gemeint, grundsätzlich finde sie dieses Projekt auch cool, und schon ist sie erleichtert, alle drei lächeln sie wieder an. Wie schnell das geht, dass man nach Stunden des Alleinseins wieder zu einer Gruppe gehört! Leider versteht sie nicht alles, was die drei sagen. Dafür scheinen sie Chiaras Akzent süß zu finden. »Ikk sprekke ein bissken Deutsch«, sagt die Blonde strahlend. Einmal fällt fast die Gitarre um, Chiara legt sie unter ihren Sitz. Die Asiatin hat eine wunderbar schmale Nase und die mit dem Afro ein Lächeln, von dem man gern angestrahlt wird, dagegen wirkt die Blonde etwas spröde mit ihren eng liegenden Augen und dem breiten, leicht nach unten weisenden Mund. Chiara antwortet, klar, das könne sie sich schon denken, dass das in manchen US-Gegenden voll übel sei im Moment, Lesben müssten sich da bestimmt immer öfter verstecken. Schon bald prosten sie einander mit neuen Getränken zu. Yuka, die Asiatin, und Mariah, die Dunkelhäutige, berühren einander an den Händen, sind die fest zusammen oder bahnt es sich gerade an? Macht ja eigentlich keinen Unterschied. Dass Chiara

Musikerin ist, finden alle drei »awesome«. Allmählich hat sie den Eindruck, dass Amy, die ein bisschen Deutsch sprechende Blonde, sie ab und zu kokett von der Seite ansieht. Natürlich, die will nicht leer ausgehen.

Sie trinken Rotwein, Chiaras Blick wird unschärfer. Ist sie jetzt überhaupt noch imstande, den Weg zum Hostel zu finden? Und warum können die drei nicht Musikerinnen sein statt Tänzerinnen? Dann hätte sie schon fast eine Band. Schließlich erklärt sie ihnen, sie wisse gar nicht, wie sie noch zu ihrer Unterkunft kommen solle, es würden jetzt bestimmt keine Straßenbahnen mehr fahren. Sie könne doch mit ins Airbnb-Apartment kommen, das sei auch ganz nah, entgegnet Amy, leider nicht Yuka oder Mariah, die nicken aber immerhin und rufen »Yes, of course!«, während Amy Chiaras Hand berührt und sie anlacht, ihr Gesicht ist gerötet, so spröde ist die eigentlich gar nicht, denkt Chiara, das Lachen macht ihren Mund schöner und auch die Augen etwas heller.

Das Apartment hat zwei Doppelbetten. In dem einen, das war zu befürchten, liegen Yuka und Mariah. Amy sagt, es sei »absolutely okay«, wenn Chiara mit ihr ins andere Zimmer komme. Also wird Chiara neben Amy liegen.

Sie findet es in Ordnung, dass Amy beim Plaudern, vor dem Einschlafen, ihre Hand drückt und streichelt. Chiaras Haut ist immer noch etwas rau von ihrem Ausschlag, mit ein paar wunden Stellen in den Arm- und Kniebeugen, aber viel besser als vor der Grazreise. Sie erzählt Amy von ihrem heutigen Straßenauftritt und verschweigt, dass niemand stehen geblieben ist. Vielleicht wäre es sogar schön, Amy zu küssen. Aber dann erschrickt sie.

»Where is my guitar?«

Amy sieht sie fragend an. Chiara erinnert sich: Die Gitarre wäre in der Bar fast umgefallen, sie hat sie unter den Hocker geschoben, und beim Aufbruch, beim Umschnallen des Rucksacks, zog Yuka ihren Lippenstift nach, warum macht sie das, dachte Chiara, wir gehen doch jetzt nach Hause. Und dann lachte Yuka sie an. Und Chiara ging mit, ohne einen Gedanken an die Gitarre.

»Oh come on!«, ruft Chiara, »you know I had a guitar with me!«

»Yes, I know«, sagt Amy mit zitternder Stimme. Chiara genießt ihren schuldbewussten Blick.

»But you didn't care, did you?«, zischt sie. »You knew I forgot my guitar and you didn't care to tell me!«

Sie weiß, sie redet Unsinn. »I am sorry. Of course it was my fault, not yours« flüstert sie, die Scham in Amys Gesicht wandelt sich im Nu zu Dankbarkeit, ein süßer Anblick.

»I am sure they will keep the guitar«, flüstert Amy. »You can fetch it tomorrow. Ikk komme mit dikk mit.«

Wieder gefällt Chiara die Vorstellung, Amy zu küssen. Aber noch mehr gefällt es ihr, »Thank you« zu sagen, Amy über die Schulter zu streicheln und sich dann, nach einem kurzen Blick in ihre hoffnungsvollen Augen, auf die andere Seite zu drehen. »Good night. I am tired.«

Du blöde Sau, würde Merle jetzt sagen. Zu Recht, denkt Chiara. Aber müde ist sie wirklich.

Freitag, 6. September

Unter einem Tisch sieht Jonas eine Gitarre.

Eigentlich wollte er zurück ins Hostel. Aber dann kam er hier vorbei und landete an der Theke. Es wäre zu traurig gewesen, den Abend direkt nach dem Gespräch mit seinem Vater zu beenden. Erst spät bemerkte er, dass hier lauter Männer- und Frauenpaare saßen. Irgendwann war er zu müde und hat bezahlt.

Es ist schon halb zwei, trotzdem sind noch viele Gäste hier. Und nun schaut er auf diese Gitarre. Niemand sitzt dort, nur die Gitarre liegt zwischen den Stühlen wie ein betrunkener, seinen Rausch ausschlafender Gast. Irgendwer muss sie vergessen haben. Sobald er daran vorbeigegangen ist, weiß Jonas: Das geht nicht. Er kann nicht weggehen und die Gitarre liegen lassen. Irgendwer wird drauftreten, früher oder später. Die graue Hülle kann man leicht übersehen.

Und schon steht er wieder an der Bar, mit der Gitarre in den Händen. Mehrmals erhebt er seine Stimme, um dem Typ dahinter, der Edvard Munchs *Schrei* als Tattoo auf dem Arm trägt – der geöffnete Mund des kahlen Kopfes umschließt den Ellbogen –, zu sagen, dass jemand dieses Instrument hier vergessen hat. Beim dritten Mal scheint der Typ es zu hören, »We'll deal with it«, ruft er, winkt dann aber ab, als Jonas ihm die Gitarre über die Theke reichen will. Tatsächlich ist dahinter wenig Platz. Eine stämmige Frau zapft Bier. Jonas will die Gitarre nicht zurück unter den Barhocker stellen, warten will er aber auch nicht mehr, er hat das Gefühl, seit einer Ewigkeit hier zu stehen, ihm fallen schon wieder die Augen zu. Also am besten einfach mitnehmen.

Niemand läuft ihm hinterher und stellt ihn zur Rede.

Soll er wirklich mit der Gitarre zurück in die Warmoesstraat? Er könnte wieder in die Bar gehen und sie an die Theke lehnen. Wie ein reumütiger Dieb sähe er dann aus. Und wenn er nicht zurückgeht? Dann ist er *wirklich* ein Dieb. Nein, er wird einfach morgen wiederkommen. Am Nachmittag, wenn das Café öffnet, er wird sagen: Ich wollte die Gitarre nicht im nächtlichen Trubel stehen lassen, das ist ja auch die Wahrheit. Und vorher spielt er darauf. Das wäre ein gerechter Finderlohn, findet er.

Es fühlt sich gut an, mit der Gitarre die Straße entlangzugehen. Als käme er von einer Probe oder einem Auftritt nach Hause.

»Ey, du hast ja 'ne Gitarre«, flüstert Thorsten, als Jonas den Schlafsaal betritt. Philipp schnarcht. Anscheinend hilft es nichts, das Licht aus zu lassen, schon durch den schmalen Strahl aus dem Flur erkennt man seine Umrisse.

»Äh … ja«, flüstert Jonas und schließt leise die Tür.

»Hast du irgendwo gespielt?«, fragt Thorsten.

»Äh … ja«, sagt Jonas noch einmal. »Son bisschen.« Hoffentlich klingt das müde und schlafbedürftig und verhindert weiteren Fragen.

»Ist ja cool«, sagt Thorsten. Jonas bleibt im Zimmer stehen, er muss sich an die Dunkelheit gewöhnen. Den stechenden Blick Thorstens sieht er zwar nicht, aber die Stimme wirkt drohend.

»Spielst du auf der Straße?«

»Ja. Vielleicht.« Auch in den anderen Betten wird geschnarcht, die Laute kommen von mehreren Seiten.

»Wie, vielleicht?«, fragt Thorsten. »Wo hast du denn jetzt gerade gespielt?«

»Ach, nur son bisschen für mich«, sagt Jonas. »Auf'ner Bank.«

»Cool. Und als Straßenmusiker, wo willst du da spielen?«

»Mal sehen. Vielleicht auf dem Dam.«

»Cool. Und was spielst du so?«

»Alles Mögliche. Mal gucken.«

Sagt Thorsten gleich schon wieder »Cool«?

»Cool. Dann viel Erfolg.« Das heißt wohl, er will jetzt schlafen.

Inzwischen kann Jonas die Umrisse des Kulturbeutels auf seinem Bett erkennen. Er nimmt ihn und geht ins Bad.

Am Morgen blinzelt er ins Licht, wundert sich und stellt fest: Er ist in Amsterdam, natürlich, in einem Youth Hostel, und an den Schrank gelehnt steht eine Gitarre, die hat er gestern aus einer Kneipe mitgenommen. Sieben Leute schlafen hier, auf dem Boden liegen Rucksäcke und Klamotten. Bevor er ins Bad geht, legt er die Gitarre besser auf seine Matratze. Nun liest er zum ersten Mal, was auf den Aufklebern der Gitarrenhülle steht: »Girl Power«, »Hass ist keine Alternative«, und dann ist da noch eine weibliche Comicfigur.

Auch im Frühstückssaal kann die Gitarre umkippen oder beschädigt werden. Sie lehnt an Jonas' Tisch, während er zum Büffet geht. Warum kann er nicht entspannt frühstücken? Er isst Rührei und Baked Beans, kaut sorgfältig und denkt, man könnte sie an der Rezeption einschließen lassen. Direkt vor seiner Nase sitzt ein Paar, die Frau entfernt ihrem Freund Nutella aus dem Mundwinkel. Allmählich macht die Gitarre das Frühstück erträglicher, schon der Nachhauseweg gestern Nacht war durch das Instrument an seiner Seite weniger einsam, er muss etwas damit anfangen, heute Nachmittag wird er sie eh weggeben, vorher sollte man irgendwo hingehen, wo man seine Ruhe hat, und spielen. Er muss endlich seiner Mutter antworten. *Hallo Mama, Papa hat dir ja wahrscheinlich schon erzählt, dass ich gerade auf Kurzurlaub in Amsterdam bin, bevor ich mich wieder dem Studium widme*, nein, das klingt zu strebsam, besser: *bevor das neue Semester losgeht*. Das wird sie seinem Vater vorlesen, hoffentlich sind dann beide beruhigt. Er bringt sein Frühstückstablett weg, das Paar vor ihm beugt sich jetzt über eine aufgeschlagene DIN-A4-Kladde mit violetter Handschrift und bunten Zeichnungen, der Mann hat Marmelade am Mundwinkel. Jonas greift nach der Gitarre. Während er geht, kommt er sich vor wie jemand, der etwas zu tun hat.

Eine Zuckung durchfährt Chiara: Nicht nur ihre Gitarre ist weg. Sondern auch das Notizbuch. Es steckt vorn in der Hülle, in der Außentasche. Amy streckt sich neben ihr und seufzt, wahrscheinlich ist sie durch Chiaras Zuckerei wach geworden. »I am sure we will find your guitar today!«, flüstert sie und streicht mit dem Arm auf der Bettdecke rum, oberhalb von Chiaras Bauch. Gern hätte Chiara eine eigene Decke.

Das Notizbuch benutzt sie seit Jahren. Auf den ersten Seiten sind Zeichnungen, einige stellen Frau Meiring dar, später kommen Gedichte für Merle, Songtexte – zum Beispiel *Ich kratz mich blutig* –, kleine Geschichten, und dann noch ein paar Seiten, die von Büroklammern zusammengehalten werden, weil niemand außer ihr selbst die aufschlagen soll.

Seit acht Uhr morgens dringt Gesäusel und Gekicher aus dem anderen Schlafzimmer. Chiara stellt sich den Körper von Mariah vor und mehr noch den von Yuka, während Amy neben ihr »I know you need that guitar urgently« seufzt. Chiara weiß, sie braucht kein schlechtes Gewissen zu haben. Sie hat sich, als es fast mit dem Küssen losgegangen wäre, auf die andere Seite gedreht.

In den letzten Jahren saß sie lang und oft mit dem Notizbuch im Park. Manchmal schrieb sie *Geheimbriefe* hinein, darüber stecken die Büroklammern. Diese Briefe sind so geheim, dass nicht mal die gemeinte Person sie lesen darf. Sie schrieb Hanna, man könnte ihr Cello zu einem Mini-Boot umbauen, das Segeln würde sie bestimmt entspannen, sie schrieb Frau Meiring, dass ihre leisen Anweisungen, gesprochen von glänzenden Lippen, sie erregten, und Merle, dass es nicht sexy wirkte, wenn sie die Lehrerin markierte. Diese Briefe, findet sie, haben mehr Biss, mehr Speed als jeder echte Brief, irgendwann würde sie daraus ein Buch machen und an Verlage schicken, sie würde einfach andere Namen wählen. Inzwischen stecken neun Büroklammern im Notizbuch.

Die anderen drei wollen erst mal frühstücken. »And then we'll get your guitar!«, sagt Amy. Mariah und Yuka lachen immer wieder anerkennend, offenbar unterstellen sie Amy und ihr eine Liebesnacht. Amy hat recherchiert: Das Café 't Mandje öffnet um vier Uhr nachmittags. Bis dahin bleibt das Notizbuch in der Gitarrenhülle, hoffentlich. Yuka breitet einige Skizzen aus und redet über das Tanzprojekt. Sie spricht von »moves that could signify liberation«. »Yeah, terrific!«, ruft Mariah. Auf den Blättern sind Strichmännchen, Pfeile, Kreise und Notizen zu sehen. Amy streicht über Chiaras Hand. Warum nicht, denkt Chiara, haben wir gestern ja auch gemacht. Yuka spricht von »sensuality« und »liberation«, begleitet von eleganten Handbewegungen. Yukas Sprechweise erinnert an eine kluge Dozentin, ihr Lächeln macht sie gleichzeitig zu einem Kind, beides zusammen wirkt dermaßen cool und anziehend, dass es Chiara wehtut, gern würde sie das sofort ins Notizbuch schreiben. Allerdings wird ihre Hand schon wieder von Amy berührt.

»Hey Chiara! What is it that you play on your guitar?«, fragt Yuka. »Do you write your own songs?«

Chiara nickt, schiebt sanft Amys Hand weg und holt ihr Smartphone aus der Hosentasche.

»Play 'em for us!«, ruft Mariah, und Yuka sagt: »Yes!«

Chiara legt ihr Handy auf den Tisch. »Wait a moment.«

»No!«, ruft Mariah, »I mean later. On your guitar. When it's back here.«

»I can play you some of my own recordings.«

»No, no!«, wiederholt Mariah. Chiara selbst live beim Singen und Spielen, das sei »the real thing«.

Sie habe lang an der Aufnahme gesessen, antwortet Chiara.

»No, play it live tonight, then it's more fun!«, ruft Mariah.

»Yes! Then the vibes are better!«, ruft Amy.

Chiara sieht hilfesuchend Yuka an. Die hebt ihre Hand wie eine Schiedsrichterin. »Alright! So we'll have some wine and Chiara's songs tonight!« Schon schreibt sie wieder.

»Come on!«, ruft Chiara. »Why don't you just listen to some of my songs *now!* I recorded them for hours!« Sofort wird ihr klar, sie schreit beinahe und reckt ihr Handy so weit nach vorn, dass es wie eine gezückte Waffe wirken muss, also sagt sie leise: »It's okay. I will play them later. If they still have my guitar.«

Schon beim Öffnen der Hülle klopft Jonas' Herz schneller. Er weiß gar nicht, was für eine Gitarre das ist. Nun greift er bereits nach dem Korpus, es gibt kein Zurück mehr, er fasst einen fremden Gegenstand an. Die Gitarre ist rot, fast wirkt das wie eine Warnung. Eine Westerngitarre, etwas kleiner als die meisten anderen.

Er sitzt auf einer Bank unweit vom Dam, am Wasser. Hier ist kaum jemand zu Fuß unterwegs. Er spielt *Die Wüste in dir* von Wunderwerk und beginnt leise zu singen. Natürlich wirken die

Bassläufe auf der Gitarre dünner, die Begleitung ist unvollständig, trotzdem mag er auch jetzt die tiefen Töne. Kasimir hat ihm öfter gesagt, er selbst könne das nicht, Bass spielen und gleichzeitig singen. Aber Bassspielen sei total cool, der Bassist sei schließlich der Mädchenschwarm in jeder Band, introvertiert und geheimnisvoll, gleichzeitig bodenständig, das wecke Neugier bei Frauen. So weit also die Theorie, denkt Jonas. Immerhin hatte sich damals, als er zu Wunderwerk kam, vieles in seinem Leben verändert, sie spielten oft bei Studentenpartys, in der Mensa wurde er daraufhin anders gegrüßt, aufmerksamer, manchmal fragte er sich dann, ob hinter ihm jemand Größeres stand, eine zweite Person, der dieser Gruß in Wirklichkeit galt. Manche Leute musterten seinen Körperbau, als würden sie die Person vor ihrer Nase mit dem Typ vergleichen, den sie auf der Bühne gesehen hatten, eine angenehme Verlegenheit überkam ihn dann. Und je öfter Wunderwerk auftraten, umso öfter geschah auch das Umgekehrte, er selbst erkannte Leute aus dem Publikum wieder, meist an der Uni, die Leute lächelten oder guckten interessiert, manchmal begann er dann ein Gespräch, auch mit Fremden, ganz gegen seine Gewohnheit – »Du warst am Freitag beim Auftritt, nicht?« –, auch Verena wurde dabei quicklebendig, »Findet ihr es nicht seltsam, wie der Jonas immer beim Spielen die Augen zumacht?«, sie grinste und streichelte seinen Arm, es war schön, der Freund von Verena und der Bassist von Wunderwerk zu sein. Je öfter es allerdings zu solchen Situationen kam, umso schweigsamer wurde Verena. Bis sie ihn einmal, nach einem Mensagespräch mit zwei Austauschstudentinnen aus Sri Lanka, etwas steif lachend fragte, ob er echt naiv genug sei, sich einzubilden, diese Leute würden auch ohne Wunderwerk Interesse an ihm haben, es sei schon grenzwertig, wie er sich mit seiner Band vor anderen wichtig mache, wie ein Sportwagenfahrer mit seinem

Scheiß-Sportwagen, und Jonas verkniff sich die Antwort, nach ihrer Logik hätte auch *sie selbst* ihn nur genommen, weil er Bassist bei Wunderwerk war. Sie kannten sich zwar schon länger, doch erst nach einem Wunderwerk-Gig wurden sie zum Paar. Er behielt den Gedanken für sich, solche Aussagen waren wie Falltüren über nicht zu ermessenden Tiefen. Das Schweigen, das so entstand, war leider auch nicht besser.

Jonas spielt die Akkorde des Liedes und lässt die Basslinien hier und da kurz einfließen, dann singt er: »Doch irgendwann / spürst du dann / wie der Sand da drinnen kratzt.«

Nach drei weiteren Liedern will er die Gitarre wieder einpacken. Als er nach der Hülle greift und den Reißverschluss öffnet, fällt ein Notizbuch heraus. Es war der falsche Reißverschluss, er hat nicht richtig hingeguckt. Das Buch ist aufgeklappt, zwischen den Seiten liegt ein Foto mit zwei Mädchen beim Kinderfasching, verkleidet als Marienkäfer und Biene. Daneben steht ein Text, vielleicht ein Gedicht oder ein Songtext? Die Handschrift ist schwer als männlich oder weiblich auszumachen, klein, nicht sehr deutlich, aber rund und geschwungen. Er liest:

Ich kratz mich blutig, es juckt und juckt.
Es ist nicht mutig, wenn niemand guckt.

Nun ist es genug. Man liest keine fremden Tagebücher. Er schiebt das Foto zurück, lässt das Buch in die Hülle sinken und packt die Gitarre ein.

Soll er wirklich vor den Passanten am Dam spielen?

Es ist kurz vor drei, sie hocken zu viert im Wohnzimmer. Die Gitarre war ein Geschenk von Chiaras Mutter. Eigentlich wollte sie damit bei Hannas Hochzeit auftreten, vielleicht sogar mit einem Glückwunsch-Song, einige Verse dafür standen bereits in ihrem Notizbuch. In einer Stunde wird sich vielleicht herausstellen, dass beides weg ist, für immer. Besser konzentriert sie sich wieder auf Yukas Handy, Yuka zeigt ihnen gerade Youtube-Videos, »some really cool music from Japan and Taiwan«. Im Moment ist es ein Open-Air-Konzert, eine junge Bassistin, an der Chiara sich kaum sattsehen kann, mit langem Kleid, jungenhafter Frisur und Haarspange über der Stirn, bewegt blitzschnell die Finger, mal ins Publikum lachend, mal mit geschlossenen Augen. Ein Gitarrist mit Segelohren spielt dazu Akkorde, erst perlend, dann zunehmend kantig und zackig, bis es klingt, als würde der ganze Song explodieren, die Bassistin schüttelt dazu die Haare wie bei einer warmen Dusche. »These are Elephant Gym«, erklärt Yuka, »Elephant stands for the bass and Gym for the complex rhythm. They're brother and sister.« Chiara ist neidisch auf diese lässigen Geschwister, man sieht, die Musik gibt ihnen Geborgenheit selbst im größten Lärm.

Das Handy vibriert. Es ist ihr Vater.

»Hallo, Papa.« Sie geht beim Sprechen ins Schlafzimmer.

»Bist du gerade in deiner Jugendherberge?«

»Im Prinzip ja. Im Moment bin ich gerade« – sie überlegt – »bei Freunden.«

»Pass auf, ich rufe wegen der Hochzeit deiner Schwester an. Ich muss ja diese Rede vorbereiten.«

Drüben nimmt Mariah schon wieder Yuka in den Arm.

»Kann ich dir mal den ersten Entwurf zuschicken?«, fragt ihr Vater. »Ich hätte gern eine Meinung dazu.«

»Ja klar. Kein Problem.«

»Und noch etwas wollte ich sagen. Hanna hat neulich Merle getroffen und ihr gesagt, dass sie weiterhin zur Hochzeit eingeladen ist. Wir hoffen, das ist für dich kein Problem.«

»Warum sollte es? Hanna kann einladen, wen sie will.«

»Chiara, du musst jetzt nicht gereizt reagieren. Hanna hat auch mit Richard darüber gesprochen.«

Die drei gucken drüben weiter auf Yukas Handy.

»Sie meinte, dass sie beide Merle als Mensch nach wie vor sehr schätzen.«

»Als was denn sonst?«

»Ich meine, ich muss bei dem Fest ja auch« – er holt Luft – »meine *Ex*« – er dehnt das Wort ironisch und lacht nervös – »wieder treffen.«

»Darf ich auch meine *neue* Freundin mitbringen?«, fragt Chiara.

»Deine neue Freundin.« Er atmet aus. »Hast du denn eine?«

»Also, darf ich sie mitbringen?«

»Warum fragst du *mich* das?«, sagt ihr Vater. »Frag doch Hanna.«

»Gut.« Warum reagiert er auf einmal so schlagfertig?

»Aus Graz hast du wahrscheinlich noch nichts gehört, oder? Hast du?«

Auch das noch. War ja klar. »Nein. Noch nicht.«

»Du solltest nicht zu verbissen auf die Antwort warten.«

»Pass auf, Papa, ich muss Schluss machen, wir gehen gleich zusammen weg. Schick mir deinen Text einfach zu, ich meld mich dann.«

»Ist das deine neue Freundin?«, fragt ihr Vater. »Mit der du dich triffst?«

»Ja genau«, sagt Chiara. »Bis später dann.« Schnell macht sie das Handy aus und geht zurück ins Wohnzimmer.

»Hey, it's time to get your guitar!«, ruft Amy. Chiara setzt sich wieder und sieht auf die Uhr, zwanzig nach drei. Am liebsten würde sie den Gang zur Kneipe hinauszögern, lieber schaut sie wieder auf Yukas Smartphone. Elephant Gym spielen immer noch, die Bassistin singt lächelnd, als würde sie ihre Haare nach dem Duschen in der Sonne trocknen, sie erinnert Chiara ein wenig an Yuka.

Ihr Handy surrt, eine Nachricht von ihrem Vater, der Entwurf seiner Hochzeitsrede. »Meine Töchter treffen ihre eigenen Entscheidungen, und das ist auch gut so«, steht da, und »Hanna und Chiara gehen Wege, die ich nicht geahnt hätte, und das erweitert meinen Horizont.« Das reicht, das muss man jetzt nicht zu Ende lesen. Ihre Mutter hat ihr noch immer nicht geantwortet. Chiara weiß, ihre Mutter übersieht oft Nachrichten. Das macht es allerdings nicht besser.

»It's half past three«, sagt Amy, »we should go to Café 't Mandje«.

Natürlich ist Chiara nicht konsequent, die ganze Zeit lässt sie sich die Finger streicheln. Andererseits: Soll sie mit verschränkten Armen hier sitzen, nur damit Amy nicht zugreifen kann?

»Okay, let's go!« Sie stehen auf. Jetzt hab ich dich ganz für mich, verkündet Amys Lachen, draußen greift sie nach Chiaras Hand, während Chiara von den albernen Sätzen ihres Vaters erzählt, ist Amys Lachen echt oder gespielt? Egal. Noch bevor Chiara groß überlegen kann, hat sie Amy im Weitergehen geküsst, trotz der entgegenkommenden Fußgänger, ihr war nun mal danach, und nun schwingt sie, während sie schneller gehen, mit ihrem Arm Amys Arm vor und zurück.

»Willst du dann heute Abend music in the street makken?«, fragt Amy.

»Ja«, sagt Chiara, »warum nicht.«

»Das wird toll. Ikk will zuhören.«

Was hat sie sich nur eingehandelt? Irgendwann muss sie aus dieser Nummer ja auch wieder raus, Urlaubsbekanntschaft hin oder her. Leider macht es das noch prickelnder. Sie drückt Amys Hand, ein dankbares Strahlen erscheint auf Amys Gesicht, nochmals drückt sie zu, wieder geht Amys Mund in die Breite, es ist, als könnte man Amys Lächeln heller dimmen, immer aufs Neue, es ist cool, diese Amy in der Hand zu haben, buchstäblich. Und vielleicht ist die Gitarre ja doch im Café 't Mandje, *Yes sure, wait a moment, it's in the back room*, vielleicht fällt ihr ein Stein vom Herzen und die Welt ist wieder ein schöner Ort.

»Thanks for coming with me to fetch that guitar!«

Sie bringt die Hände von Neuem zum Schwingen. Um kurz nach vier sind sie im Café 't Mandje.

»No. I'm sorry«, murmelt der Thekenmann mit dem *Schrei*-Tattoo, keine Spur von Bedauern, er wendet sich um, lässt den Blick schweifen, sagt noch einmal »No, sorry« und wäscht weiter Gläser ab.

»Can you ask your colleagues?«, fragt Chiara.

Der Typ sieht nicht mal von den Gläsern hoch. »There is no guitar here.« Man könnte eins der Gläser zerschlagen und ihm mit einer Scherbe die Wangen tätowieren.

»Look in the other rooms!«, ruft sie, »Look around!«

»There is no guitar here.« Er wäscht weiter ab.

Chiara will selbst hinter die Theke, in alle Räume gehen, alles dort durcheinanderwerfen, bis die Gitarre auftaucht, oder wenigstens das Notizbuch.

»That girl here needs her guitar!«, ruft Amy. Ihre Stimme wird schrill. »Don't you understand that?!« Im Nu möchte Chiara ihr den Mund zuhalten, bevor der Typ hinter der Theke die Polizei ruft. Stattdessen legt sie Amy die Hand auf dem Arm.

»Amy«, flüstert sie. »It's okay. Let's have a drink.«

»You want to order a *drink* from that asshole?«, zischt Amy ihr zu. Alkohol ist keine Lösung, denkt Chiara, zumindest nicht langfristig, kurzfristig vielleicht doch. Und vielleicht, sagt sie, gebe ja irgendwer doch noch die Gitarre ab. Sie spricht ruhig, es fällt ihr schwer. Amy strahlt.

»Would you like a cocktail?«

»Yes!«

Während des Wartens auf die Getränke fragt Amy nach der Hochzeit ihrer Schwester. Ob die auch Musik mache? Chiara erzählt vom Cello und davon, wie sie selbst mit zwölf die ersten Akkorde auf der Gitarre gelernt hat, von ihrer Mutter. Und von den seltsamen Blicken, mit denen Hanna, ihr Vater und erst recht ihre Oma sie beäugten, wenn sie zu Hause spielte, schon ist der erste Cocktail ausgetrunken und der zweite bestellt. Und ja, beantwortet sie Amys nächste Frage, ihre Eltern hätten sich getrennt, als sie zwei war. Sie würde aber nicht sagen, die Mutter hätte »die Familie verlassen«, wie Hanna immer behauptet, das sei völlig theatralisch, die Mutter habe ja in der Nähe gewohnt und immer viel Zeit mit ihnen verbracht. So lang Chiara zurückdenken kann, sagt sie, war sie entweder in der kleinen Wohnung bei ihrer Mutter oder zu Hause bei ihrem Vater, mit Hanna und der Oma direkt über ihnen. Aber für alle anderen, ganz besonders natürlich für die Oma, sei die Mutterwohnung wohl verseuchtes Gebiet gewesen, und das Gitarrespielen sei für Hanna und ihren Vater anscheinend der Beweis dafür, dass Chiara »auf der Seite« ihrer Mutter stehe, was immer das heißen soll. Nach dem zweiten Cocktail spricht Chiara von der Leidensmiene Hannas beim Gekratze auf dem Cello, sie will Amy wieder zum Lachen bringen, aber diesmal klappt es nicht, stattdessen wird sie angefaucht: Sie solle nicht so arrogant sein, sie wisse ja gar nicht, was der Weggang der Mutter für ihre Schwester bedeutet habe, ruft Amy, Kinder erlebten das nun mal unterschiedlich, »You don't know what she had to go through!« Dann wird sie wieder milder. »Let's have another cocktail.«

Cocktails sind eine Gemeinheit. Wenn einem die Wirkung bewusst wird, ist es schon zu spät. Am frühen Abend liegt Chiara mit schwerem Schädel auf dem Bett. Wenigstens war der Barmann am Schluss bereit, ihre Handynummer zu notieren, für den Fall, dass jemand die Gitarre abgibt.

»Hey, what's the matter with you?«

Chiara öffnet die Augen. Natürlich sitzt Amy neben ihr auf der Matratze.

»Come on folks, where are you?«, ruft Mariah im anderen Zimmer. »Amy, we need you here. We want to dance!« Amy bewegt sich nicht, Chiara will aber nach drüben, möglichst sanft schiebt sie Amys Hand von ihrem Bauch, es gelingt, man muss nur gleichzeitig die Hand ein wenig streicheln.

Und schon sind sie wieder zu viert.

Auf den folgenden Anblick ist Chiara nicht vorbereitet: Amy lässt sich mit geschlossenen Augen erst zur einen, dann zur anderen Seite fallen, immer dann, wenn ihr Aufprall aufs Parkett unausweichlich scheint, fangen Mariah oder Yuka sie auf, das Tempo erhöht sich, man weiß bald nicht mehr, welcher Arm und Oberkörper zu wem gehört, je länger Chiara zusieht, umso mehr wirkt es, als hätten die drei Sex und als fände Amy das auch noch super. Auf einmal will sie weg von hier.

»I'll go outside for a while.«

»Alright!«, ruft Amy beim Fallen.

»See you later!«, sagt Yuka beim Fangen.

Dann steht sie vor der Tür. Und was soll sie jetzt hier draußen? Ohne Notizbuch und ohne Gitarre?

Zum zweiten Mal holt Jonas die Gitarre aus der Hülle. Er hockt sich vor die Liebfrauenkirche. Immer noch verfolgt ihn dieser Reim aus dem Buch:

Ich kratz mich blutig, es juckt und juckt.
Es ist nicht mutig, wenn niemand guckt.

Man müsste eine Melodie für diese Sätze finden. Er spielt

eine schnelle Tonfolge, eine zweite und schließlich eine dritte, die besser klingt als die zweite, er schließt die Augen und summt »Ich kratz mich blutig«, nein, eine gute Melodie ist das noch nicht, aber doch ein Anfang. Er zieht das Notizbuch aus der Gitarrenhülle, er will wenigstens einen kurzen Blick auf den restlichen Text werfen. Aus dem Buch löst sich eine Büroklammer. Eigentlich will er sie zurückschieben, über den Knick in den Seiten, er öffnet das Buch, sieht einen längeren Text, und schon hat er zu lesen begonnen.

Liebe Frau Meiring, bitte verzeih mir ausnahmsweise das Duzen. Manchmal stelle ich mir vor, dass ich DU wäre. Ich stelle mir vor, deine Klugheit und Sanftheit säßen in meinem eigenen Gesicht. Manchmal hebe ich meinen Kopf und stelle mir *DICH vor, wie DU DEINEN Kopf hebst. Das ist natürlich albern, nämlich selbst wenn wir uns eines Tages lieben und küssen sollten, wäre ICH ja immer noch ICH und nicht DU. Manchmal kratze ich mich dann bei solchen Gedanken, obwohl es gar nicht richtig juckt.*

Hatte er nicht eben noch eine Melodie für *Ich kratz mich blutig* im Ohr? Er liest weiter.

Noch cooler ist es übrigens, wenn du im Unterricht einen Schuh ausziehst und den Fuß in die Heizungszwischenräume steckst und grinst, als wärst du unter der Dusche.

Einmal hab ich sogar schon überlegt, mir die Haare so schneiden zu lassen wie du, dann könnte ich meine Haare genauso zurückwerfen. Aber nee, man darf es nicht übertreiben :-)

Er nimmt die linke Hand vom Gitarrenhals, um mit beiden Händen das Buch zu umfassen.

Neulich kam mir aber auch ein neuer Gedanke: Wenn ich DIR all dieses komische Zeug, das in mir vorgeht, erzählen würde, dann würdest du lachen, und zwar freundlich, verständnisvoll, du würdest mich verstehen und so gucken wie in der Schule, wenn du den Fuß in die Heizungslücke steckst, und vielleicht würdest du mir erzählen, wie du selbst AUCH schon mal jemand anders sein wolltest. Und dann wäre alles wieder gut.

Endlich legt er das Buch weg. Er versucht, die Melodie wiederzufinden, dann spielt er dazu, mehrere Male, und ja, das könnte passen.

Ein Schatten fällt über sein Gesicht. Jemand steht vor ihm.

»Sieh mal an, wen haben wir denn da? Den kennen wir doch!«

Da sind die zwei Typen aus dem Hostel, Thorsten und Philipp.

»Ach, hallo.«

Schnell lässt er das Buch in die Gitarrenhülle sinken.

»Wir war'n gerade im Rijks«, sagt Thorsten.

»Ach so. Das Museum. Mit dem Nachtbild.«

»*Nachtwache*. Philipp hatte zuerst keinen richtigen Bock, aber –«

»Das hab ich nicht gesagt«, ruft Philipp, »ich hab nur gesagt, ich find's 'n bisschen crazy, bei dem geilen Wetter wieder ins Museum zu gehen.«

»Du meinst, der Rembrandt hat die Teile nur gemalt für falls es regnet. Alles klar.« Thorsten sieht Jonas an. »Wir wollten hier gepflegt Bier trinken.« Er holt Flaschen aus einem Beutel, die zwei setzen sich.

»Und ich wollte eigentlich, wie soll ich sagen«, entgegnet Jonas, »Gitarre spielen.«

»Das sehen wir. Willst du auch 'n Bier?«

»Äh, ja, warum nicht.«

»Schöne Gitarre«, sagt Thorsten. »Spiel doch einfach weiter.«

Jonas fühlt sich fast wie eine Geisel, er beginnt noch einmal mit *Die Wüste in dir*. Die zwei prosten ihm vorm Trinken zu. Wieso, denkt Jonas, hab ich eben so lang in dem Notizbuch gelesen? Vielleicht sind Thorsten und Philipp die gerechte Strafe.

»Das ist doch eigentlich gar nicht eure Musik, oder?«

»Woher weißt du, was unsere Musik ist?«, fragt Thorsten.

»Ihr fahrt doch zu Metal-Festivals.«

»Und wo ist da der Zusammenhang?« Thorsten lacht geradezu dröhnend. »Klar ist das nicht unsere Musik. Na und? Ist doch egal.« Jonas trinkt, vielleicht hilft das.

»Spiel doch noch mehr«, sagt Thorsten.

Er spielt ein weiteres Wunderwerk-Stück, *Wolkenbruch im Weizen*, das ist eins der drei Wunderwerk-Lieder, die von ihm selbst stammen – Kasimir meinte immer, Jonas' andere Songs seien »echt geil, aber leider nicht Wunderwerk-kompatibel« –, auch diesmal gelingt es ihm, zwischen den Akkorden kurze Bassläufe einfließen zu lassen. Gehört die Gitarre nun einem Mann oder einer Frau? Auf jeden Fall einem sehr speziellen Menschen. Vielleicht sollte er nachher im Café 't Mandje warten, bis die Person vorbeikommt und ihre Gitarre abholt. Ich hab deine Gitarre abgegeben, würde er sagen, ein dankbares Lächeln wäre ihm sicher.

Inzwischen bewegen Thorsten und Philipp rhythmisch die Köpfe. Am Ende applaudieren beide.

Irgendetwas zieht an der Gitarre. Jonas sieht nach unten. Da ist eine Hand. Sie umfasst den Hals, als wollte sie das Holz erwürgen. Eine Stimme sagt: »Darf ich meine Gitarre haben? Danke.« Und schon wird das Ding gehoben, es zieht in Jonas' Armbeugen, wegen des Umhängebands, er hebt die Arme, als hätte die Stimme »Hände hoch!« geschrien, dann hebt er den Kopf, zwischen dem Himmel und ihm ist ein weibliches Gesicht, umgeben von langem Kraushaar, davor eine ausgestreckte Hand. »Die Hülle«, sagt die Person. Er reicht sie ihr, schon dreht sie sich um, die Gitarre in der rechten, die Hülle in der linken Hand, weg ist sie.

Jonas' Bier ist umgekippt, eine kleine Lache breitet sich aus. Schweiß dringt aus jeder Pore.

Philipp lacht. »Das ist ja geil.«

Thorsten schüttelt den Kopf. »Was ist denn daran geil?«

Philipp lacht wieder. »Das ist ja geil.«

Thorsten wendet sich Jonas zu. »Was war *das* denn?«

Die Frau mit der Gitarre geht rechts an der Kirche vorbei. Nach einer Minute hat Jonas von allem erzählt – vom Finden der Gitarre, die niemand an der Bar haben wollte, vom Wunsch, selbst zu spielen, dabei fällt sein Blick auf den Boden. Dort liegt noch immer das Kinderfasching-Foto mit den zwei Mädchen. »Oh«, sagt er, »das Bild da …«

Auch Philipp und Thorsten sehen das Bild an.

»Das … das muss ihr irgendwo rausgefallen sein.«

Thorsten verzieht keine Miene. »Und warum sitzt du dann noch hier?«

»Ich … Ich …« Er greift nach dem Bild und steht auf. »Ich geh hinterher.«

»Wollt ich auch vorschlagen«, sagt Thorsten. »Man sieht sich.«

Jonas geht rechts an der Kirche vorbei, so wie die Frau.

Er läuft in eine Seitenstraße, wenn er sich nicht täuscht, ist sie hier verschwunden. Jetzt nieselt es auch noch. Fast stolpert er über ein ausgestrecktes Bein. Er denkt kurz, da unten säße sie. Die Haare, die er sieht, sind ähnlich zerzaust. Aber der Mund ist schief, leicht verzerrt, als hätten die Lippen sich im Schmerz so sehr verzogen, dass sie nicht mehr den Weg zurück in die Ausgangsposition finden. Dieses Mädchen hockt da und sieht Jonas an, als wäre er ein großes Insekt. »I am really sorry!«, ruft er und muss über ihre Beine steigen.

Die Person, die er eigentlich sucht, wird er kaum finden. Aber zurück zu Thorsten und Philipp will er auch nicht. Er weiß jetzt wieder, an wen die beiden ihn erinnern: an zwei Jungs von früher, vom Spielplatz, zwei Typen, die anderen

Kindern gern eine reinhauten, einer sah ständig leidend aus, der andere hatte einen grimmig-stechenden Blick. Der Grimmige war aufs Drohen und Einschüchtern spezialisiert, der Wehleidige haute zu, aber nur, wenn der Grimmige es ihm befahl oder erlaubte. Einmal haben sie sein Stottern nachgeäfft. Danach machte er einen großen Bogen um den Spielplatz.

Jonas muss diese Frau wiederfinden, er fragt sich, wie die Sätze aus ihrem Buch sich anhören, wenn sie von ihr gesprochen werden, er will sie singen und spielen hören. Soll er etwas auf die Rückseite des Fotos schreiben?

Chiara setzt sich auf eine Bank und atmet tief durch. Der Nieselregen hat aufgehört.

Zuerst hat sie gar nicht kapiert, dass es *ihre* Gitarre war. Sie erkannte nur den Wunderwerk-Song. Das Notizbuch ist vorn in der Hülle, das hat sie als Erstes überprüft, sofort fiel ihr ein Stein vom Herzen. Sie nimmt die Gitarre und streicht übers Holz. Liebe Gitarre, alles ist gut, der böse Mann kommt nicht wieder.

Sie hat Wunderwerk einmal live gesehen, beim Festival im Park, dort haben Merle und sie sich zum ersten Mal in der Öffentlichkeit geküsst. Merle war knallrot danach und Chiara bekam eine Gänsehaut, weil Merles Gesicht fast zu platzen schien vor Verlegenheit und Glück. Später haben sie das Festival noch mal auf Youtube geguckt, manche Bands waren cool, Wunderwerk fanden sie albern. Der Gitarrist sang total pathetisch, mit affigem Vibrato. Angeblich kamen die jetzt ja groß raus. Sie waren sich einig, dass es mal wieder die Falschen traf. Nur der Bassist war in seiner linkischen Art fast kultig, immer wieder machte der beim Spielen die Augen zu, manchmal fürchtete man, er könnte von der Bühne fallen. Der Typ von eben hatte sogar eine ähnliche Mimik, den Song selbst interpretierte er aber anders: Trockener, auch rhythmischer, die kurzen Melodien zwischen den Akkorden empfand Chiara jedes Mal als Überraschung, dieser Typ spielte richtig cool, viel besser als sie selbst. Dann, als sie näher ranging, hat sie die Hülle auf dem Boden erkannt. Die Aufkleber, »Girl Power«, »Hass ist keine Alternative« und Billie Eilish als Comicfigur, sofort war sie entschlossen, ihm die Gitarre wegzunehmen, ohne Umschweife, sie fühlte Triumph, dann Erleichterung, als sie die Konturen des Notizbuches hinter dem Reißverschluss ertastete, und erst danach kamen die Tränen, unerwartet, einfach dieser Gemeinheit wegen. Kurz darauf wäre sie fast gestolpert, über die Beine dieses verstörten Mädchens vor der Eisdiele, bettelte die? Zu einem richtigen Lächeln war dieses Gesicht wohl nicht in der Lage, zitternd und schief ging der Mund in die Breite, auf einmal hob dieses Mädchen die linke Hand, winkte und sagte »Hello«, und dann, nach einer Pause, noch einmal »Hello«, allein das Aussprechen des Wortes schien sie glücklich zu machen, auch Chiara sagte »Hello«, und dann, beim Weitergehen, kam die Vorstellung über sie, diese Bettlerin würde sie verfolgen und mit ihrem breiten Mund verschlingen. Endlich hat sie dann diese ruhige Gasse entdeckt.

Beim Blick aufs Wasser fällt ihr ein Plattencover ein: *The Hurting* von Tears for Fears, sie kennt die Platte von ihrer Mutter. Die beiden Musiker blicken auf einen See mit Enten, in schicken schwarzen Klamotten und mit stylishen Frisuren. Chiaras Mutter erzählte gern, sie habe diese Platte mit zwölf jeden Tag gehört, das sei ihre Leid- und Liebeskummer-Musik gewesen. Chiara hat das immer überrascht, ihre Mutter und Liebeskummer? Eigentlich waren die zwei Typen auf dem Cover fast so albern wie Wunderwerk. Die machten einen auf existenzialistisch, dabei hingen sie bestimmt nur in Boutiquen rum, oder zu Hause vor dem Spiegel. Trotzdem blieb das Bild in Chiaras Kopf: dass die in ihrem Outfit vor diesem See standen! Es fehlte nur, dass sie die Enten fütterten. Im Grunde verweigerten sie sich souverän dem Zwang, männlich und cool zu sein. Ihre Mutter legte manchmal die Platte auf, um bei *Pale Shelter* mitzusingen und mitzuspielen, man hörte Synthesizer-Gewaber, ein pochendes Schlagzeug und dazu eine akustische Gitarre, die sich mit träumerischen Akkorden gegen die Kälte des Computersounds wehrte, diese Akkorde spielte auch ihre Mutter und sang dazu.

Nun spielt Chiara die Akkorde selbst. Sie merkt, ihr Atem wird ruhiger, sie hat Lust zu singen. Der höchste Ton der Akkorde bleibt immer gleich, während die Harmonien selbst sich ändern, dadurch entsteht dieser Sog, den sie so liebt, beim zweiten Refrain erreicht ihre Stimme die höchsten Töne noch besser als am Anfang.

Sie nimmt etwas neben sich wahr, ein Geräusch. Vielleicht sind es Schritte. Dann ein Schatten, und schon ist es wieder still. Der Schatten bleibt aber da. Jemand steht links hinter der Bank, sie hört auf zu spielen und dreht sich um. Es ist der Gitarrendieb.

»Was soll das?«, zischt sie ihn an. »Was willst du noch hier?«

Er zuckt, als hätten ihn Moskitos gebissen, bleibt aber stehen. Sie weicht seinem Blick nicht aus. Er scheint leise zu sprechen, egal, sie will nichts hören.

»Was hab ich gesagt?« Sie wird lauter. »Hau ab!« Jetzt schreit sie schon. »Hau gefälligst ab!«

»Kannst du das noch mal spielen?«, flüstert er.

»Geh einfach weg, okay?«

»Das Lied von eben, kannst du –«

»Nein, geh weg und komm nicht wieder!« Sie wird immer noch lauter, schon drehen sich Passanten um. »Was willst du noch hier?!«

Er streckt seine zitternde Hand aus. Da ist das Foto: Hanna und sie beim Fasching, als Käfer und Biene. Sie greift danach.

»Wieso hast du *das* denn?«, schreit sie. »Und jetzt hau ab! Hau gefälligst ab!« Längst hat sie die Kontrolle über ihre Stimme verloren.

»Ich kann auch erk–«, sagt er und beginnt zu stottern, dauernd wiederholt er das »k«, mit einem Mal weiß Chiara kaum noch, warum sie eben schreien musste, ihre Wut sinkt zu Boden und kommt nicht wieder.

»Ich kann es erklären«, flüstert er schließlich.

»Nein«, sagt sie leise. »Hör auf zu erklären. Geh einfach weg und lass mich in Ruhe.«

»Tut mir leid«, fügt sie hinzu, nachdem er sich abgewendet hat. »Ich bin müde.« Aber sie weiß nicht, ob er das noch hört.

Geh einfach weg und lass mich in Ruhe.

Natürlich, man kann Sachen vermasseln, bevor sie anfangen. Die Entschuldigung auf der Fotorückseite hätte er sich sparen können, das macht alles nur noch erbärmlicher. Er fragt ein Paar nach dem Weg zum Hostel. Die beiden scrollen auf ihren Handys rum. Wo er denn herkomme, erkundigen sie sich freundlich, der Weg ist nicht leicht zu beschreiben, die Erklärung dauert eine Weile, was die beiden aber nicht stört, ihre Sätze wechseln sich ab und fließen so harmonisch ineinander, dass er sie am liebsten bitten würde, ihn zu adoptieren. Dann muss er weiter. *Hau gefälligst ab*, schon wieder ist das in seinem Kopf, als würde diese Frau ihn vor sich her schubsen. Soll sie doch froh sein, dass er ihre Gitarre mitgenommen hat, wer hat die denn vergessen, sie oder er? Und er durfte ja nichts erklären. Wieder denkt er an ihren Songtext, *Ich kratz mich blutig*, natürlich, Borderline oder bipolar, so was in der Art hat die bestimmt, hätte er sich beim Lesen in ihrem komischen Buch gleich denken können. Als er ins Hostel kommt, ist es bereits kurz nach neun.

»Na den kennen wir doch! Der coole Gitarrist!«

Die Stimme klingt vertraut. Es ist Thorsten, er sitzt mit Philipp an der Bar. Jonas setzt sich dazu, immer noch besser als jetzt allein sein. Ja, er habe die Frau gefunden und ihr das Foto wiedergegeben, antwortet er auf Thorstens Frage. Und nein, sie hätten nicht lang geredet.

»Übrigens«, sagt Thorsten, »morgen gehen wir zu Madame Tussauds.« Das Smartphone auf seinem Tisch vibriert und leuchtet. »Einen Moment, das ist mein Chef. Wegen nächster Woche.« Er steht auf, geht telefonierend nach draußen und kratzt an seinem Kopf herum.

»Ich hab auch mal Gitarre gespielt«, sagt Philipp. Seine Ex, erklärt er, habe sich das von ihm gewünscht, die habe nämlich gern christliche Lieder mit ihm gesungen. »Aber dieses Christliche, das war definitiv nichts für mich. Und das Gitarrespielen auch nicht.« Jonas macht »Mhm«. Schon wieder hat er die zischenden Sätze im Ohr: *Was soll das? Was willst du noch hier?*

»Ja, so war das.« Philipp seufzt kaum hörbar. »Meine Ex war Christin.« Er betont beide Silben von »Christin« einzeln, wie eine bedrückende Diagnose. »Na ja. Im Prinzip hatt ich da nichts gegen.«

Dieses leise Zischen von ihr, denkt Jonas, dieses *Was willst du noch hier?*, das klang zunächst gar nicht böse, eher verletzt. Oder täuscht ihn seine Erinnerung? Nein. Die Stimme passte sogar zu der Art, wie sie im Notizbuch ihre Lehrerin beschrieb, den Fuß in der Heizungslücke, ihre eigenen konfusen Sehnsüchte. Erst später, als sie kreischte, saß mit einem Mal eine Furie auf der Bank, aber selbst die verschwand wieder komplett, am Schluss, als sie erneut leise wurde.

Letztlich, sagt Philipp, sei die Beziehung mit seiner Ex an diesem Christending gescheitert. Er habe immer das Gefühl gehabt, so ein normaler Mann reiche ihr nicht aus, da habe immer noch Gott dazugemusst, als Über-Mann. Er sei auch mal in den Gottesdienst mitgekommen, da habe er gesehen, wie sie bei der Kommunion nicht die Hand aufgehalten habe, damit der Pastor ihr die Hostie gab, sondern sie habe den Mund aufgemacht, damit das Teil direkt auf ihrer Zunge landet. Und manchmal habe sie mit geschlossenen Augen und gefalteten Händen neben ihm im Bett gelegen. »Und wenn ich dann gesagt hab, betest du, dann wollte sie das nicht zugeben«, fährt er fort, »aber ich war sicher, die betet jetzt hier im Bett neben mir, ein normaler Mann ist nicht genug, sie muss mit ihrem Gott im Bett liegen, und irgendwann meinte sie, und wenn schon, nehmen wir mal an, es würde stimmen, was wär denn dabei, und dass sie sich vor mir ja wohl nicht rechtfertigen müsse, oder entschuldigen, und was ich denn überhaupt für 'ne Ich-Schwäche hätte, wenn ich jetzt schon auf ihre Religion eifersüchtig sei. Na, und so weiter.«

Vielleicht war es einfach der falsche Moment, denkt Jonas, während er sich zum wiederholten Mal bemüht, Philipp empathisch zuzunicken. Es wurde schon dunkel, sie hat sich vor ihm erschreckt, man bräuchte eine zweite Gelegenheit, mit etwas mehr Ruhe würde er ihr alles erklären können. Und vielleicht war es doch gut, dass er eine Nachricht auf die Rückseite des Fotos geschrieben hat, wer weiß.

Philipp trinkt, Thorsten ist inzwischen wieder da und atmet schwer. Philipp fragt ihn leise etwas. Thorsten antwortet: »Wir hatten gesagt, wir sprechen da nicht drüber. Das ist *meine* Sache.« Vielleicht ist das aber auch alles Quatsch, spinnt Jonas seinen Gedanken weiter, Wunschdenken, soll er etwa morgen den ganzen Tag durch Amsterdam irren und nach dieser Frau suchen? Bloß um wieder angeschrien zu werden? Sie würde bestimmt auch fragen, wieso ihr Foto das Notizbuch verlassen hat, was soll er dann sagen?

»Willst du vielleicht morgen mitkommen?«, fragt ihn Thorsten. »Zu Madame Tussauds?«

Jonas überlegt. »Ja klar«, hört er sich antworten. Nun hellt auch Philipps Gesicht sich etwas auf. »Sauber«, sagt Thorsten, »Super«, ruft Philipp und stößt so fest mit Jonas' Bierglas an, dass er kurz denkt, es würde zersplittern. Egal, er will nicht weiter nachdenken. Vielleicht sind die beiden dafür eine gute Hilfe.

Später sieht er, dass seine Eltern versucht haben, ihn anzurufen. Beide einzeln.

Wer weiß, vielleicht hätte er auch noch seine Nummer unter das Foto schreiben sollen. Das wäre ihm aber wie eine Anmache vorgekommen. Wie auch immer, jetzt ist es zu spät.

Chiara ist ihr Herumkreischen peinlich. Es ist ihr peinlich, dass zwei Radfahrer stehen bleiben, gleich nachdem der Typ wegging, noch peinlicher ist es, dass diese Radfahrer nicht nur einmal, sondern gleich ein zweites und drittes Mal »Is everything alright?« fragen, dabei hat sie schon beim ersten Mal laut und deutlich »Yes, it's okay!« geantwortet, wie oft soll sie das wiederholen? Schließlich kommt noch ein weißhaariges Paar dazu und findet es offenbar wichtig, ebenfalls »Is everything okay?« zu fragen, gleich zweimal, so langsam glaubt Chiara, dass sich diese Fragerei gar nicht auf den verjagten Typ, sondern auf ihren Geisteszustand bezieht, jetzt gucken die Weißhaarigen auch noch auf ihre Handys, rufen die einen Krankenwagen, kommen gleich Pfleger mit einer Zwangsjacke? Sie steht auf, ruft nochmals »It's alright!«, dabei muss sie ihre Stimme im Zaum halten, sie darf nicht schon wieder loskreischen. Die Leute rufen »Hey! Your guitar!«, sie hat sich ohne die Gitarre in Bewegung gesetzt, sie wendet sich um, sagt leise »Danke«, nimmt die Gitarre und weiß, jetzt halten die sie erst recht für gestört. Nichts wie weg, sie geht schnell, obwohl ihr die Gitarre auf einmal sehr schwer vorkommt.

So etwas wie eben passiert ihr immer wieder. Einmal hat sie Merle beim Abwaschen angeschrien, ihr Vater war übers Wochenende verreist, Merle hatte im Spülbecken eins seiner Biergläser kaputtgemacht, Merle glaube wohl, man müsse vor ihrer Familie keinen Respekt haben, keifte Chiara daraufhin los, aber ihre Familie sei genauso viel wert wie jede andere auch, irgendwann schrie sie »Sieh mich gefälligst an!«, was natürlich albern war, Merle hatte sie die ganze Zeit fassungslos angestarrt und nur einmal ganz kurz den Blick gesenkt, trotzdem wiederholte sie es, »Sieh mich gefälligst an!«, außerdem wusste sie genau, ihr Vater würde gar keinen Stress machen, der hatte genug Gläser, und erst als ihre Stimme zum Weiterkreischen zu erschöpft war, begriff sie vollends das Absurde ihrer Unterstellungen, und schon kam die Scham, sofort lief sie auf Merle zu und nahm sie fest in den Arm, Merles Oberkörper blieb jedoch steif, sie legte noch nicht mal das Geschirrtuch aus der Hand.

Chiara ist durchgeschwitzt, als sie die WG erreicht. Ihre Haare sind noch zerzauster als sonst. Sofort fragt Amy, ob irgendwas passiert sei. Chiara lässt sich in einen Sessel fallen und ist, während sie den dreien alles erzählt, ganz außer Atem, dadurch klingt die Geschichte viel dramatischer, ihre Stimme viel aufgewühlter, als sie wollte, »What a bastard!«, ruft Amy, »What a creepy guy!«, ruft Mariah, Yuka nickt bestätigend. Chiara zwingt sich, tief durchzuatmen. Sie muss noch mehr von diesem Typ erzählen: von seinem Wunsch, sie noch einmal spielen zu hören, von seinem Stottern, das ihre Wut wegblies, vielleicht hat er die Gitarre ja sogar in guter Absicht mitgenommen, zumindest zuerst, es ergibt eigentlich keinen Sinn, und doch kommt es ihr richtig vor, wie eine Wahrheit, die sich nur noch nicht behaupten konnte.

»And the photo?«, fragt Amy. »Why the hell did he keep that photo?«

Das Bild, sagt Chiara, sei bestimmt aus der Tasche gefallen, der Reißverschluss sei halb offen gewesen.

»Because *he* opened it!«, lacht Yuka.

»I don't know«, sagt Chiara.

Sie solle diesen »Freak« nicht auch noch verteidigen, meint Mariah. Chiara weiß selbst: Vielleicht spinnt sie. Vielleicht will sie seinen Diebstahl nur nicht wahrhaben. Sie denkt wieder an dieses Stottern. Sie hat im Ohr, wie er auf ihrer Gitarre gespielt hat, sie möchte das noch einmal hören. Überhaupt das Spielen, damit muss sie weitermachen, gleich morgen.

»Hey! Are you listening to us?«, ruft Yuka.

»Yes, of course.«

»I said, anyway, you have your guitar back.« Yuka fragt, ob sie morgen wieder damit auftreten wolle. »Yes!«, ruft Chiara.

»And you promised to play us some songs now, didn't you? On your guitar. Tonight!«

»Yes!«, sagt Chiara. »I'll get it!«

Sie holt ihre Gitarre und spielt ihr neues Lied, das über den Ausguss, »und das Wasser sinkt nach innen, aber ich kann neu beginnen«, und danach noch ein zweites. Es ist schön, sich nicht mehr erklären zu müssen, einfach nur zu singen und zu spielen. Leider hört sie nur ein hässliches Schnarren, kein echtes Schwingen der Saiten, sie war definitiv schon mal besser. Trotzdem wollte der Typ sie vorhin spielen hören. Die drei Frauen lächeln, als wäre sie ein Blockflöte spielendes Kind. Immerhin bewegt Yuka die Lippen, als würde sie gern mitsingen. Und dann applaudieren alle drei.

»Thank you! I am really tired now!«, ruft Chiara.

Besser wird der Tag nicht enden. Sie springt auf, sie will, bevor Amy aufsteht und ihr folgt, ins Bad und ins Bett gehen. Falls sie noch wach ist, wenn Amy dazukommt, wird sie sich schlafend stellen. Und ganz intensiv an Musik denken. Sie holt noch einmal das Bild aus der Hülle. Da sieht sie: Jemand hat hinten etwas draufgeschrieben, mit Bleistift.

Ich wollte die Gitarre heute noch zurückbringen.

Es tut mir leid.

Sie streicht das Bild glatt und sieht sich die beiden Kinder an: Hanna als Marienkäfer und sie selbst als Biene. Hanna meinte damals, Chiara hätte das schönere Kostüm bekommen, dabei hatte sie doch selbst als Marienkäfer gehen wollen. Aber später, als Hanna Chiaras Gesicht schminkte und Chiara über das Kitzeln auf der Haut lachen musste, da bekam auch Hanna wieder gute Laune und alles war für eine Weile wieder gut.

Samstag, 7. September

»Die Merkel und der Obama, die sahen doch total scheiße aus«, sagt Philipp beim Verlassen des Wachsfigurenkabinetts.

»Guck mal!«, ruft Thorsten. »Das ist die doch, oder?«

»Wer?«, fragt Jonas. »Wo?«

»Da vorn! Das ist doch diese Frau, oder nicht? Die dir die Gitarre weggenommen hat gestern?«

Weiter vorn auf dem Dam steht tatsächlich die Gitarrenfrau und spielt. Philipp redet weiter, die Wachsfiguren hätten ihn an die Leiche seiner Oma erinnert, die sei vor ihrer Bestattung im Sarg extra schön hergerichtet worden, habe aber überhaupt nicht »wie in echt« ausgesehen, das sei für ihn gar kein Trost und kein richtiges Abschiednehmen gewesen. Thorsten schneidet ihm das Wort ab, er habe genug von diesen »komischen Vergleichen«, die Philipp ständig anstelle, Philipp müsse »alles immer anti-mäßig« sehen und runterziehen, sie seien aber hier zum Entspannen, zu Hause habe er schließlich schon genug Stress. Die Gitarrenfrau spielt rechts neben dem Königspalast. Vorhin hat es wieder geregnet. Auf einer Regenjacke vor ihr sitzen drei weitere Frauen, sonst scheint niemand ihren Auftritt zu beachten. Jonas hat bereits damit gerechnet, sie hier irgendwo wiederzusehen. Schon als Thorsten gestern erzählte, das Madame Tussauds liege am Dam, dachte er, wer weiß, vielleicht steht diese Frau dort und spielt, es war eine Mischung aus Befürchtung und Hoffnung. Lasst uns bitte woanders langgehen, würde er gern antworten, ich will nicht an ihr vorbei. Stattdessen bleibt er stehen.

»Was ist?«, fragt Thorsten. »Wir wollten doch eigentlich was essen.«

»Ja, ich weiß.«

Die Gitarrenfrau singt *The Girl from Ipanema.*

»Na ja.« Philipp sieht zu ihr hinüber. »Findest du die, wie soll ich sagen, interessant? Wenn die nicht singen würde, dann wär die eigentlich echt ganz, wie soll ich sagen –«

»Du sollst nichts sagen«, unterbricht ihn Thorsten. »Auf jeden Fall kann die singen. Das hört man sofort.« Er verschränkt die Arme.

»Ihr könnt ruhig schon mal essen gehen«, sagt Jonas. »Ich komm später nach.«

Thorsten sieht Jonas stirnrunzelnd an, wohl in der Hoffnung auf eine Erklärung, dann sagt er: »Gut.«

»Schreibt mir einfach, wo ihr seid.«

Philipp seufzt: »Dann bis später.« Und schon gehen sie weg.

Soll er näher rangehen? Vielleicht schreit sie dann wieder. Vielleicht hat sie ihn noch gar nicht bemerkt. Links von ihr steht ein Mann auf einer Kiste und macht in Zeitlupe roboterartige Bewegungen, Jonas stellt sich erst einmal dorthin, vielleicht kann er dann später so tun, als würde er die Gitarrenfrau erst zufällig entdecken.

Soweit er sich erinnert, darf man nur für eine begrenzte Zeit hier Musik machen. Wie viel davon ist bei ihr schon vorbei? Es ist früher Nachmittag. Inzwischen haben ein paar Leute im Vorbeigehen Geld gegeben, sie singt *Eternal Flame*, beim Refrain wird die Stimme lauter und flehender, trotzdem wirkt es, als sänge sie ganz leise, wie bekommt sie das hin? Dann wieder scheint sie losschreien zu wollen, was aber nie geschieht. Etwas vibriert in Jonas, ist er dieser Person nicht früher schon einmal begegnet? Dieses Zurückhalten des Schreis in ihrer Stimme, diese Energie, die sich im Zaum hält, bringt ein Kribbeln auf seine Haut. Anscheinend ist sie beim Singen beherrschter als im echten Leben. Vielleicht klingt sie aber auch nur so verzweifelt, weil niemand stehen bleibt. Oder weil sie sich schon wieder von ihm verfolgt fühlt, sie muss ihn längst bemerkt haben, natürlich hat er den Blick nicht konsequent genug an den Robotermann geheftet. Ein Schwall Jugendlicher kommt vorbei, bestimmt eine Schulklasse, einige sehen sie an und bleiben kurz stehen, folgen dann aber wieder dem Rest ihrer Gruppe, Jonas nutzt die allgemeine Bewegung, um näher ranzugehen. Er wagt sich vor und setzt sich, etwa zehn Meter vor ihr, auf seinen Rucksack, wirkt das aufdringlich? Wie viele Lieder waren das inzwischen? Jetzt spielt sie *Pale Shelter*. Bei »When you don't give me love« klingt die Stimme glasklar, erst am Schluss kommt ein leichtes Vibrato dazu, das fand er schon gestern toll. Er denkt wieder an diesen Liebesbrief aus ihrem Notizbuch. Wann hat sie das wohl geschrieben, geht sie etwa noch zur Schule? Die drei Frauen auf der Regenjacke klatschen, ist jetzt Schluss? Falls ja, haut er besser ab. Sie wird nicht mit ihm reden wollen. Sie legt die Gitarre weg und verbeugt sich, zwei weitere Passanten werfen Geld in ihren Korb, nun ist ihr Auftritt also vorbei. Jonas guckt aufs Handy, noch keine Nachricht von Thorsten und Philipp. Am besten verschwindet er. Er steht auf und dreht sich um. Ihm fällt wieder ihr Vers ein, der nach *Ich kratz mich blutig, es juckt und juckt* kam:

Es ist nicht mutig, wenn niemand guckt.

Natürlich ist auch *weggucken* nicht mutig. Zumindest muss er ihr etwas Geld geben. Das ist er ihrer Stimme schuldig, erst recht der Gitarre. Er wird sie nicht lang anschauen – sonst haut sie ihm noch die Gitarre über den Kopf –, was gar nicht leicht ist, sie hat den Korb vom Boden genommen und hält ihn vor ihren Oberkörper. Schnell greift er nach seinem Portemonnaie, zum Glück ist ein Fünfeuroschein drin, den hält er hoch wie eine Friedensfahne, geht mit gesenktem Haupt auf sie zu und streckt ihr den Schein entgegen, leider hält sie den Korb immer noch dicht am Körper, vielleicht greift sie gleich nach ein paar Münzen und schleudert sie ihm gegen die Stirn. Nein, auf einmal beugt sie sich nach vorn und lässt den Korb sinken. Ein paar Münzen fallen heraus. Jonas zuckt zusammen, muss sie sich übergeben oder weint sie? Er geht auf die Knie und sagt: »Ich bin gleich weg, ich sammel schnell die Münzen ein!«, da hört er: Sie weint gar nicht, sie lacht. Sie krümmt sich vor Lachen, dann richtet sie sich auf, wirft die Haare zurück und lacht mit ausgestrecktem Oberkörper weiter. Einige Münzen sind weggerollt, er wäre besser stehen geblieben, nun muss er mehrere Schritte auf allen vieren laufen, was dieses Mädchen von Neuem zum Lachen bringt. »Komm, steh mal auf!«, ruft sie. »Und setz dich zu uns!«

Jonas sieht sie erstaunt an. Er hat jetzt alle Münzen beisammen, er lässt sie in den Korb sinken. Sein Handy vibriert, egal, es bleibt in der Hose. Und dann sitzt er dieser Sängerin und ihren drei Freundinnen gegenüber, auch die fanden es offenbar lustig, ihm beim Krabbeln zuzusehen.

»Spiel noch mal!«, sagt sie und reicht ihm die Gitarre.

Nun weiß sie endlich, woher sie ihn kennt: Von der Zugfahrt. Er hat ihren Koffer ins Gepäckfach gehoben und danach andauernd zu ihr rübergeguckt. Sie möchte endlich sehen, wie dieses Zappeln und Zittern aufhört. Stattdessen guckt er das Gitarrenband beim Umhängen an, als hinge sein Hals gleich am Galgen.

»Spiel noch mal den einen Song von Wunderwerk«, sagt sie. »Den du gestern gespielt hast.«

Siehe da, seine Finger landen an den richtigen Stellen. Seine Stimme klingt erst einmal tastend, unsicher, aber das ändert sich, sobald er eine seiner Bassmelodien zwischen den Akkorden einbaut, das Timbre des Spiels überträgt sich auf den Gesang, auch Yuka, Mariah und Amy hören aufmerksam zu, aber das scheint er nicht zu bemerken, seine Augen starren geradeaus, die Stimme gewinnt an Festigkeit, Yuka und Mariah lehnen ihre Schultern aneinander. Amy greift, was zu erwarten war, nach Chiaras Hand, Chiara ist überrascht von der Selbstsicherheit, die während des Singens und Spielens über ihn zu kommen scheint, sie wünscht sich, er könnte in diesem Stil *ihre* Lieder begleiten, seine Bassläufe zwischen den Akkorden, die sie selbst bestimmt so nicht hinkriegen würde, das würde gut passen. Ansonsten hat sie immer noch keinen Schimmer, was sie von ihm halten soll. Er ist der Dieb ihrer Gitarre, aber er ist kein echter Dieb, anscheinend kann er sich zu nichts voll entschließen, wozu Merle jetzt wahrscheinlich sagen würde, so jemand ist noch erbärmlicher als ein richtiger Dieb. Amy, Yuka und Mariah haben in Chiaras Gegenwart noch nie so lang geschwiegen, außer beim Tanzen, aber jetzt sind sie völlig bewegungslos, ihre Blicke sind nach wie vor auf ihn gerichtet.

Immer mehr beschäftigt Jonas beim Spielen die Frage, was das für eine Frauenclique ist. Die Blonde lehnt ihren Kopf an die Schulter der Gitarrenfrau und streichelt über ihre Hand, nun gut, warum nicht, kann ihm ja egal sein, dann steht sie halt auf Frauen. Besser, man weiß so was von Anfang an. Zwischendurch lacht die Gitarrenfrau aber auch ständig die Asiatin an, die das grinsend zur Kenntnis nimmt, während sie selbst die Hand der Afro-Frau hält, da ist was Komisches im Gange bei denen, merken die alle nichts davon? Und achtet hier eigentlich noch wer auf seine Musik? Egal, er singt und spielt einfach weiter. Die Gitarre klingt super, am besten guckt er rüber zur Seifenblasen-Pusterin, die inzwischen wieder auf dem Dam steht, er singt für die Seifenblasen, man kann sich einbilden, die eigene Stimme würde die schwebenden, zitternden Riesenkugeln in der Luft halten, das gibt ihm neue Energie.

»You think he didn't want to steal your guitar?«, flüstert Amy.

»I am not sure«, flüstert Chiara zurück. »Anyway. I think he is a good musician.«

»Yeah, his guitar play is cool. But he's a lousy singer«, kichert Yuka und sagt, sein Singen wäre völlig übertrieben, »That's right!«, zischt Chiara zurück. Tatsächlich singt er jetzt viel zu pathetisch. Und warum starrt er dauernd zu den Seifenblasen, will er die mit seiner Stimme zum Platzen bringen?

»And now you!«, sagt er nach dem Lied und gibt ihr die Gitarre zurück.

Diesmal singt sie Deutsch. Irgendwas mit einem Ausguss und Wasser, das nach innen fließt, zunächst findet Jonas das peinlich. Dann aber stoppt sie zwischendurch ihre Gitarre ganz kurz, das erzeugt Groove, die anderen drei bewegen rhythmisch die Köpfe, Jonas wippt mit.

»Ich hab das Lied neulich auch aufgenommen«, sagt sie, »auf dem Handy, mit Backgroundgesang. Und mit zwei Gitarrenspuren.«

»Aha.«

Schon stecken Kopfhörer in Jonas' Ohren. Die Aufnahme geht los, sie singt das Lied von eben im Duett mit sich selbst, die Gitarrenspuren klingen rau und widerspenstig, die Stimmen scheinen die Saiten besänftigen zu wollen. Man könnte sich gut mit einer weiteren Gitarren- oder Bassmelodie dazugesellen. Das Lied steigert sich, die Stimmen gehen in die Höhe, als wollten sie die Schwerkraft hinter sich lassen. Nach dem Lied, als sie Jonas die Kopfhörer aus den Ohren nimmt, strahlt sie wie seine Friseurin, wenn sie ihm mit Schwung den Umhang abnimmt und ihr Werk präsentiert.

»Toll«, sagt er. »Echt toll.«

Sein Handy vibriert schon wieder, egal.

»So why do you steal guitars?«, fragt ihn die Frau mit dem Afrolook.

»I found it in that pub«, stammelt Jonas, »And they did not want to keep it behind the bar, so I wanted to come back the next day.« Grinsen sie über seinen Akzent oder weil sie ihm nicht glauben? Sie tauschen Blicke aus und tuscheln, dann sagt die Afrolook-Frau: »And then you used it yourself, didn't you?«, die Asiatin antwortet: »Yes, he did«, nicht vorwurfsvoll, eher belustigt, während sein Handy schon wieder vibriert. Thorsten und Philipp, liest er, sitzen in einem Fish-and-Chips-Lokal, sie essen bereits.

»I have to go«, sagt Jonas.

»See you«, sagt die Gitarristin sehr beiläufig. Also schnell aufstehen, weggehen, und dann nie wieder an diese Begegnung denken, nein, er geht langsam, warum fällt ihm kein Grund ein, sich noch einmal umzudrehen?

»Ich kenn dich übrigens!«

Er bleibt stehen.

»Du heißt Jonas. Du hast im Zug mein Gepäck hochgelegt. Ich bin Chiara.«

Sie steht auf und gibt ihm die Hand.

»Stimmt.«

Nun erinnert er sich: Der feste Händedruck, die wippenden Locken, das Hochziehen der Augenbrauen, während sie »Chiara« sagt, alles ist wie auf der Zugfahrt, die eine Ewigkeit zurückzuliegen scheint, fast kommt es ihm vor, als würden sie und er sich »von früher kennen«, ist natürlich Quatsch, aber nicht gleich drüber nachdenken, immerhin ist sie eben extra für ihn aufgestanden, und schon hört er sich fragen:

»Wollen wir Handynummern aust–?«

Er stottert wieder. Sie sieht ihn an, als würde er etwas Interessantes erzählen.

»Also, ich find das ja komisch, wie viele Frauen inzwischen nur auf Frauen stehen«, sagt Philipp im Fish-and-Chips-Lokal. »Wenn ich diese Lesbenpaare zusammen sehe, dann frag ich mich manchmal, ob die das alle wirklich machen *müssen*, versteht ihr?«

Jonas beginnt gerade, Fish and Chips zu essen. Was hat ihn dazu gebracht, Philipp und Thorsten eben von den Berührungen zwischen den drei Frauen zu berichten? Sie wollten wissen, »wie es gerade noch war«, und kaum beginnt man zu antworten, schon verrät man zu viel. Thorsten und Philipp sind längst mit dem Essen fertig, die Bedienung räumt ihre Teller weg.

»Versteht ihr, was ich meine?«, fragt Philipp.

»Nein. Nicht wirklich«, sagt Thorsten.

»Na ich mein«, fährt Philipp fort, »klar, manche von denen, die sind bestimmt *wirklich* lesbisch, aber bei einigen denk ich: Die wollen sich einfach nur 'n schönes Leben machen, ohne Stress. Versteht ihr echt nicht, was ich meine?«

»Nein. Versteh ich überhaupt nicht«, sagt Thorsten. »Was für Stress denn? Meinst du jetzt Kinder haben oder was?« Ja auch, sagt Philipp, aber nicht nur, bei Thorsten in der Beziehung sei doch auch nicht immer alles harmonisch, worauf Thorsten zurückfragt, warum Philipp sich nicht mehr »an die Regeln« halte, nun wird die Stimmung gereizter, irgendwann vermeiden Philipp und Thorsten den Blickkontakt und sehen stattdessen wieder erwartungsvoll Jonas an, um aufs Neue nach »diesem Mädel« zu fragen: Ob er die süß finde, ob es ihm nichts ausmache, dass die wohl lesbisch sei, ob er vielleicht hoffe, da könnte trotzdem was laufen, Jonas fühlt sich wieder wie früher, wenn ihn auf dem Spielplatz die Schlägertypen anstarrten, sein Stottern nachäfften oder ihm eine reinhauen wollten, er antwortet mit wenigen Sätzen vom Lieder-Vorspielen und vom Austausch der Handynummern, im Nu kommt er sich vor, als hätte er ein umfassendes Geständnis abgelegt. Dann muss er zur Toilette. Was wollen die eigentlich, das geht die gar nichts an. Und schon hat er Chiara eine Nachricht geschrieben:

Wollen wir uns vielleicht morgen zum Frühstücken treffen?
Und dann zusammen Musik machen?
Einfach nur mal probieren :-)

Chiara muss grinsen.

Sie antwortet: *Ja!*

Später am Abend, im Schlafzimmer, will Amy wissen, ob Chiaras Interesse an diesem Jonas eher »professional« oder »personal« sei. Als Chiara erklärt, sie würde einfach gern mal singen, während er dazu spielt, verkündet Amy, das sei »really sad«, bis jetzt habe Chiara ihr »own thing« gemacht, wenn jetzt aber dieser Typ spiele und sie nur singe, das sei so ein typisches Mann-Frau-Klischee, der Mann mache die Arbeit und die Frau stelle sich mit ihrer schönen Stimme und ihrem Körper zur Schau, dabei umschließt ihre Hand die Finger Chiaras, es erinnert leicht an Handschellen. Chiara weiß: Wenn sie weiter allein auf der Straße spielt, wenn morgen wieder nur ab und zu einzelne Münzen in den Korb fliegen, für die sie jedes Mal lächeln und sich verbeugen muss, während kein Mensch stehen bleibt, dann wird sie Amsterdam verlassen, spätestens morgen Abend. Erst recht, wenn sie jeden Tag Yuka zusammen mit Mariah sieht. Und hört. Und Amy ihre Hand streichelt.

»Don't be jealous«, sagt sie. »It's about music, it's nothing sexual.«

Zugegeben, vielleicht ist es überflüssig, Ami jetzt auf die Wange zu küssen, aber immerhin hilft es Chiara, nicht mehr an die Geschehnisse im Schlafzimmer nebenan zu denken. Sie würde einfach gern mit jemand anderem Musik machen, flüstert sie, Amy lächelt so sanft, dass Chiara sie gleich aufs Neue küsst, dieser Jonas spiele echt toll, sie wolle das einfach probieren, ergänzt sie, da vergebe man sich doch nichts. Kurze Zeit später küssen sie sich noch ausgiebiger. Amy kann das ziemlich gut.

Sonntag, 8. September

Die Frau an der Ampel hat anscheinend Wahnvorstellungen. Sie lächelt in die Luft hinein, als sähe sie einen Geist. Dann kapiert Jonas: Auf der anderen Straßenseite, nicht weit von ihr entfernt, steht eine zweite Frau, die ebenfalls lächelt und winkt. So jemand wie diese Frauen ist er jetzt auch wieder, endlich. Er gehört aufs Neue zu denen, die verabredet sind. Und zwar nicht nur mit zwei Typen, die ihn an Spielplatz-Asis erinnern, sondern mit der Gitarrenfrau. Seit gestern hat sie auch einen Namen, Chiara. Man könnte ihr diesen Namen zurufen. Zum Beispiel, wenn er sie gleich im Frühstücks-Café entdeckt, sie ihn aber noch nicht. Gut auch, dass sie offenbar lesbisch ist, und dass er das schon weiß. Dann bleibt doch alles entspannt.

»Ach, *du* bist der Bassist von Wunderwerk!«

Chiara leckt sich den Milchkaffeeschaum von den Lippen.

»Nee, wie gesagt, jetzt nicht mehr. Sie haben mich rausgeworfen.«

»Na und?« Sie muss lachen. »Jetzt weiß ich wieder: *Du* hast auf der Bühne so freakig die Augen zugemacht! Beim Festival im Park. Hab ich später auch noch mal auf Youtube geguckt. Hattest du da 'nen Bart? Bei dem Festival?«

»Ja genau.« Alles scheint ihm peinlich zu sein, denkt sie. Selbst der Bart.

»Verstehe. Darum hab ich dich nicht wiedererkannt.«

»Aber wie gesagt. Sie haben mich rausgeschmissen.«

»Hab ich kapiert. Auch schon beim ersten Mal.« Sie hebt die Achseln. »Künstlerpech.«

Während sie Milchkaffee trinkt, rührt er in seinem Tee herum, als dürfte man der Flüssigkeit nicht trauen.

»Dann spielen *wir* jetzt eben zusammen«, sagt sie. »Hast du dich bei denen überhaupt wohlgefühlt? Bei Wunderwerk?«

»Willst du gar nicht wissen, warum sie mich rausgeworfen haben?«

»Ähm … nein. Eigentlich nicht.« Schon wieder muss sie lachen. »Du darfst es mir aber erzählen.«

Etwas umständlich spricht er von einem Bass-Synthesizer, mit dem er »viel experimentiert« habe, das sei den anderen in der Band immer zu kompliziert gewesen. Mit dem Bass-Synthesizer komponiere er übrigens auch sonst viel, auch eigene Stücke. Schnell merkt Chiara: Von diesem Bass-Synthesizer spricht er viel lieber als von Wunderwerk. Kurz darauf hat sie seine Kopfhörer im Ohr.

Was Chiara jetzt hört, passt nicht zum sonnigen Wetter. Es hört sich an, als stünde man im Wald, im Dunkeln. Tiere scheinen sich mit brummenden Lauten zu verständigen, von mehreren Seiten kommen tiefe Töne und fügen sich zu einer Melodie zusammen, nach und nach, und nun passt es doch ein wenig zur Sommerstimmung, die Melodie, findet Chiara, entspricht der Trägheit, die einen überkommt, wenn man länger in der Sonne liegt, sie wird durch diese Töne von Wärme umhüllt, nun sind auch höhere Klänge dabei, sie greifen die Melodie der tieferen auf und machen das Ganze hoffnungsvoller, auch die Melodie selbst hat sich verändert, und erst als die Kopfhörer plötzlich ihre Ohren verlassen, weil Jonas sie ihr nach dem Stück wegnimmt, merkt Chiara, sie hatte gerade die Augen geschlossen. Sie blinzelt, sie weiß kaum noch, wo sie ist.

»Kannst du mir die Datei schicken?«, fragt sie.

»Ja klar«, sagt Jonas.

Die Sounddatei ist verschickt, da vibriert sein Handy. Automatisch tippt er auf »Annehmen«. Erst dann sieht er, es ist seine Mutter.

»Hallo, Jonas. Ich hoffe, ich stör dich nicht, bist du gerade beschäftigt?«

»Nein. Also direkt beschäftigt nicht. Ist schon okay.« Drüben steckt sich Chiara jetzt ihre eigenen Kopfhörer in die Ohren.

»Aber du bist noch in Amsterdam?«

»Ja, klar.«

»Und es ist ja auch sonst einiges bei dir passiert.«

»Das kann man so sagen. Ja.«

Chiara summt. Er hebt wieder den Blick. Anscheinend hört sie sich tatsächlich ein zweites Mal sein Stück an.

»Na gut, davon musst du jetzt nicht gleich erzählen«, sagt seine Mutter. »Es wäre schön, wenn wir uns bald mal wieder sehen könnten.«

»Ja klar, können wir machen. Also, wenn ich wieder zurück bin.«

Chiara scheint das Anhören äußerst ernst zu nehmen, beim zweiten Mal noch mehr. Ihre Augen sind geschlossen.

»Bist du denn allein in Amsterdam? Du bist ja wahrscheinlich nicht mit Verena da.«

»Ja genau. Also, nein, ich bin nicht mit Verena hier.«

»Und auch nicht mit Wunderwerk.«

»Nein. Ich frühstücke grade mit einer anderen Musikerin.«

»Aha«, sagt seine Mutter, mit Fragezeichen am Ende.

»Sie heißt Chiara.«

»Sieh mal an, Chiara … Na gut, dann will ich nicht weiter – dann meld dich doch, wenn du wieder hier bist.«

»Mach ich.« Ist das wirklich die Melodie seines Basslaufs, die Chiara da drüben mitsummt?

»Weißt du denn, wann du wiederkommst?«, fragt seine Mutter. »Na gut, das musst du mir jetzt nicht sagen. Ich gehe davon aus, dass du dich bald meldest. Dann auf jeden Fall noch viel Spaß mit Chiara.«

»Danke.«

»Ich meine mit Spaß, wie soll ich sagen«, sie lacht, »ich meinte einfach, viel Spaß beim Frühstücken.«

»Haben wir. Wie gesagt, ich geb euch Bescheid, wenn ich zurückkomme.«

»Das wird ja bestimmt in den nächsten Tagen sein, so eine Reise kostet ja auch Geld. Dann also bis bald.«

»Ja. Bis bald, Mama.«

Chiara nimmt die Kopfhörer wieder aus den Ohren.

»Also zuerst, da dachte ich …«

Er beugt sich nach vorn, um sie zu verstehen.

»Das klingt fast beklemmend, mit diesen tiefen Tönen, fast so, als wenn man erdrückt wird.« Sie scheint nachzudenken. »Aber mit der Zeit merkt man, das hat auch was Warmes, und dann sind diese höheren Töne dazugekommen, das war, wie wenn Licht reinkommt.« Sie grinst und sagt: »Wir könnten mal zusammen einen Song schreiben.«

Ja, sagt er, gute Idee, beim »g« stottert er wieder, Chiara lächelt und streicht die Haare hinter ihr rechtes Ohr, als würde sie sich auf längeres Zuhören einstellen, dann kommt die »gute Idee« doch noch komplett aus seinem Mund, sie nickt und sagt: »Aber jetzt spielen wir erst mal.«

»Ja klar.« Fast ist Jonas enttäuscht. Ein Lied zusammen schreiben. Das hat er noch nie mit jemandem gemacht.

Eine Stunde später sitzen sie im Gras, im Vondelpark. Sie haben vorher noch einige Lieder notiert, er spielt *Summertime* von Gershwin, die Akkorde hat er bei Google gefunden, er liest sie vom Handy ab und muss genau hinschauen, es sind keine reinen Dur- oder Moll-Akkorde, sondern komplexere Gebilde, dadurch entsteht diese geheimnisvoll-schwüle Stimmung eines Sommers, in dem die Luft und die Zeit stillstehen. Ein leichter Wind weht, Chiara scheint nichts davon zu spüren, alles an ihr ist entspannt, sie singt wirklich ein Wiegenlied, mit klarer Stimme, als läge vor ihr ein einschlafendes Baby. Nach *Summertime* spielen sie den Tears-for-Fears-Song, *Pale Shelter*, und schon wird Chiaras Stimme vom Alt zum Sopran. So kann es weitergehen.

Dieser Jonas ist schon etwas seltsam. Er ist doch eigentlich kein Stotterer, warum also manchmal dieses Gestotter? Sein Kampf dagegen war vorhin rührend anzusehen, als würde er mit seinem »g-g-g« gegen eine Barriere angehen. Dann aber, als das Stottern vorbei war, schien er weglaufen zu wollen. Und immer wieder dieser um Absolution bittende Blick, manchmal schmachtet er sie geradezu an, sag mal, denkt sie und muss grinsen, du weißt, wie ich gepolt bin, oder? Beim Umhängen hielt er die Gitarre wieder, als hätte sie Krallen, dachte er, die Gitarre schlägt um sich, aus Rache, weil er sie geklaut hat? Aber dann kam es wie gestern, seine Unsicherheit verschwindet beim Spielen. Und sie merkt, sie singt anders als sonst. Als brächten seine Töne ihre Stimmbänder auf andere Weise zum Schwingen.

Ein Paar, das schon länger zu ihnen hinüberschaut, erhebt sich nach *Pale Shelter* von einer Decke, kommt zu ihnen und meint, das sei beides »echt stark« gewesen. Sie sprechen Deutsch mit holländischem Akzent. Beide haben Piercings an den Lippen und in den Nasen, dabei sind sie definitiv über vierzig, die Frau trägt kurze Dreadlocks, der Mann sagt, Tears For Fears seien toll, aber das kenne heute ja niemand mehr.

»Kennst du das erste Album?«, ruft Chiara. »*The Hurting?*«

»Hm. Weiß ich nicht mehr«, sagt der Typ.

»Da sind *Mad World* und *Pale Shelter* drauf.«

»Aha.«

»Vorne auf dem Cover, da sieht man doch die beiden Musiker. Die stehen an 'nem Teich mit Enten, in schwarzen Klamotten.«

»Nein«, ruft Jonas dazwischen, das stimme nicht, *The Hurting* habe ein anderes Cover, mit einem kleinen Kind. »Das sitzt in der Ecke und hält sich die Hände vors Gesicht.«

»Nein, die stehen da an sonem Teich«, wiederholt sie, »in schwarzen Klamotten.«

Jonas gibt keine Ruhe, sie verwechsle das bestimmt mit einem anderen Tears-for-Fears-Album.

»Meine Mutter hat die Schallplatte«, ruft sie. »Wir haben die oft zusammen gehört.«

Jonas lässt nicht locker, vielleicht verwechsle sie das mit einer Single oder Maxisingle oder so. Die zwei auf der Decke müssen langsam zu viel kriegen, *mit was für einem Besserwisser macht die denn Musik.*

»So ein Quatsch«, ruft sie, »es war *genau* dieses Album, *The Hurting*«, ob er behaupten wolle, sie und ihre Mutter wären zu blöd, sie wisse das ganz genau, »meine Mutter hat bei *Pale Shelter* immer die Gitarre genommen und mitgespielt!«, jetzt wird sie wieder laut, sie weiß, wenn er ihr noch mal widerspricht, fängt sie zu schreien an. Er sitzt aber da und sagt nichts. Vielleicht aus Angst, wieder zu stottern.

Jonas sieht, wie Chiara diesen abgehalfterten Typ geradezu mit ihren Augen verschlingt. Sie jauchzt ihm den Titel *The Hurting* lasziv entgegen, steht sie wirklich nur auf Frauen, oder auch auf Typen mit Raucherhaut? Dabei hat der noch nicht mal

Ahnung von Musik. Offenbar hört sie nicht, wie Jonas sofort »Ja, klar« sagt, er hat die CD seit Ewigkeiten zu Hause, er kennt sie auswendig. Er muss sehr laut sprechen, damit sie überhaupt reagiert, schon trifft ihn ein giftiger Blick, was soll das, man darf ja wohl noch sagen, was für ein Cover *The Hurting* hat, vielleicht kreischt sie gleich wieder, so wie vorgestern auf der Bank. Niemand spricht, alle schweigen verlegen.

Die beiden Gepiercten starren auf ihre Handys. Dann zeigt der Mann ihnen zwei Bilder. Zweimal steht rechts oben »Tears for Fears« und darunter »The Hurting«. Auf dem ersten Cover sieht man das kauernde Kind. Auf dem zweiten die schwarz gekleideten Typen vor einem Ententeich. Sie hatten also beide recht.

Chiara nickt. Jonas nickt auch. Es ist grausig, auf einmal werden die Gepiercten auf der Decke zu Erwachsenen, die zankende Kinder gezähmt haben. »Mögt ihr den Song noch mal spielen?«, fragt die Frau. »Es klang toll.«

»Die haben das Cover bestimmt später geändert«, sagt Jonas eine Stunde später, »weil sie was Zeitloseres wollten.« Sie sitzen wieder im Café. Es regnet, Chiara weiß, er will sich entschuldigen, also sollte sie sich auch entschuldigen, sie haben sich beide umsonst aufgeregt und angezickt.

»Deine Mutter hat also Tears For Fears gehört?«, fragt er.

»Ja«, sagt Chiara. »Und sie hat mir Gitarrespielen beigebracht.«

»Ist ja cool. Finden deine Eltern das toll? Dass du das hier machst?«

»Wen von meinen Eltern meinst du denn?«

»Na zum Beispiel deine Mutter.«

»Weiß nicht.« Sie rührt im Tee. »Meine Mutter findet alles, was ich mache, ganz toll, und dann vergisst sie es wieder.

Meinen Vater interessiert es mehr, glaub ich, aber der findet es eher scheiße.«

»Wieso, weil deine Mutter es dir beigebracht hat? Nachdem sie sich getrennt haben?«

»Genau!« Sie umfasst ihre Tasse. »Woher weißt du das?«

»Hat sich halt so angehört. Na ja, bei mir ist es anders. Aber irgendwie doch so ähnlich«, sagt er und erzählt, wie sein Vater ihm neulich am Telefon gesagt habe, er müsse jetzt endlich mal seinen Verpflichtungen nachkommen. »Er meint natürlich mein Studium. Aber das klappt nicht mehr.«

»Wieso?«, fragt sie. »Habt ihr bei Wunderwerk so viel gekifft? Ist dein Hirn so geschädigt?«

»Nee. Das hat mit Wunderwerk nichts zu tun. Ich hab dauernd Angst vor Referaten, und vor Prüfungen.« Er erzählt von einem Referat, das er über französische Literatur gehalten hat, über »die Madeleine-Szene bei Proust« – er redet so, als müsste sie das kennen –, es ging, wenn sie es richtig versteht, um einen Roman, in dem jemand einen Keks isst und durch den Geschmack euphorisch wird, weil er die gleiche Kekssorte schon mal als Kind gegessen hat. »Aber dieses Glücksgefühl verschwindet gleich wieder, und die Erinnerung an die Kindheit auch«, sagt Jonas, »und dann konzentriert er sich extra ganz besonders, damit der Erinnnerungsflash zurückkommt.« Chiara merkt: Von Referaten und Prüfungsangst will sie jetzt nichts hören. Nicht, solange sie in Amsterdam ist. Aber Jonas redet auch gar nicht mehr vom Referat, er spricht weiter über diese »Madeleine-Szene« des französischen Schriftstellers.

Es erstaunt Jonas selbst, was er hier alles erzählt: vom Referat, von der Marcel-Proust-Szene und wie er sich beim Vorbereiten gefragt hat, ob er auch selbst schon ein solches Erlebnis mit dem Erinnern hatte. »Und dann ist wirklich was

Besonderes passiert. Charlotte aus meiner WG hat an dem Tag 'nen Kapuzenpulli getragen. Und dieser Pulli, der hat mich an irgendwas erinnert, ich wusste zuerst nicht was, das hat mich total aufgeregt. Und irgendwann war es mir klar.« Er erzählt ihr von dem Jungen, in den er als Kind, »na ja«, sagt er, »verliebt war«, im Kindergarten, er spricht vom roten Kapuzenpulli dieses Jungen, so einen Hoodie hatte er selbst als Kind nie, den fand er sofort toll, genau wie die hellen Haare und Augen des Jungen. »Ich bin eigentlich gar nicht schwul«, sagt er, »na jedenfalls nicht seit der Kindheit. Ich hab auch nicht gedacht, das wäre Verliebtheit. Ich glaub, das Wort kannte ich gar nicht.« Aber heute weiß er, genau das war es, ein kribbelndes, warmes Glücksgefühl im Bauch, er musste unbedingt zu diesem hellblonden Jungen hin, er starrte abwechselnd die Haare, das Gesicht mit den blauen Augen und die weißen Kordeln über den roten Taschen zum Händereinstecken an, und dann, als sie sich zu zweit aufstellten, gelang es ihm, neben dem Jungen zu stehen. Der Junge hatte verschwitzte Hände. Es war toll, diesen Schweiß an den eigenen Fingern zu spüren.

»Und dann hab ich ihn gefragt: Wollen wir Freunde sein? Und er hat Ja gesagt. So einfach geht das, wenn man fünf ist.« An mehr kann er sich nicht erinnern. Hat er danach überhaupt noch ein zweites Mal mit diesem Jungen geredet? Viel später, in der Grundschule, gab es wieder einen blonden Jungen, in der dritten Klasse kam der dazu, wieder mit rotem Hoodie, und wieder brodelten die gleichen Gefühle, genauso überfallsartig – kam das durch die Erinnerung an den Kindergarten? –, wieder hat Jonas einfach gesagt: »Wollen wir Freunde sein?«, wieder weiß er nicht mehr, wie lang die Freundschaft dann dauerte. Und das, erzählt er Chiara, ist ihm alles an diesem Tag wieder eingefallen, in seiner WG, am Schreibtisch.

»Am liebsten hätte ich direkt einen Brief an Marcel Proust geschrieben.«

»Und? Hast du es gemacht?«

»Der ist fast hundert Jahre tot.«

»Ach so.«

Und gleich darauf, erzählt er weiter, kam dieser Drang, die beiden Situationen möglichst genau im Kopf durchzuspielen, sie wieder und wieder zum Leben zu erwecken. Und schließlich verlor er sich komplett in allen möglichen Erinnerungen.

»Na ja. Irgendwann war es fast Mitternacht. Und das Referat hatte ich noch nicht mal richtig angefangen. Am Ende hab ich nur noch irgendwas hingetippt und das Thesenpapier im Seminarordner hochgeladen, ohne es vorher noch mal durchzulesen, da war es schon drei Uhr nachts. Ich war ja sowieso schon viel zu spät dran. Und das Referat war dann ganz furchtbar.«

Chiara hat die ganze Zeit zugehört und sich mehrmals die Haare hinters rechte Ohr gestrichen, als fürchtete sie, sonst nicht alles mitzukriegen, nun sieht sie ihn stumm an.

»Das Referat war furchtbar«, wiederholt er. »Und das war nicht das erste Mal. Nur war es diesmal noch krasser, vielleicht kann ich gar nicht richtig studieren, ich saß nämlich vorne am Pult und –« Mitten in seinen Satz hinein sagt sie: »Denk nicht mehr an das Referat.«

»Denk nicht mehr an das Referat«, für diesen Satz würde er sie am liebsten umarmen. Allerdings ist der Tisch zwischen ihnen. Chiara öffnet ihre Gitarrenhülle und nimmt das Notizbuch heraus, sie wolle ihm mal was zeigen, sie leide nämlich an Neurodermitis, und mit dem Juckreiz sei es manchmal so ähnlich wie mit seiner Tagträumerei. Dazu habe sie mal einen Songtext geschrieben. »Also, der ist noch nicht richtig gut«, sagt sie, blättert im Buch und legt es auf den Tisch. »Aber den Refrain, den find ich irgendwie cool. Ich weiß nicht warum.

Also, der geht so: *Ich kratz mich blutig, es juckt und juckt*«, und noch während sie »*Es ist nicht mutig*« sagt, unterbricht Jonas: »*Nicht mutig, wenn niemand guckt.*«

Er sieht, wie Chiaras Mund offen steht, und verflucht sich sofort. Er weiß, es ist zu spät, er muss beichten, woher er diesen Text kennt. Doch schon beim »Ich« kehrt das Stottern zurück. Schon wieder streicht sie sich die Haare hinters Ohr und sieht aus, als würde sie dem Rhythmus seines Stotterns zuhören wie einem Musikstück. Schließlich nickt sie: »Das ist ja toll.«

Jonas verstummt. »Was? Dass ich stottere?«

Sie schüttelt den Kopf und grinst. »Quatsch. Es ist toll, dass du sofort die Textzeile kapierst!«

»Ja!« Die Erleichterung löst Jonas' Zunge. »Das Coole ist ja, der Text wirkt erst mal unlogisch. Aber trotzdem kapiert man gleich, was gemeint ist!« Irgendwie gehe es um Gefühle, die man nicht rauslassen könne, ergänzt er schnell. Chiara sieht glücklich aus, sie schöpft wohl tatsächlich keinen Verdacht.

Am liebsten würde sie Merle hierherbeamen und »Siehst du« rufen, »der versteht meine Texte!« Aber warum hat er eben so entsetzt gewirkt?

»Pass auf«, sagt sie, »hast du vielleicht Bock, dass wir den Song zusammen weiterschreiben?« Nein, sagt er, den Text solle sie lieber allein weiterschreiben, der sei ja total persönlich. »Aber die Musik können wir dann zusammen machen.«

»Okay«, sagt sie. »Und jetzt gucken wir noch mal, mit welchen Liedern wir gleich auftreten.«

Jonas steckt noch der Schreck in den Knochen. Hätten sie noch länger geredet, hätte er sich bestimmt noch mehr verplappert. Sie üben weitere Lieder, draußen auf einer Bank, unter anderem *Billie Jean* von Michael Jackson, *Spanish Bombs* von The Clash und *Blackbird* von den Beatles, *Billy Jean* und *Blackbird* kenne sie natürlich, sagt Chiara, das andere Lied habe sie aber auch schon mal gehört, sie singt den Text vom Handy ab, und dann beschließen sie, in Richtung Dam zu gehen, jetzt sofort, möglichst schnell, sie laufen fast, Chiara sagt, sie müssten sich dort, wenn's geht, direkt hinstellen und gleich zu spielen anfangen, bevor die Energie verflogen sei, und tatsächlich packt auf dem Leidseplein ein Mann mit Drehorgel gerade seine Sachen.

»May we play here now?«, fragt Chiara.

»Yes, of course.« Sein Gesicht hellt sich auf, er freut sich wohl, die Erlaubnis geben zu dürfen, und während Chiara die Gitarre auspackt, bleibt er noch stehen, das liegt aber bestimmt nur an Chiara. Die ist ja auch ganz schön hübsch, findet Jonas.

Noch hört ihnen niemand zu. Ohne Gitarre, merkt Chiara, fühlt sie sich leicht verloren. Vorhin im Park, im Sitzen, als der Gitarrenhals rechts von ihrem Kopf schwebte, war es leichter, bei *Summertime* und *Pale Shelter* fühlte es sich manchmal fast an, als wären Jonas, die Gitarre und sie ein einziger Körper, als brächte ihre Stimme die Saiten zum Schwingen. Jetzt dagegen kleben sie und er einzeln auf dem Asphalt, jeder für sich allein. Und sie hat den Korb für das Geld zu Hause vergessen. Sie singt wieder *Summertime* und stellt sich vor, ihre Stimme könnte Jonas' Hände bewegen. Allerdings ist es blöd, da immer hinzugucken. Also einfach mutig geradeaus singen, sie schnippt ab und zu mit den Fingern, das passt gut zu seinem Gitarrenanschlag, ihr Körper vibriert allmählich, als hätte sie etwas Warmes getrunken, bei »So hush, little baby« wird Jonas lauter, sie singt lauter, ein paar Leute sind bereits stehen geblieben.

Als Zweites spielen sie *Billie Jean*. Eigentlich müsste dieses Lied ja von einem Mann gesungen werden, schließlich streitet darin jemand eine Vaterschaft ab. Jonas' Gitarre klingt jetzt stakkatohaft, dadurch gelingt es ihr, dem Song Energie zu geben, es macht Spaß, diesen verzweifelten, in der Klemme steckenden Typ zu spielen, von dem das Lied handelt, nun bleiben drei weitere Leute stehen. Sie lässt das Zittern und Jauchzen von Michael Jackson beim Singen weg, es wäre albern, das nachzumachen, sie folgt einfach nur der Melodie und spürt, die leichte Panik, der Freiheitsdrang, das tritt alles ganz von allein aus dem Lied hervor, egal ob der Typ nun der Vater ist oder nicht. Eine Frau mit Einkaufstaschen greift nach der Hand ihres Mannes, lächelt und stellt ihre Taschen ab, der Mann vergräbt die Hände in den Hosentaschen, wie jemand, der sich fügt.

Am Ende des Liedes bilden die Zuhörer zwei Reihen, das kann man schon als *Publikum* bezeichnen. Und nun geht eine Person durchs Bild, die Chiara kennt: zerzauste Haare, ein verzerrter Mund, die in die Breite gezogenen Lippen lachen ihr direkt ins Gesicht, es ist dieses Mädchen, das neulich bettelnd auf der Straße saß. Lass das, denkt Chiara, guck mich nicht so an, ich bin nicht deine verschollene Schwester oder was immer du denkst. Jonas scheint sie nicht zu bemerken. Dabei steht das Mädchen direkt vor ihnen, vor der ersten Reihe, sie nimmt den anderen die Sicht, indem sie ihren Körper hin und her wiegt und schließlich noch die Arme ausbreitet, als wollte sie irgendwen fangen und mitnehmen. Schon gehen ein paar Zuhörer weg.

»Sorry, could you please step aside? That would be great«, sagt Chiara zu dem Mädchen, als das Lied vorbei ist. Es scheint nicht zu verstehen, es fühlt sich offenbar noch nicht mal angesprochen. Chiara sieht Jonas an, der stimmt die Gitarre nach, anscheinend ist das sehr wichtig und anspruchsvoll.

»Hey, what is your name?«, fragt Chiara.

»Magdalena.«

»Magdalena! You want to sit?« Chiara ist eingefallen, in ihrer Tasche liegt ihre Decke. Das gefällt dieser Magdalena: dass Chiara eigens für sie die Decke herausholt, glatt streicht, auf dem Boden ausbreitet und sagt: »Take a seat, dear Magdalena!«, Magdalena ist nun die einzige Zuschauerin, die sitzen darf, im Schneidersitz, direkt zu Chiaras Füßen, mit erhobenem Kinn, als würde sie alle stehenden Zuschauer überragen. Sie spielen *Blackbird*, man merkt schon, das wird nicht lang gut gehen, Magdalena gibt keine Ruhe, sie bewegt weiter den Oberkörper hin und her, als wäre sie die eigentliche Künstlerin hier, Chiara nervt das allmählich, den Refrain »Blackbird fly« schreit sie fast, es hört sich bestimmt an, als wollte sie die Amsel aus dem Lied verjagen, sie muss sich zusammenreißen. Nach dem Schlussakkord applaudiert Magdalena besonders laut und ruft »Yeah! Yeah!«, die anderen Zuschauer klatschen eher langsam, mechanisch, mit Blick auf diese sitzende Person, die solch ein Theater veranstaltet, manche überlegen bestimmt schon, ob sie lieber gehen sollen. Nun sitzt Magdalena wieder still. Dann hebt sie die Hand, wie eine Schülerin.

»Yes?«, sagt Chiara.

»Can I sing something, too?« Sie spricht mit osteuropäischem Akzent.

»Okay«, sagt Jonas. »One song.« Offenbar findet er es richtig, das allein zu entscheiden.

Seit Jonas fünfzehn ist, kann er *Blackbird* genauso auf der Gitarre spielen wie Paul McCartney. Ein Glück. Eine vertraute Tätigkeit, die man beherrscht, auf die man sich aber trotzdem genau konzentrieren muss, gibt Ruhe und Sicherheit. Solang er *Blackbird* spielt, macht diese Magdalena ihn nicht nervös, solang er *Blackbird* spielt, nervt es ihn auch nicht, dass Chiara souveräner ist als er, Chiara ist Profi, ihr lässiges Ausbreiten der Decke, die Einladung zum Hinsetzen, wo nimmt sie das her?

»What would you like to sing?«, fragt Chiara Magdalena.

»I want to sing *Happy Birthday!*«

»Why? Whose birthday is it?«

»Nobody! Everybody! I want to sing *Happy Birthday!*«

Und wieder ist Chiara hochprofessionell, würde man sie filmen, ihr Gesicht in Zeitlupe, es wäre vermutlich keinerlei Staunen zu erkennen in der Sekunde, bevor sie »Yes! That is a nice idea!« ruft. Das Lied kann man leicht mit D-Dur und A-Dur begleiten, nach dem zweiten »Happy birthday to you« singt Magdalena: »Happy birthday, dear people«, nach dem letzten »Happy birthday to you« fängt sie direkt von vorn an.

Und dann wieder. Und dann wieder.

Es hilft nichts, dass Jonas nach dem vierten Mal mit dem Spielen aufhört. Wahrscheinlich merkt Magdalena das noch nicht mal, sie singt einfach weiter. Also spielt Jonas wieder von vorn. Die Zuhörer, die erst entgeistert geguckt haben, singen nun leise mit, beim nächsten Mal lauter, dann applaudieren sie und rufen »Thank you! Thank you!«, was Magdalena nur noch energischer singen lässt. Doch auch die Gegenseite ist hartnäckig, noch fester und schneller wird geklatscht, einige rufen »That is enough!« oder sogar »Buuh!«, und nun hört Magdalena auf einmal mit dem Singen auf, sie senkt den Kopf, hebt ihn wieder und sieht sich um, als wäre sie aus einem Traum erwacht. Dann hockt sie sich auf den Boden und hält die Hände vor ihr Gesicht.

Jonas spürt keine Erleichterung. Können sie jetzt noch weitermachen? Vorsichtig guckt er zu Chiara. Sie ruft »Magdalena!«, worauf Magdalena eine halbe Sekunde lang die Hände senkt, ihr Gesicht ist verheult. Chiara bewegt den Kopf, als wäre ein Bild aufgetaucht, das sie schnell abschütteln muss, sie sieht Jonas an und sagt: »Let us sing for her. Was steht denn noch auf der Liste?«

Jonas schaut auf ihren Zettel. Da steht als nächstes *Eternal Flame* und dann *Pale Shelter*, das ist hoffnungslos, spielt man etwas Fröhlich-Optimistisches, dann verhöhnt man das Weinen Magdalenas, spielt man aber etwas Traurig-Klagendes, dann wirkt es, als wollte man ihrem Weinen den passenden Soundtrack geben, im schlimmsten Fall wäre das erst recht wie ein Verhöhnen. Auch Chiara beugt sich über die Liste und flüstert: *Spanish Bombs*. Er nickt. Das ist eine Melodie, bei der man nicht wirklich weiß, ist sie fröhlich oder traurig, ein kindlicher Trotz liegt darin, aber natürlich auch Groove, sie singen es gemeinsam, wieder bekommt Chiara es super hin, den Text vom Smartphone abzulesen. Magdalena nimmt die Hände vom Gesicht und scheint aufmerksam zuzuhören, wobei ihr Mund sich wieder schräg übers halbe Gesicht verzieht, ist das Schmerz oder glückliche Verzückung? Sie kriegen das Lied gut hin, findet Jonas, aber die Zuschauer sehen das wohl anders. Nach und nach gehen die meisten weg. Sie spielen noch *Cornflake Girl*, wobei Magdalena geistesabwesend geradeaus starrt, dann zerstreut sich auch das restliche Publikum. Chiara hockt sich zu Magdalena auf den Boden.

»Hey!«, sagt sie. »That was good. You can sing really nice.«

»What is wrong with *Happy Birthday?*«, schluchzt Magdalena. »I wanted to give the people a present.«

Würde er sich jetzt zu den beiden dazuhocken, käme er sich indiskret vor, fast taktlos, als würde er ein intimes Gespräch unter Frauen stören. Oder eine Therapiesitzung. Aber nein, das ist Quatsch. Er legt die Gitarre auf den Boden. Dann hockt er sich neben Magdalena.

»You can sing very nice«, sagt Chiara noch einmal.

»Yes. It was just a bit too long.« Jonas merkt, sein Satz hört sich härter als ihrer an, hölzerner, er ist nun mal ein Mann und hat eine Männerstimme. Schon trifft ihn ein böser Blick Chiaras. »No«, sagt sie zu Magdalena, »you were singing good.« Sie meint wohl, zügig einen Schaden reparieren zu müssen, den er Magdalenas Seele angetan hat, »Yes«, sagt er schnell, »that is true.« Magdalena holt ein Handy mit zerbrochenem Display aus der Hose und tippt darauf herum.

»Wir sammeln mal unser Geld ein, oder?«, flüstert Jonas. Chiara nickt, Jonas steht auf.

»I will go home now!«

Sie drehen sich um.

»I will go home now!«, verkündet Magdalena noch einmal, wie eine Strafe, vermutlich für die entzogene Aufmerksamkeit. Jonas sieht die Gitarrenhülle, die restlichen Münzen, fast ist es, als wären Chiara und er Obdachlose, während Magdalena gleich in einer feudalen Wohnung einkehrt, aus Unlust, sich weiter mit Pennern abzugeben.

»Die kommt nicht wieder«, flüstert Chiara, »die will nichts mehr mit uns zu tun haben.« Magdalena schreitet von dannen, nun fängt Chiara zu lachen an, erst leise, dann lauter, »Geil!«, ruft sie, »die ist sich zu fein für uns!« Sie streckt Jonas ihren Arm entgegen. »Hilf mir mal hoch!« Er zieht sie nach oben. Hinter ihnen ertönt ein Geräusch: Ein Kind ist gegen den Gitarrenhals getreten, »Pass auf!«, ruft die Mutter, während das Kind fast stolpert und die Gitarre sich um die eigene Achse dreht, bis der Hals zur anderen Seite zeigt, und nun trifft Jonas, während sein Blick noch dem Gitarrenhals folgt, ein Stoß von links, das war Chiara, fast fällt er hin. »Spinnst du!«, schreit sie ihm entgegen. Ihr Mund ist beinahe verzerrt wie der von Magdalena. Was ihm einfalle, die einfach hier auf den Boden zu legen, ob er ihre Gitarre jetzt kaputt machen wolle, wenn er sie schon nicht habe klauen können, schreit sie weiter, und dann: »Sieh mich gefälligst an!«, völlig absurd, denkt Jonas, er hat eben nur ganz kurz auf ihre Füße geguckt, vorher konnte er gar nicht anders als ihr ins Gesicht zu starren, fassungslos, »Sieh mich gefälligst an!«, wiederholt sie, läuft zur Gitarre, hebt sie auf und zieht die Hülle hoch, sodass alle Münzen klimpernd auf dem Asphalt landen. Es sind nicht viele, trotzdem zieht sich Jonas' Magen zusammen, es kommt ihm vor, als wollte sie damit das Resultat ihres gemeinsamen Auftritts ausradieren, er hockt sich hin und sucht nach den Münzen, das hatten sie doch gestern schon, er sieht, da liegt sogar ein Fünfeuroschein.

»Das sind fast zwanzig Euro«, sagt er außer Atem, hält ihr das Geld hin und sieht, wie Chiara auf einmal dasteht, als wollte sie sich hinter der eingepackten Gitarre kleinmachen, mit abgewandtem Blick, doch dann fängt sie wieder zu lachen an, leiser als gestern, wahrscheinlich weil es wieder mal lustig ausschaut, wie er vor ihr auf dem Boden kniet und ihr das Geld hinhält.

»Na gut«, sagt sie. »Wir können das ja aufteilen.« Sie nimmt sich einige Münzen, gibt ihm den Rest und sagt: »Bitte sehr. Ich muss dann auch mal gehen.«

»Zu deinen drei Freundinnen?«, fragt Jonas.

»Genau. Ich bin wirklich kaputt.«

»Aber … wir schreiben uns wieder, ja?«

Sie schnallt sich die Gitarre auf den Rücken. Nickt sie oder kommt ihm das nur so vor? Schon sieht er sie weggehen, so wie eben noch Magdalena. Er weiß, er wird ihr heute Abend nicht mehr schreiben. Das hat er gestern gemacht, diesmal ist sie dran. Trotzdem wird er auf ihre Nachricht warten, ob er will oder nicht, vielleicht vergeblich. Am besten fährt er heute schon nach Hause. Man muss sich ja nicht alles antun, was man sich theoretisch antun kann.

Später am Abend ruft Hanna an. Chiara löst sich aus Amys Umarmung, springt auf und geht ins andere Zimmer.

»Und? Wie läuft Amsterdam?«

Die anderen drei trinken drüben weiter Bowle.

Chiara erzählt von ihren »ersten Auftritten als Straßenmusikerin, allein und im Duo«, von ihrem »Zusammenwohnen mit drei Tanztheaterfrauen aus den USA«, und gleich danach behauptet sie auch noch, »musikalisch in deren Projekt involviert zu sein.« Es erschreckt sie geradezu, was für eine Angebersprache sie hier raushaut, aber irgendwie liegt das auch an Hanna, denkt Chiara, mit anderen Leuten redet sie jedenfalls nicht so.

»Du führst schon ein cooles Leben«, sagt Hanna. Ist Ironie in ihrer Stimme? Nein. Kaum zu glauben.

»Du etwa nicht?«, fragt sie zurück.

»Na ja. Ich bereite die Hochzeit vor.«

»Ja und? Ist das eine Zwangsheirat?«

»Nein, aber ich muss zwanghaft nachdenken.«

»Aha. Worüber denn?«

Chiara weiß, die schnelle Art, wie sie das fragt, lädt nicht zum Herzausschütten ein, sie kann solche Fragen auch anders stellen, netter, sanfter, aber nicht bei Hanna. Manchmal weiß sie selbst nicht warum.

»Ach, über alles Mögliche. Und eigentlich hab ich gar keine Zeit zum Nachdenken. Ich bin dauernd mit der Planung beschäftigt. Deswegen wollt ich dich auch was fragen.«

»Ja?«

»Wir haben uns überlegt, wir fänden's echt schön, wenn jemand an dem Abend Gitarre spielen und singen könnte. Also nur ein einziges Lied, das Eröffnungslied, wenn das Tanzen losgeht. Da sollte jemand *Haus Am See* von Peter Fox spielen, das ist ja quasi das besondere Lied von Richard und mir, weißt du ja.«

»Ja. Klingt gut.«

»Und?«, fragt Hanna.

»Was, und?«, fragt Chiara.

Hanna atmet tief aus. »Das heißt, du hast da keine Lust zu?«

»Wieso ich? Du hast mich gar nicht gefragt.«

»Ich weiß nicht«, sagt Hanna. »Ich versteh nicht, warum du manchmal so komisch bist.«

Chiara sagt nichts.

»Ich dachte ja nur«, sagt Hanna, »ich fänd's schön, wenn du das machen könntest.«

»Ich kann's noch nicht versprechen. Ich müsste das erst mal üben.«

»Aber das kriegst du doch hin. Du hast doch jetzt schon Routine.«

»Ja ja, klar.« Sieh an, auf einmal wird sie von Hanna für ihre Musik gelobt, sehr ungewohnt ist das, nun gut, Hanna will ja auch was von ihr. »Also mal sehen. Könnte vielleicht gehen. Bis wann musst du das denn wissen?«

»Im Prinzip so schnell wie möglich, sonst müsste ich ja noch wen anders fragen. Ich will dir aber auch keinen Stress machen.«

Nein nein, nur kein Stress, denkt Chiara, und vor allem willst du nicht, dass ich was von meinen *eigenen* Liedern singe. Dabei hatte sie ja schon begonnen, ein exklusives Hochzeitslied zu schreiben. Aber dann eben nicht. *Das interpretierst du da rein*, würde Merle sagen.

»Übrigens, ich hab gehört, du hast Merle zur Hochzeit eingeladen?«

Lange Pause. »Ich hab ihr gesagt, sie ist nicht ausgeladen«, sagt Hanna. »Jedenfalls nicht von mir aus. Hätt ich sagen sollen, sie ist ausgeladen? Weil sie nicht mehr mit dir zusammen ist?«

Nun schweigt Chiara. Natürlich hat Hanna recht.

Vorhin hat sie Yuka, Mariah und Amy vom heutigen Auftritt erzählt, von dem Kick, den Jonas' Gitarre immer wieder ihrer Stimme versetzt hat. Aber nicht von seinem Tritt gegen die Gitarre. Und erst recht nicht von ihrem Wutanfall. Besser nicht mehr dran denken. Sie geht zurück ins Wohnzimmer.

»So are you going to play with him again?«, fragt Amy.

»Well. Perhaps. Yes, maybe«, antwortet Chiara.

»We're visiting the Anne Frank House tomorrow«, sagt Yuka. »You could come with us, if you like.«

Amy streichelt schon wieder Chiaras Hand.

Im Hostel schreckt Jonas aus dem Bett hoch. Was ist passiert, wie spät ist es? Anscheinend ist er eingeschlafen, eigentlich wollte er noch zur Rezeption, er weiß nicht mehr, wie lang er noch bleiben darf, wann ist eigentlich die letzte Übernachtung, vielleicht doch schon heute? Und wenn ja, will er dann wirklich noch ein weiteres Mal verlängern? Er geht nach unten und erfährt: Übermorgen muss er raus. Nein, verlängern kann er nicht. Danach sind erst einmal alle Betten belegt. Zwei Schulklassen kommen, und eine Gruppe aus Norwegen.

»Hey Alter! Ich mein: Jonas!«

Er dreht sich um. Philipp und Thorsten prosten ihm zu und winken ihn heran. Warum nicht, denkt Jonas, warum sollte er sich ins Bett legen und auf eine Nachricht von Chiara warten. Lieber Bier trinken und mit den beiden hier reden, die tun einem ja nichts. Oder vielleicht doch. Kaum sitzt er, schon wollen sie genau wissen, wie es denn heute »mit diesem Gitarrenmädel« gewesen sei.

»Ach so. Ja. War echt okay.«

»Wir gehen morgen ins Van-Gogh-Museum. Und dann noch in die Heineken-Brauerei«, sagt Thorsten ein Bier später. »Wenn du Bock hast, kannst du ja mitkommen.«

»Klar«, hört sich Jonas sagen. »Warum nicht.«

Beim zweiten Bier vibriert sein Handy.

Es war cool mit dir :-)

Tut mir leid, dass ich dich so angeschrien hab. War nicht so gemeint.

Morgen Mittag um eins Treffen im Café (dem von gestern Nachmittag)?

Und dann wieder Musik machen?

»Oh!«, sagt Jonas. »Ich hab was vergessen. Ich bin für morgen schon verabredet. Mit Chiara.«

»Wieder zum Musikmachen?«, fragt Thorsten.

»Das hast du wirklich vergessen?«, ruft Philipp.

»Ja!«

»Findest du die eigentlich geil?«

»Lass ihn«, sagt Thorsten.

»Ich find es geil, wie sie Musik macht«, sagt Jonas.

»Und sonst ist da nichts?«

»Ist ja egal, er will nicht mit uns ins Museum.«

»Ich wollt jetzt sowieso bald schlafen«, antwortet Jonas. »Bin echt müde.«

Auf dem Weg nach oben werden die Bilder von Chiara wieder lebendiger, Chiara beim Weglecken des Milchkaffeeschaums, Chiara beim Ausbreiten der Decke für Magdalena. Natürlich war er eben nicht ehrlich zu Thorsten und Philipp. Definitiv findet er nicht bloß ihre Musik geil. Und trotzdem stört es ihn kein bisschen, dass sie lesbisch ist, jedenfalls nicht in diesem Moment. Er wird sie morgen sehen, sie werden zusammen spielen, das ist die Hauptsache, denkt er und genießt es, unter der Decke zu verschwinden.

Montag, 9. September

Chiara begegnet Yuka morgens im Bad, während Yuka sich vor der Dusche abtrocknet. Sofort ruft Chiara »Oh!« und will wieder gehen, doch Yuka sagt: »No! Keep cool, stay!« Also bleibt Chiara stehen und schließt die Tür. Es kommt ihr vor, als hätte sie ohne Fahrschein einen Zug betreten und könnte nicht weg, sie muss zuschauen, wie Yuka weiter ihren Rücken trockenrubbelt und sagt, sie freue sich schon, Chiara später in der Stadt singen zu hören, das hätten sie gestern noch entschieden. Und weil sich Chiara, erregt wie sie ist von Yukas heller Haut mit den sprühenden Wassertropfen, vorkommt, als würde sie durch ihr Geglotze Verrat an den anderen beiden begehen, sowohl an Amy als auch an Mariah, macht sie einen einzigen großen Schritt hin zur Dusche, sie rutscht fast aus und schiebt schnell die Duschtür zu, erst dann zieht sie ihren Schlafanzug aus, was gar nicht so leicht ist, jetzt verhalte ich mich schon wie Jonas, denkt sie. Die Dusche ist eng wie eine Telefonzelle. Yuka findet das alles wohl lustig, »What are you *doing* there?«, ruft sie beim Überziehen ihres T-Shirts.

Als Chiara später in die Küche kommt, frühstücken die drei schon. Gestern Abend im Bett hat sie Amy schon wieder geküsst, das kam halt so.

»See ya«, sagt Chiara nach einem kurzen, etwas hastigen Frühstück, die drei anderen winken, »We'll watch you sing! After visiting the Anne Frank House«, sagt Mariah, und wenn Chiara nicht alles täuscht, wirft Yuka ihr, während sie »Swing sweetly!« ruft, eine Kusshand zu, aber vielleicht war das auch gar keine Kusshand, denkt sie auf der Straße, vielleicht hat

Yuka sich einfach nur einen Krümel von den Lippen gewischt vor dem Winken.

Es tut gut, wieder Jonas gegenüberzusitzen.

»Weißt du was?«, fragt sie. »Meine drei Freundinnen wollen uns heute zugucken. Yuka hat auch gesagt, dass du cool Gitarre spielst.«

Jonas verzieht keine Miene. »Wer ist denn Yuka? Die Asiatin?«

»Ihre Eltern kommen aus Korea.«

»Und wer von denen ist deine Freundin?«, fragt er. »Ich meine, wie heißt die Blonde?«

»Amy. Was heißt denn hier ›deine Freundin‹? Wie kommst du drauf, dass das meine Freundin ist?«

»Es sah so aus. Als ihr vorgestern auf dem Dam saßt. Also, ich meine, vom Körperkontakt her.«

»Ist ja interessant. Worauf du so achtest.«

»Wieso denn achten«, sagt Jonas, »das seh ich doch nun mal, wenn ihr da, na ist ja auch egal.«

Ja klar, denkt Chiara. Was guckt er so strafend? Muss sie jetzt Rechenschaft über ihr Liebesleben ablegen?

»Wollen wir gleich schon mal bezahlen«, fragt er, »und dann wieder draußen irgendwo üben, auf 'ner Bank am Wasser oder so?«

Sie nickt. Ihre Lust hält sich auf einmal in Grenzen.

Eigentlich wollte er fragen, ob sie zusammen das Lied vom Kratzen weiterschreiben wollen. Aber sie will ja nachher ihre »drei Freundinnen« beeindrucken, also müssen sie proben. Jetzt guckt sie auch noch genervt. Immerhin nehmen sie sich vor, diesmal auch zwei ihrer eigenen Lieder zu spielen, von ihr das Ausguss-Lied und von ihm *Wolkenbruch im Weizen*, *Wol-*

kenbruch im Weizen singen sie zweistimmig, doch dann reißt die D-Saite. Ob er denn keine Ersatzsaiten dabeihätte, fragt Chiara, als hätte sie vergessen, dass es ihre eigene Gitarre ist, nicht seine. Er schweigt, sucht per Handy ein Musikgeschäft und sagt: »Ich mach das schon, du musst nicht mitkommen!« Laut Google Maps sind es zwölf Minuten zu Fuß, er hat versprochen, spätestens in einer halben Stunde zurück zu sein, und merkt, er muss sich beeilen, zweimal verläuft er sich, wieso hat er sich überhaupt ungefragt dieses zeitliche Limit von einer halben Stunde gesetzt? Es gelingt ihm nicht, aus diesem Uhrwerk, in das er seinen Kopf und seine Schritte gezwängt hat, wieder herauszukommen. Zehn Minuten später ist die D-Saite bezahlt. Er sieht, Chiara hat ihm geschrieben.

Bin schon mal zum Dam gelaufen. Hier steht eine Frau mit Harfe, die hat total viele Zuschauer. Wenn du es schaffst, so in zwanzig Minuten hier zu sein, können wir direkt nach ihr spielen :-)

Und: Danke fürs Einkaufen!!:-)

Jonas tippt: *Schaffe ich!*

Schon von Weitem hört er die Harfe. Erst klingt sie wie eine hart angeschlagene Gitarre, dann wie ein fließend gespieltes Klavier. Auf dem Dam angekommen erschrickt er: Da stehen fünfzig oder sechzig Leute in einem Halbkreis, mit respektvollem Abstand zur Harfenistin, die so heftig und schnell an den Saiten zieht, dass man fürchtet, sie würden ihr ins Gesicht schlagen oder gleich reißen, dann spielt sie wieder sanfter. Es klingt, als hörte man abwechselnd zwei verschiedene Instrumente. Bisher hat Jonas viel von ihren Haaren, aber kaum etwas von ihrem Gesicht gesehen, erst beim Applaus schiebt sie ihre durcheinandergeratenen Strähnen beiseite, ohne die Mähne bändigen zu können. Soll er Chiara vorschlagen, lieber doch in einer Seitenstraße zu spielen? Wo ist sie überhaupt? Wieder durchzuckt ihn ein Schreck, er sieht sie am anderen

Ende des Platzes, sie spielt schon Gitarre, neben den Straßenbahngleisen, und sie hat Publikum, vor ihr stehen ihre drei Freundinnen, die Blonde, die Asiatin und die Afrolook-Frau, die Asiatin filmt sie mit ihrem Handy. Er weiß, wenn er dazukommt, wird er sich fühlen wie gestern Abend, als sie Magdalena getröstet hat. Unsinn, einfach hingehen. Je näher er den dreien kommt, umso mehr fällt ihm auf, dass man das Fehlen der D-Saite überhaupt nicht hört, Chiara spielt einen Song, den er nicht kennt, sie singt etwas von »Augen«, die »saugen«, nun bemerkt sie ihn und hebt die Hand, er kann also nicht mehr flüchten, »Soll ich noch was spielen?«, lächelt sie in die Kamera, schon singt sie ein weiteres Stück.

»You remember Jonas, don't you?«

Chiara fragt ihn, ob er vielleicht so lieb sein könne, die Saite aufzuziehen, er als Profi könne das bestimmt schneller als sie, schon hält sie ihm die Gitarre hin. Es gelingt ihm, nett zu lächeln.

»Hi Jonas«, sagt die Afro-Frau, »Hey Jonas«, sagt die Asiatin und filmt auch ihn, während er die Saite oben verknotet, ein wenig kommt er sich vor, als wäre er jetzt Chiaras Roadie und müsste demnächst im Tourbus schlafen, während sie mit ihrer Mädels-Gang Luxushotels bewohnt, aber dann ist die Saite straff. »Die ist bestimmt gleich fertig«, ruft sie, zeigt zur Harfenfrau und umfasst Jonas' Hand, »die spielt schon 'ne halbe Stunde. Let's go!« Schon läuft sie los und zieht ihn mit, direkt nach vorn, quasi in den Schlussapplaus hinein, neben der Harfe bleiben sie stehen, er atmet schwer, die Harfenistin ordnet ihre Haare, lächelt Chiara an und sagt: »So it's your turn now, isn't it?«, als hätten die zwei Frauen schon x-mal miteinander geredet, »What are your names?«, und schon verkündet sie den immer noch klatschenden Zuhörern, dass in zwei Minuten Jonas und Chiara hier spielen werden.

Die Harfe steht auf Rollen, mühelos schafft die Frau das Ding zur Seite, ebenso mühelos wirft Chiara die Gitarrenhülle vor sich auf den Boden, sagt »Hello« und fährt sich ihrerseits durch die Haare – allerdings bemerkt Jonas, wie ihre Knie dabei zittern –, nun erschallt Gejohle und Gepfeife, Jonas sieht, da stehen etwa zwanzig Jugendliche dicht beieinander, bestimmt eine Schulklasse. Chiara reicht ihm die Gitarre, soll er wieder eine Saite aufziehen? Unsinn. Sie fangen an mit *Spanish Bombs*, Jonas spielt laut, sonst hören ihn nicht alle fünfzig Leute, danach, bei *Billie Jean*, merkt er allerdings, er muss leiser werden, weil auch Chiara leiser singt, es klappt, die Leute sehen aus, als wollten sie jeden Ton mitbekommen.

Der Weg zur Bühne kam Chiara wie ein Weglaufen vor. Oder eher wie eine Flucht nach vorn. Bloß nicht umdrehen, sonst würden ihr Zweifel kommen, will sie wirklich da vorne sein? Zum Glück stellen sich Amy, Yuka und Mariah in die erste Reihe. Chiaras Stimmbänder kriegen es tatsächlich hin, die Zuschauer zu begrüßen, dabei bemerkt sie diese Schülergruppe, sie hört das Gejohle und Gepfeife, auf einmal denkt sie, wenn die unflätig werden, brüll ich die zusammen. Auf dem Dam ist jetzt kein anderer Musiker. Die einzigen Straßenkünstler sind die Seifenblasen-Frau und der Roboterpantomime. *Spanish Bombs* liest sie vom Smartphone ab, ihr Arm wird lahm. Wieso spielt Jonas so laut, will er sie übertönen? Manche Zuhörer reden mit ihren Nachbarn. Als Zweites dann *Billie Jean*, sie weiß nicht wohin mit den Armen, sie muss mehr Bewegung in ihre Stimme legen und in ihr Gesicht. Am Ende der ersten Strophe passiert etwas: Die Gespräche verebben, fast alle Augen sind auf Chiara gerichtet, als würden die Leute konzentriert Anweisungen zuhören. Als sie beim Refrain wieder mit den Fingern schnipst, spielt Jonas jedes Mal einen kurzen, kantigen Akkord, in die Zuhörer gerät Bewegung, manche zucken rhythmisch mit den Schultern und lächeln.

Es fühlt sich an wie damals, mit zehn, in der Schulaula. Jonas musste eine Geschichte vorlesen. Seine Nervosität verflog von einer Sekunde zur nächsten, die vorher so riesige Menschenmenge verwandelte sich, sobald er las, in eine kleine, freundliche Familie. Auch hier auf dem Dam verschmelzen die Gesichter fast zu einer einzigen Person. Bei *Billie Jean*, als er leise werden muss, sehen selbst die Jugendlichen konzentriert aus. Nur wenige flüstern noch. Chiara schnipst mit den Fingern, er spielt dazu diesen coolen, kurzen Akkord, manche beginnen, vielleicht sogar gegen ihren Willen, mitzugrooven und mitzuzucken, nun werden auch Chiara und er etwas Neues, ein Paar vielleicht? Nein, natürlich nicht. Egal, der Rhythmus verbindet sie, vielleicht sind sie sogar etwas Intimeres als ein Paar, so was wie Zwillinge im Mutterleib, die dasselbe Herz pochen hören, zumindest kann man sich das für die Dauer des Liedes einbilden, er spielt den letzten Refrain besonders langsam, Chiara geht sofort mit, die Langsamkeit erhöht die Dramatik, dann wird applaudiert, schnell und lang, wie damals in der Aula. Er stimmt die Gitarre nach, Chiara bindet sich die Schuhe zu, die Asiatin filmt schon wieder. Er spielt das Intro vom Ausguss-Lied. Auf einmal hüpft der Flummi eines Kindes Chiara entgegen. Sie fängt ihn auf, lacht das Kind an und wirft den Flummi so hart auf den Boden, dass er mindestens drei Meter hochspringt, dann aber direkt von dem Kind aufgefangen wird, die Jugendlichen klatschen und rufen »Yeah!« oder »Cool!«, das Kind lacht, Chiara springt auf und beginnt zu singen, »Ich steh am Ausguss, ich will den Ausfluss«, ihr rechter Schuh ist immer noch offen.

Am Ende hat Jonas keine Ahnung, wie lang sie gespielt haben. Er weiß auch nicht, wie viele Jugendliche es sind, die Chiara umringen und Fragen stellen, auf jeden Fall sprechen sie Deutsch, »Wie lange machst du das schon?«, »Wie kriegst du das so saulässig hin?«, er findet, sie könnte beim Antworten etwas weniger ihre Haare glatt streichen, leider sieht es aber gut aus. Zwei Jungs wollen von ihm wissen, ob er auch E-Gitarre spiele, »E-Bass«, sagt er und sieht, Chiara wird jetzt von der blonden Amerikanerin umarmt und mehr oder weniger verschlungen, die Hände rutschen hinab zum Hintern, er muss weggucken, aber die Jungs und Mädchen sehen interessiert hin, jetzt finden sie Chiara bestimmt noch cooler.

Eigentlich, denkt Jonas, hab ich hier nichts mehr verloren.

»Hi! I'm Yuka!«

Die Asiatin zeigt ihm auf dem Smartphone die Flummi-Szene.

»She's incredible, isn't she?! Such vibes!«

Erst jetzt merkt er, auch Chiara steht inzwischen bei ihnen und sieht Yuka bewundernd an. Er muss weg von denen, weg von Chiara, am besten noch heute.

Jemand tippt ihm auf die Schulter. »Hey! I am Mariah!«, sagt die Frau mit dem Afrolook. »Cool! Have a look at this!« Sie haben später noch *Love Street* von den Doors gespielt, Chiara geht im Display ein paar Schritte nach links, stolpert fast über den schon wieder offenen Schnürsenkel, hockt sich dann beim Singen hin und muss, während sie den Schuh nochmals zubindet, bei »She has wisdom and knows what to do« lachen, was jedoch ihr Singen nicht unterbricht, einzelne Zuhörer lachen mit, und beim nächsten »She lives on Love Street« steht sie schon wieder, nach leichtem Schwanken, »You two are so cool!«, sagt die Frau namens Mariah. Während Chiara mit einigen Schülerinnen spricht, sieht die Blonde, die Amy heißt, zu ihr hinüber, stumm und ernst.

Die Gitarre lehnt an der Mauer. Er will wenigstens einmal prüfen, ob er seine Idee für *Ich kratz mich blutig* jetzt noch hinbekommt. Er setzt sich auf den Boden.

»Do you have a Youtube channel?«, fragt Yuka.

»No«, sagt Chiara.

»But *we* have one! We could post your video there, what about that? I mean, just one or two songs.«

»Yes! That would be awesome!« Chiara kann es nicht ändern, sie würde Yuka gern fest umarmen, so gemein dieser Wunsch auch ist. Amy findet doch bestimmt ganz schnell jemand Neues im Café 't Mandje. Ganz bestimmt.

»Hey! Your music is so great«, ruft Mariah, »that was just what we needed after the Anne Frank House!« Es ist erholsam, in das strahlende, lachende Gesicht Mariahs zu schauen, weil darin eine Schönheit steckt, eine Freundlichkeit, durch die sie wieder zur Ruhe kommt, doch es nutzt ja nichts, gleich darauf sieht sie schon wieder, wie Yuka durch ihren Scheitel streicht, während sie leise fragt »What are you guys up to now?«, Jonas könne gern in die WG mitkommen, wenn er wolle, gleichzeitig spürt Chiara wieder Amys Streicheln, sie muss weg von den beiden, Nein, sagt sie schnell und bestimmt, sie sähen sich dann ja heute Abend, jetzt wolle sie erst mal mit Jonas alleine feiern, das sei sie ihm schuldig, die drei nicken, Amy ruft »See ya tonight!« und küsst sie nochmals lang.

Was macht Jonas da auf dem Boden mit der Gitarre?

Jonas schlägt den Grundton an. Er findet die Melodie wieder, singt und spielt, wie könnte der Song weitergehen? Gesang und Gitarre passen noch nicht perfekt zusammen. Er schließt die Augen, verändert die Länge der Vokale, bei »kratz« schlägt er die Saiten hart an, bei »blutig« spielt er bluesartig, ganz kurz, das wiederholt er mehrmals, nun klingt es schon fast cool, und wieder tippt ein Finger auf seine Schulter.

»Hey! Was machst du denn da?«

Wieder sieht er Chiaras Nasenlöcher, wie vorgestern, als sie ihm die Gitarre wegzog. Sie setzt sich zu ihm auf den Boden.

Hat er wirklich gerade *Ich kratz mich blutig* gesungen? Ja, das hat er, »es ist nicht mutig, wenn niemand guckt«, so ruppig hat sie sich den Song nicht vorgestellt. Aber warum eigentlich nicht?

»Darf ich mal dazu singen?«

Natürlich darf sie.

»Und ich find, das könnte jetzt so weitergehen.« Jonas muss den Rhythmus, bis es stimmig klingt, mehrmals verändern, Chiara singt dazu »lalala« und sagt: »Ja, das passt. Wollen wir den Text weiterschreiben? Wir können ja beide Ideen notieren, erst mal jeder für sich.«

Ich werd getrieben, es kann nicht raus,
Die Haut will lieben, sonst ist es aus,
liest Jonas ihr etwas später vor.

»Hört sich gut an.«

In Wahrheit ist sie skeptisch. Will er ihr damit irgendwas sagen? Soll sie »Die Haut will lieben« singen, damit er das auf sich selbst beziehen kann?

»Gut, ich zeig dir mal, was ich geschrieben hab.«

Sie liest ihre eigenen Verse vor. Zum Beispiel:
Mein Herz schlägt wilder, der Mund bleibt still,
So viele Bilder, keins, das ich will.

Das sei total cool, sagt Jonas. Er habe auch noch eine Idee fürs Ende:
Ich kratz mich blutig, es juckt und juckt,
komm mach mich mutig, komm her und guck!

»Cooler Schluss, echt!«, ruft sie. »Aber das klingt ja total nach Liebeserklärung. Oder besser gesagt nach Anmache.«

Er widerspricht fast entrüstet – fühlt er sich durchschaut? –, nein, so dürfe man das nicht sehen, das sei einfach ein Hilferuf, es habe gar nichts mit Sex oder so zu tun. Schon greift er wieder zur Gitarre, sie üben das Lied, bis links von ihnen eine Stimme »Hey!« ruft.

»Du bist doch Chiara, oder?«

»Ja! Hallo Nadine!«

Natürlich erkennt sie Nadine sofort: an den Grübchen in den Wangen.

»Setz dich doch!«

»Hi, ich bin Nadine!«

»Hallo. Ich heiß Jonas.«

Nadine stellt ihre Taschen ab, setzt sich und zieht beide Schuhe aus, um drei kleine Kieselsteine herauszuschütteln. Dann sagt sie zu Chiara: »Wir feiern ja bald auch richtig zusammen!«

Zusammen feiern, in Bezug auf Hannas Hochzeit hört sich das creepy an.

»Ich freu mich total für Hanna«, sagt Nadine. »Der geht es jetzt ja richtig gut.«

Nein, geht es ihr nicht, denkt Chiara, wird es auch nie, ist aber ihr Problem, nicht meins.

»Und du wohnst im Hostel?«

»Nee. Ich wohn bei drei Freundinnen.«

»Ist ja schön!« Schon steht Nadine wieder auf und sagt, wenn Chiara irgendwas brauche, könne sie sich gern melden, ihr Gästezimmer sei frei, und ob sie eigentlich ihre Handynummer habe?

Schließlich greift sie nach ihren Einkaufstaschen und schlüpft problemlos in ihren linken Schuh, ohne Hilfe der Hände, richtig elegant sieht das aus, sich selber fand Chiara dagegen eben, auf dem Video, beim Schuhe zubinden und Aufstehen, völlig linkisch, erst beim rechten Schuh stolpert Nadine kurz, fängt sich aber gleich wieder und lacht, nun fällt Chiara wieder ein, wie Nadine damals auch Hanna mehrmals zum Lachen gebracht hat. Sie weiß nicht, warum sie das jetzt schon wieder wütend macht. »Ciao!«, sagt Nadine, winkt und geht weg.

»Gut«, sagt Chiara. »Jetzt spielen wir noch mal den Song, oder?« Jonas nickt.

Ja, irgendwie ist es tatsächlich ein Anmachlied geworden. Aber auf einmal gefällt ihr das. Am liebsten würde sie es Yuka ins Gesicht singen.

»Den Song können wir morgen schon ins Programm nehmen«, sagt sie. »Aber jetzt holen wir uns erst mal 'ne Flasche Wein, oder? Und was zu essen.«

»Was ist?«, fragt Chiara später, als sie mit Dönern, Rotwein und Pappbechern auf einer Bank sitzen. »Du wirkst irgendwie sauer. Hörst du mir zu?«

»Ach so, klar. Nein nein. Ich bin nicht sauer.«

Sie will also in Graz Psychologie studieren. Ach so.

Dann ist sie bald sehr weit weg von Hannover. Aber vielleicht ist das sogar besser.

»Was machst du eigentlich, wenn du wieder zu Hause bist?«, fragt sie ihn. »Willst du zurück zur Uni?«

»Ja. Muss ich wohl.«

»Aber du hast das doch gern, oder? Das Problem war doch nur die Konzentration, und die Angst vor den Referaten, dachte ich.«

»Ja klar.«

»Und du machst doch auch weiter Musik, oder? Mit deinem Bass-Synthesizer.«

»Ja. Klar. Und du? Nimmst du auch weiter deine Lieder auf?«

»Ja. Natürlich.«

Sie sehen einander kurz in die Augen, dann greift sie nach ihrer Gitarre. Gleich wird sie weg sein.

»Und warum Psychologie?«, fragt er schnell, während sie die Gitarre auf den Rücken schnallt. »Wolltest du das schon immer studieren?«

»Klar. Schon in der Grundschule.« Sie grinst. »Ich beschäftige mich ja vornehmlich mit mir selbst. Sagt mein Vater jedenfalls.«

»Vielleicht sollte er sich mal ein Beispiel daran nehmen«, sagt Jonas.

Sie sieht überrascht aus. »Oh. Wie meinst du das? Soll er sich mit *mir* beschäftigen? Oder mit *sich selbst*?«

»Na ja, beides.«

»Stimmt! Aber wie kommst du darauf?«

Jonas überlegt. »Er findet doch deine Musik blöd, weil er das mit deiner Mutter verbindet. Aber vielleicht durchschaut er das gar nicht.«

Sie nickt. »Ach. Das hast du dir gemerkt«, sagt sie leise.

Jonas fragt: »Hat deine Mutter ihn verlassen?«

Sie nickt wieder und denkt offenbar nach, ihr Vater sei eigentlich okay, seufzt sie, schlimmer sei ihre Oma, die im gleichen Haus wohne, wieder hält sie inne, als wollte sie noch mehr erzählen, dann aber verabschiedet sie sich schnell. Sie ist schon ein paar Meter gegangen, dann dreht sie sich um und ruft: »Bis morgen!«

»Heute ist mein letzter Abend«, sagt er später zu Philipp und Thorsten. Philipp ist richtig betrunken.

»Wir fahrn morgen ans Meer«, verkündet Thorsten, als wäre

das Meer eine Entziehungskur, wenn nicht gar eine gerechte Strafe für Philipp. »Nach Zandvoort. Willst du mitkommen?«

»Nee, geht leider nicht. Bin schon verplant.«

»Ja ja«, sagt Thorsten. »Verstehe schon«, während Philipp »Zandvoort!« ruft und von der Bananenbar spricht, die er unbedingt noch besuchen müsse.

»Wir fahren morgen nach Zandvoort«, wiederholt Thorsten, langsam und sehr entschieden, Philipp entgegnet, die Bananenbar sei aber nicht in Zandvoort. Vielleicht wäre es anständig, die beiden ans Meer zu begleiten, Philipp braucht offenbar Zuwendung und Betreuung, und Thorsten braucht Unterstützung. Und das Meer würde Jonas auf andere Gedanken bringen. Aber die Vorwurfsmiene von Thorsten verheißt sowieso wieder Ärger, der Zustand von Philipp erst recht.

»Ich geh jetzt schon hoch«, sagt Jonas. »Bin müde.«

»Geh ruhig«, sagt Thorsten noch gepresster als sonst und muss Philipp festhalten, der würde sonst vom Hocker kippen.

»Ich geh gleich noch in die Bananenbar!«, ruft Philipp.

Während Thorsten sagt, Philipp sei auch so eine Banane, wendet sich Jonas zur Treppe und hört, wie Philipp noch lauter das Wort »Bananenbar!« wiederholt, Jonas weiß, sein schlechtes Gewissen wird sich gleich beim Zähneputzen wieder beruhigen, er ist schließlich nicht zum Betreuen von Besoffenen nach Amsterdam gekommen, morgen ist vielleicht sowieso sein letzter Tag hier, die letzte Gelegenheit, Chiara zu sehen. Er hofft, fest zu schlafen, bevor die beiden nach oben kommen.

Dienstag, 10. September

»Could we watch that Japanese band again?«, fragt Chiara. »The last one? They were really cool.«

»Yes, sure«, antwortet Yuka.

Es ist kurz nach Mitternacht. Yuka hat ihnen eben auf dem Handy wieder Musik aus Japan vorgespielt. Vorher haben sie über das Anne-Frank-Haus gesprochen, von der beklemmenden Enge dort und vom anschließenden Gefühl der Befreiung, als sie Jonas und Chiara auf dem Dam zuhören durften.

»You are right«, sagt Yuka beim Blick aufs Handy. »That last band from Japan was great, I love them.«

Man sieht, Mariah und Amy fällt es schwer, die Köpfe hochzuhalten. Yuka dagegen hebt das Kinn, ruft »Wait!« und tippt aufs Display. Und schon sitzt Chiara Schulter an Schulter neben Yuka auf dem Sofa, mit dem Handy auf den Knien, was offenbar die Entschlossenheit Mariahs und Amys fördert, »I'll go to bed«, gähnen beide kurz hintereinander, und schon haben sie das Zimmer verlassen. Jetzt kann Chiara allein mit Yuka aufs Handy gucken.

Die Band auf dem Display steht in einem Studio und heißt Tricot. Drei junge Frauen, mit Gitarren, Bass und abgeschnittenen Jeans, und ein Junge am Schlagzeug. Die Gitarristinnen wippen bei den Anfangsakkorden, als hätte die Musik ihnen Federn in die Körper eingebaut, ebenso wippt der Pferdeschwanz der rechten Gitarristin. Der Rhythmus klingt erst mal sperrig, eckig, die Stimmen aber hell und feminin, die Gitarren scheinen Chiara kitzeln oder ganz leicht kratzen zu wollen, mit kurzen, stakkatoartigen Attacken, bis ein Refrain kommt, der wie ein Fluss klingt, eine Befreiung, Chiara kann gut mitfließen, dazu singen die Frauen eine mehrstimmige Melodie. Yuka sagt, diese »quirkiness« in der Musik, die finde sie »totally liberating«, und »These girls are absolutely sweet«. Das findet offenbar auch der junge Japaner am Schlagzeug, er strahlt und scheint sein Glück als Hahn im Korb kaum zu fassen. »And your video will be online, too!«, flüstert Yuka in Chiaras Ohr. »You're just as great, you and Jonas.« »Oh, come on!«, widerspricht Chiara. Die Leadsängerin von Tricot verengt kühl und herausfordernd ihre Augen, die Gitarristin mit den hellblonden kurzen Haaren grinst und stellt sich manchmal auf die Zehenspitzen, als könnte sie dadurch beim Singen die hohen Töne besser treffen, immer mehr überkommt Chiara der Wunsch, eine dieser lässigen Japanerinnen zu sein. Wenn sie zwischendurch Yukas Gesicht von der Seite betrachtet, dann wieder das Display, dann wieder Yuka, dann ist sie in ihrer Vorstellung bereits mit Yuka in dieser Band, sie selbst an der Gitarre, Yuka am Bass, oder umgekehrt, sie legt die Finger aufs Display, um das Bild ein wenig größer zu machen, und schon berührt sie Yukas Hand, sie lässt die Hand einfach dort liegen, die Finger verschränken sich mit denen Yukas, sie lehnt ihren Kopf gegen Yukas Kopf, am Ende der nächsten Strophe spürt sie dann, wie ihre Haare berührt werden, es sind wirklich Yukas Finger, die dies tun, und schon ist die Hand wieder weg, mit einer leicht hektischen Bewegung. Yuka scheint nun sehr aufs Display konzentriert zu sein. Der Bassistin von Tricot rutscht ihr Kopfhörer herunter, weil ihr Kopf zu sehr mitwippt, sie lacht und schubst das Ding komplett von den Schultern und spielt dabei einfach weiter.

Als auf Youtube längst ein anderes Lied läuft, küssen sich Yuka und Chiara. Als die Tür auffällig hart zuschlägt und Mariah vor ihnen steht, sind bestimmt drei weitere Lieder vergangen, Chiaras linke Hand befindet sich unter Yukas T-Shirt und ist mit ihrer Brustwarze beschäftigt, ihr Mund küsst Yukas Ohr, beides findet durch das Zuschlagen der Tür und durch Mariahs Ausruf »What is going on here?!« ein jähes Ende, kurz darauf steht auch Amy im Zimmer, in der anderen Tür, auch Amy ruft irgendwas, Chiara versteht aber kein Wort, denn ihr Mund giert für einen letzten Moment danach, Yukas Ohrläppchen zu umschließen und am liebsten auch bald ihre Brustwarze, bis man nicht mehr wüsste, wer von ihnen eigentlich wer ist, aber jetzt ist Schluss damit, ihr Rücken wird hart angefasst, Schockstarre befällt ihren Körper, und erst als Mariah »Get out of here!« schreit, während Amy sie gegen die Sofalehne stößt, wird Chiara endgültig klar, hier verändert sich etwas, und zwar zu ihrem Nachteil, nun fliegen ihr auch schon Gegenstände entgegen, ein Kulturbeutel, aus dem ein paar kleine Sachen herausfallen, außerdem Kleidungsstücke und ein Rucksack, es bleibt Chiara nichts anderes übrig, als auf allen vieren die Dinge aufzusammeln, wenigstens hat sie jetzt wieder etwas zu tun, sie muss nicht die giftigen Blicke aushalten, die das Geschrei begleiten, nicht darüber nachdenken, wohin sie als Nächstes geschubst wird und was sie nach dem letzten Stoß tun wird, der sie mit Sicherheit nach draußen befördert, auf die Straße. Sie umschlingt den großen Stapel, das bringt natürlich keine Rettung, Mariah greift mit beiden Händen danach und wirft alles aus dem eigens von Amy geöffneten Fenster. Erst als Chiara, nachdem sie sich schwankend aufgerichtet hat, einige Schritte gegangen ist und im Flur steht, kommt sie dazu, die Gesichter Amys und Mariahs richtig anzusehen, erst jetzt sieht sie Amys bebende Lippen, ihre Augen, die ständig »Warum tust du so was?« fragen, und ihre zitternden Hände, Gänsehaut und Zittern überfallen nun auch Chiara, schon wird die Tür zugeknallt und sie starrt ins Dunkle. Sie geht die Treppe runter. Zum Glück ist unten die Haustür noch offen.

Und zum Glück sind ihre Sachen nicht weit geflogen. Sie liegen mehr oder weniger auf einem Haufen, nur die Nagelschere und die Zahnbürste sind aus dem Kulturbeutel herausgefallen. Ein zweites Mal überfällt sie das Zittern: Amy hat tatsächlich noch die Zahnbürste in den Beutel getan, bevor sie ihn ihr an den Kopf warf. Schauen die drei jetzt zu, während sie die Sachen aufsammelt? Das ist nicht auszumachen. Die Fenster oben sind dunkel.

Und dann steht Chiara auf dem leeren Gehweg, mit dem Rucksack auf den Schultern. Kein Mensch ist auf der Straße. Kann man jetzt überhaupt noch in ein Hostel, ohne Reservierung? Am besten läuft sie zu den Grachten, zum Licht auf dem Wasser, vielleicht dorthin, wo sie allein Gitarre gespielt hat. Und ein drittes Mal kommt das Zittern über sie: Die Gitarre liegt noch in der Wohnung.

Sie hört eine Tür und Schritte. Da steht Yuka mit der Gitarre. Natürlich wird Chiara jetzt nicht umarmt, geküsst und getröstet, Yuka hält ihr das eingehüllte Ding direkt vor die Nase, so kann Chiara ihr Gesicht nicht sehen, sie stellt das Instrument ab, umfasst den Gitarrenhals und sieht nur noch Yukas Rücken und dann die sich schließende Tür, und dann sieht sie nichts mehr, dafür sind die Tränen in ihren Augen schon zu groß.

Sie muss durch zwei breitere und drei engere Straßen, um zu den Grachten zu gelangen. In einer schmalen Gasse kommen ihr vier junge Männer entgegen, sie reden laut in einer Chiara unbekannten Sprache, bisher hat sie nachts noch nie Angst gehabt, jetzt dagegen geht sie nah an der Häuserwand entlang, bestimmt ist das ein Fehler, ein einziger Handgriff würde reichen, um sie gegen die Wand zu drücken, und schon sind die vier an ihr vorbeigegangen.

Jonas bringt am Morgen sein Gepäck zur Rezeption. Er will es später abholen. Vielleicht darf er ja in Chiaras WG übernachten. Oder er fährt heute Abend nach Hause.

Da kommt Thorsten auf ihn zu.

»Ah, hallo! Und, wie war's gestern noch?«

Thorsten sieht ihn an, als würde er nichts verstehen.

»Wie war's gestern?«, wiederholt Jonas.

Thorsten schweigt.

»Philipp ist weg.«

»Was? Seit wann?«

»Seit gestern Abend.«

»Da war ich doch bei euch.«

Thorsten sieht noch böser aus als sonst. »Richtig. Für eine halbe Stunde. Und Philipp war sturzbesoffen.«

»Ich weiß.«

»Philipp hat gesagt, er will aufs Klo gehen. Er ist aber nicht wiedergekommen. Ich war dann mit dem Typ von der Rezeption auf der Männertoilette. Wir haben überall gegen die Türen geklopft. Eine hat er sogar von außen aufgemacht.«

Er steht auf.

»Ich hab ihn die halbe Nacht gesucht. Dann bin ich zur Polizei gegangen. Eigentlich wollten wir heute Abend nach Hause fahren. Ich geh gleich noch mal zur Polizei.«

»Soll ich mitkommen?«, fragt Jonas.

»Nein.« Wieder der düstere Blick. »Mach mal schön weiter Musik mit deiner Freundin.« Er starrt vor sich hin. »Wie gesagt, er war sturzbesoffen. Ich war sogar in dieser Bananenbar, da war er aber auch nicht. Und er antwortet auf keine Nachricht. Vielleicht pennt er irgendwo auf 'ner Bank.« Thorsten schüttelt den Kopf. »Oder er ist ins Wasser gefallen. In den Grachten ertrinken manchmal Besoffene.«

»Ach nein. Bestimmt nicht«, sagt Jonas leise.

»Schönen Tag noch. Viel Spaß mit eurer Musik«, sagt Thorsten und geht weg.

Eigentlich ist es noch zu früh. Sie treffen sich im Stone's Café, das ist auch in der Warmoesstraat, nicht weit vom Hostel. Jonas friert. Ihm ist aber, als hätte er kein Recht, sich jetzt schon nach drinnen zu setzen, in ein Café, wo man bedient und umsorgt wird. Er könnte noch einen Spaziergang zum Wasser machen. Aber nein, dort schwimmt vielleicht Philipps Leiche. Ach Quatsch, ein ertrunkener Philipp müsste längst aufgetaucht sein. Das hätte Thorsten doch schon von der Polizei erfahren. Bestimmt wollte Philipp nur mal Ruhe von Thorsten, man darf entspannt bleiben, Philipp kann auch was anderes passiert sein, der schläft irgendwo.

Jonas dreht sich um. Da steht Chiara. Aber nicht die gewohnte lachende Chiara, eher sieht sie aus, als wäre auch ihr etwas zugestoßen. Die traurige Chiara spricht kaum mit ihm. Sie hockt sich wortlos auf den Boden und lehnt sich gegen die Häuserwand. Sie sieht aus, als hätte sie nicht geschlafen. Und sie hat ihr Gepäck dabei.

»Hey!«, sagt Jonas und setzt sich neben sie. »Was ist los?« Vielleicht treibt Philipps Leiche auch längst im Meer.

»Was? Nichts.«

Sie lehnt sich an seine Schulter. »Doch. Ich bin rausgeflogen. Aus der WG.«

»Oh. Warum denn?«

Sie schweigt. Dann sagt sie: »Egal. Ich war nachts bei zwei Hostels, die hatten keine Zimmer frei. Ich hab mich irgendwann einfach auf'ne Bank gelegt. Da hab ich dann gepennt, in meinem Schlafsack. Na ja, ich hab's versucht. Zwischendurch hab ich Gitarre gespielt.«

»Wo warst du denn? Auch hier, in der Warmoesstraat?«

»Kann sein. Ich glaub ja. Wieso?«

Wenigstens ist sie nicht ins Wasser gefallen. Dann ist bestimmt auch Philipp nicht ins Wasser gefallen. War sie betrunken? Jetzt erfährt er doch noch, was passiert ist. Aha. So ist das also. Gleich zwei Liebschaften, gleich zwei Frauen in einer Woche. Und verstünde man kein Deutsch, man würde glauben, sie spräche von schweren Schicksalsschlägen. »Für die Nacht auf der Bank«, verkündet sie, habe sie sich »am Ende entschieden, weil ich es verdient habe«, ihm wird schlecht, soll er jetzt etwa applaudieren?

»Yuka meinte übrigens, sie will unseren Auftritt bei Youtube einstellen, oder Teile davon.«

»Ist ja schön.«

»Ich weiß natürlich nicht, ob sie das jetzt immer noch machen will. Nach dem, was passiert ist.« Vielleicht sollte er doch noch die Sache mit Philipp erzählen, vielleicht fällt ihr etwas ein, was sie tun könnten.

Sie schweigt und lehnt sich wieder bei ihm an. »Na gut. Wir sind ja eigentlich auch zum Musikmachen hier.«

Ach so. Sie sind also bloß zum Musikmachen hier. Das heißt: *eigentlich* noch nicht mal zum Reden. Und langsam wird ihm auch ihr Kopf zu schwer.

»Wollen wir erst mal Kaffee trinken?«

»Ja ja«, sagt er. »Können wir.«

Sie gehen ins Stone's Café.

»Hab ich dich jetzt irgendwie genervt? Mit meiner Geschichte?«

»Quatsch. Nein.«

»Oder findest du das mit Youtube nicht gut?«

»Was? Doch, klar, das find ich gut.«

Sie lächelt, wie jemand, der sich um Tapferkeit bemüht.

»Aber ganz ehrlich, ich hab die Musik gestern wieder total genossen! Nach Amsterdam müssen wir das auf jeden Fall irgendwie weitermachen.«

Den Beinahe-Sex mit deiner Yuka hast du aber noch mehr genossen, denkt er mit Blick auf ihren zierlichen Oberkörper, was natürlich, zugegeben, sexistisches Denken ist, schamloses Gaffen obendrein, doch daran ist ja *sie* schuld, nicht er, hat er sie um ihre Liebesgeschichten gebeten?

»Hey!«, ruft sie. »Hörst du mir zu?«

»Ja klar.«

»Ich hab gesagt, ich bin noch ziemlich fertig, ich hab halt wenig geschlafen.«

»Hab ich schon mitgekriegt.«

»Ich werd dann doch mal Nadine fragen. Wahrscheinlich kann ich bei der übernachten.«

Stimmt. Sie weiß gar nicht, dass auch er eine neue Unterkunft braucht. Er sagt es ihr aber noch nicht. Auch das mit Philipp hat er ihr nicht gesagt. Vielleicht ist das sein Fehler. Aber manchmal geraten die Worte nicht bis in seine Stimmbänder hinauf, sie liegen zu schwer im Magen.

Draußen kommt ihnen Philipp entgegen, mit einem Kaffeebecher in der Hand.

»Was machst *du* denn hier?«, fragt Jonas.

»Wieso? Ich will ins Hostel.«

»Thorsten war total besorgt«, ruft Jonas, »du warst doch –«

Thorsten solle mal chillen, unterbricht ihn Philipp. Er habe einfach zwischendurch 'ne Nacht woanders gebraucht, Thorsten solle nicht so tun, als wäre er Mister Sozialarbeiter. Steckt jetzt jemand anders in Philipps Körper, woher kommt diese Selbstsicherheit?

»Na dann mach's mal gut«, sagt Jonas.

»Ihr auch«, antwortet Philipp, »Wir fahr'n heute übrigens. Falls man sich nicht mehr sieht, viel Spaß noch.« Es klingt trotzig, als müsste er sich für irgendwas rächen. Und er hat Chiara noch kein einziges Mal angesehen, bemerkt er sie etwa gar nicht?

»Wer war *das* denn?«, fragt Chiara, und dann, nachdem Jonas erzählt hat, was gestern Abend und heute Morgen passiert ist: »Ach. Und warum erzählst du mir das nicht?«

Jonas schweigt.

»Du hast dir doch Sorgen gemacht«, sagt sie leise. »Hast du doch selber gesagt. Warum erzählst du das dann nicht?«

Sie stellen sich in die Kalverstraat. Als sie schon drei Lieder gespielt haben, ohne dass jemand stehen geblieben wäre, merkt Chiara, dass ihr Handy vibriert.

»Warte mal kurz.«

Sie hat eine Nachricht von aufnahmeprüfung.at.

Liebe Bewerberinnen und Bewerber,

leider müssen wir Ihnen mitteilen, dass es dieses Mal …

Zum Glück sind ihre Finger nicht muskulös genug. Sonst wäre schon das Handy zerbrochen.

»Äh … Wollen wir noch was spielen?«, fragt Jonas.

»Nein! Ich will nichts mehr spielen.«

Das war lauter und schärfer als beabsichtigt. Ein paar Leute drehen sich um, während Jonas fragt, was denn los sei, ob sie eine Nachricht bekommen habe.

Sie lehnt sich gegen die Wand. »Geht dich einen Scheißdreck an.«

»Ach so. Na gut, ich versteh schon.«

»*Was* verstehst du schon?«

Sie sieht zu, wie er das Gitarrenband über den Kopf zieht

und vor sich hin schnaubt. »Dass du mir nichts erzählen willst. Von deinen tollen – na egal.«

»*Wovon* erzähl ich dir nichts?«

»Woher soll ich das wissen? Du erzählst es mir ja nicht.«

Wahrscheinlich, denkt sie, verstehen die Leute alles. Die können bestimmt Deutsch. Jonas nimmt die Hülle und ächzt, als wäre das Einpacken der Gitarre Schwerstarbeit.

»Ich hab gerade 'ne Absage bekommen«, sagt sie. »Aus Graz, von der Uni.«

»Ach so.«

Am liebsten würde sie ihm die Gitarre über den Kopf hauen. Sein »Ach so« klingt wie »Na ein Glück«, was soll das? Er scheint erleichtert zu sein, er hatte wohl befürchtet, sie wäre weiter mit lesbischen Abenteuern beschäftigt. Jetzt sagt er doch noch »Das tut mir leid.« Immerhin.

»Dann wissen wir jetzt beide nicht, wie's weitergeht.« Er berührt die Saiten. »Also, wenn wir wieder nach Hause kommen.«

»Nein. Wissen wir nicht.«

Sie hockt sich auf den Boden, er setzt sich dazu.

»Hey«, sagt sie, »wollen wir noch mal das Kratz-Lied spielen? Ich meine, nur für uns?«

Er spielt leise, sie singt leise. Das ändert hier und da die Bedeutung der Textzeilen. »Die Haut will lieben« klingt auf einmal wie ein vergeblicher Wunsch.

Als sie ein zweites Mal für die Passanten spielen, im Stehen, hört immer noch kein Mensch länger zu, kaum jemand gibt Geld. Irgendwann bleiben zwei Männer stehen. Sie verschränken die Arme und haben starre Mienen, die ausschließlich auf Chiara gerichtet sind. Wenn Jonas sich nicht täuscht, glotzen sie manchmal auf ihre Brüste. Ihre Lederjacken sehen aus, als ob man darunter schwitzt. Der linke zieht seine Augenbrauen hoch, als würde er »Na sieh mal einer an« sagen, der rechte grinst, der linke flüstert dem rechten etwas zu, der rechte flüstert zurück, beide lachen, Jonas versteht die Wörter »Ja, bestimmt« und »geil«, man müsste mit dem Spielen aufhören und ihnen die Meinung sagen. Er sucht nach einer Formulierung.

»Moment mal!«, sagt Chiara. »Jonas, hör mal auf zu spielen.«

Er legt die Hand über die Saiten.

»Hey, ihr beide!«, ruft sie. »Habt ihr irgendein Problem oder was?«

Die beiden sehen sich an und lachen. Jonas sagt: »Ja, genau. Könntet ihr vielleicht einfach ab–« Er hört auf zu sprechen. Er merkt, das Stottern geht wieder los. Die beiden kommen auf ihn zu.

»Was wolltest du gerade sagen?«, fragt der linke, er spricht sehr langsam.

»Genau«, sagt der rechte. »Sprich den Satz mal zu Ende.« Jonas merkt, er zittert.

»Ey, ihr habt uns schon verstanden!«, ruft Chiara mit fester Stimme. »Haut einfach ab.«

»G-g-genau!«, sagt Jonas.

»Oh. Ganz groß.« Der rechte fängt an zu klatschen, der linke ebenfalls. »Ganz großes Kino.« Immer noch stehen sie direkt vor Jonas, der linke riecht nach Nikotin. »Alter, reg dich mal ab. Du zitterst ja.« Er legt Jonas die Hand auf die Schulter. Jonas zuckt zusammen. »Oh, da hat ja einer richtig Schiss.« Dann lachen sie wieder und gehen. Der erste dreht sich noch einmal um und ruft: »Und leg dich nicht so ins Zeug. Die Alte will eh nichts von dir.« Wieder das Lachen. Dann sind sie weg.

»Danke«, sagt Chiara zu Jonas. »Machen wir weiter?«

Jonas schüttelt den Kopf. »Nein. Wozu denn?« Er merkt, seine Unterlippe bebt noch. »Es hört doch sowieso niemand zu.«

»Und wenn schon«, sagt Chiara. »Ist doch egal. Dann spielen wir nur für uns.«

Chiara sieht, er weint fast, während er sich das Gitarrenband über den Kopf zieht und die Gitarre auf eine Bank legt, sie flüstert »Hey!« und lächelt ihn an, er reagiert nicht, er scheint noch immer von der Berührung dieses Schlägertyps betäubt zu sein, sanft stößt sie die Hand gegen seinen Ellbogen und stellt sich vor ihn hin, sie muss ihn aus diesem Bann befreien, noch einmal flüstert sie »Hey! Du machst dir da doch nichts draus, oder?« und nimmt ihn in den Arm, aber nein, er weicht einen Schritt zurück und senkt den Kopf, wie ein Junge, der wütend wird, weil seine Mama ihm ungefragt den Kragen richtet oder über sein Kinn wischt, nun steckt er die Hände in die Hosentaschen, was albern aussieht, sie passen gar nicht ganz rein. »Lass mich in Ruhe«, haucht er, will er sich jetzt in die Rolle des großen Bruders aufschwingen, der von seiner kleinen Schwester genervt ist? Was soll das? Auf einmal senkt er den Hintern auf die Bank, es knackt, das war die Gitarre. Fast hätte er sich mit seinem ganzen Körpergewicht draufgesetzt. Schnell steht er wieder auf, zu spät. Es ist ein tiefer Riss im Holz, vom Steg bis zum Schallloch. Die Gitarre kann man jetzt wegschmeißen.

Es dauert etwas, bis Chiara zu schreien anfängt. Ihre Hände umfassen den Gitarrenhals, sofort berührt Jonas seinen eigenen Hals und schon geht es los, wenn auch zunächst nur mit einem Zischen, ob er völlig bescheuert sei, er glaube wohl, er könne mit dem Eigentum anderer umspringen, wie er wolle, dann wird sie lauter, nun sehe man ja, dass ihre Musik ihm in Wahrheit nichts, aber auch gar nichts bedeute, kein Wunder, ihn interessiere ja sowieso bloß sein Ego, inzwischen kreischt sie, wenn sein Ego mal nicht zum Zuge komme, müsse er sich auch noch bemitleiden. Die weiteren Sätze bekommt Jonas nur noch halb mit, ihr Geschrei hat inzwischen weit mehr Publikum angelockt als vorher die Musik, einige sind aus dem Café gekommen. »Sorry, can we help you?«, fragt eine ältere Frau, »Yes, can we help?«, ruft der untersetzte Mann neben ihr und schiebt den Unterkiefer nach vorn, als wäre er bereit zum Drauflosprügeln, und schon sind da auch noch zwei junge Frauen, war ja klar, Chiara spricht leise mit ihnen, es sind anscheinend wieder Deutsche, eine hat Sommersprossen, die andere bläulich gefärbte Haare, beide berühren seufzend die Saiten der Gitarre, man könne wohl noch darauf spielen, sagen sie, und schon spielt Chiara, erst nur ein paar Akkorde und dann das Intro vom Ausguss-Lied, die Gitarre klingt tatsächlich wie vorher, die zwei Frauen hören aufmerksam zu, nun ist sie wieder glücklich, denkt Jonas, während sie zu singen beginnt. Er weiß, was er jetzt tun muss: Sich einen Ruck geben, nicht mehr dorthin gucken. Er muss nicht länger zusehen, wie Chiara beim Singen ihre Haarpracht in den Nacken wirft, das kennt er schon, er wird sein Gepäck aus dem Hostel abholen und mit dem nächsten Zug nach Hannover fahren. Zurück in sein wirkliches Leben.

Während er zügig geht, sind zum Glück bald andere Menschengruppen um ihn herum, sie übertönen das Geschrei Chiaras in seinem Kopf. Natürlich kann er nicht vollständig in der Menge versinken, würde Chiara jetzt ihre Gitarre nach ihm werfen, könnte sie ihn zwischen den anderen Passanten treffen.

»Oh, wir kennen uns doch!«, ruft eine Stimme. Da sind wieder die zwei Typen von eben. »Na, auf einmal ganz allein unterwegs?« Jonas läuft schnell weiter, er ist sich nicht sicher, ob der eine Typ ihn eben schon wieder angefasst hat, plötzlich sehnt er sich wieder nach der kurzen Umarmung Chiaras von vorhin, sie schien ihn damit von einer Verletzung heilen zu wollen. Aber zu spät, das ist vorbei.

»Wollen wir vielleicht noch zusammen 'nen Kaffee trinken?«, fragt Chiara die zwei jungen Frauen. Die sehen sich verdutzt an. »Ich hab auch 'ne Aufnahme von dem Song«, ruft sie, »die müsst ihr echt hören.« Noch während sie spricht, gucken die beiden sich um, fast hilfesuchend, sie merkt, die kannten sich vorher gar nicht. Ein rauchender Bartträger legt den Arm um die Frau mit den Sommersprossen, ein Mädchen mit Stirnband wendet sich der Blauhaarigen zu, dann reden die Frauen fast gleichzeitig, Chiara singe und spiele so toll, da mache der Riss im Gitarrenholz gar nichts aus. Und wo jetzt eigentlich ihr Freund sei? Chiara begreift, mit dem »Freund« meinen sie Jonas. Sie sieht sich um. Wo ist er?

»Ach so. Weiß nicht.«

Auf einmal sehen die vier sie an wie Ärzte beim Inspizieren eines Röntgenbilds. »Na dann mal weiterhin ganz viel Erfolg bei der Musik!«, sagt die Blauhaarige. Und schon sind sie weg. Das Handy vibriert: Ihre Mutter hat ihr geschrieben.

Hab deine Nachricht gerade erst gelesen. Viel Freude beim Spielen und viel Spaß in Amsterdam! Mama

Jonas ist also einfach abgehauen. Sie wird nicht darauf warten, dass er sich meldet. Und vermutlich wird sie auch nicht mehr in Amsterdam bleiben. Die Luft ist raus. Besser fährt sie nach Hause.

»Hi!« Philipp sitzt auf einem Barhocker, winkt Jonas zu sich heran und sagt, Thorsten komme auch gleich und Prost!, ja, wie gesagt, er sei letzte Nacht einfach mal woanders gewesen. »Musste mal sein.«

Dem geht es offenbar gut. Auch Chiara wird es sicher bald wieder gut gehen. Was nehm ich mich so wichtig, denkt Jonas. Sie kommt auch ohne mich klar.

»Also jetzt nicht falsch verstehen« – Philipp streicht sich eine

Strähne aus der Stirn, die eigentlich gar nicht lang genug dafür ist – »ich mein, Thorsten ist echt der feinste best buddy, den man sich vorstellen kann.«

Hat er gestern Nacht eine Art Coole-Aura-Kurs absolviert? Dürfte man hier rauchen, würde er jetzt wohl die Asche abklopfen, mit wichtiger Miene.

»Es ist auch megaschade, dass wir schon bald fahren müssen.« Amsterdam und Zandvoort seien »äußerst geil«, sagt er.

Nun kommt Thorsten, er sieht erschöpft aus. »Ja. Der Philipp liegt also doch nicht im Wasser. Er brauchte wohl einfach mal 'ne Nacht woanders.«

Philipp ergänzt, der Akku von seinem Handy sei auch leer gewesen.

»Du fährst jetzt gleich?«, fragt Thorsten Jonas.

»Ja. In anderthalb Stunden. Ich hol mal meine Sachen von der Rezeption.«

Kurz darauf steht er mit seinem Rucksack vor den beiden und verabschiedet sich.

»Was ist jetzt eigentlich mit dir und dieser Musikerin?«, fragt Thorsten. »Wie hieß die noch mal?«

»Chiara.«

Ob sie und er weiter zusammen Musik machen würden?

»Äh, nein, erst mal nicht. Ich fahr jetzt nach Hause.«

Sie auch?

»Nein. Also, weiß ich nicht.«

Wie sie denn verblieben seien?

»Ist das jetzt ein Verhör oder was?«

»Du brauchst nicht gleich aggressiv zu werden«, sagt Thorsten.

»Na ja. Wir hatten Streit. Da bin ich gegangen.«

»Gegangen? Einfach so?«, sagt Philipp. »Klingt irgendwie merkwürdig.«

»Ich war genervt.«

»Weil sie nicht auf Männer steht?«, fragt Philipp.

»Ach was, nein. Ich fahr jetzt jedenfalls nach Hause.« Er wendet ihnen den Rücken zu.

Ihm fallen wieder die zwei Spielplatz-Typen ein. Einmal, als sie schon älter waren, hat er sie an der Haltestelle anscheinend zu lang angestarrt, sie wollten wissen, warum er so glotze und was er »für ein Problem« habe. Jonas sagte nichts und drehte sich weg, sie folgten ihm, traten ihm in die Hacken und schubsten ihn, sodass er hinfiel, dann traten sie gegen sein Schienbein, mehrere Male.

Er dreht sich wieder zurück zu Philipp und Thorsten.

»Ich werd mich bei ihr melden. Wir haben uns eigentlich gut verstanden. Und es war toll, mit ihr Musik zu machen.«

Er ist erleichtert. Bei keinem Satz hat er gestottert.

»Wir haben's ja nicht gehört«, sagt Philipp. »Eure Musik, euch beide zusammen.«

»Ein Auftritt wurde auch gefilmt«, sagt Jonas, »der steht bald auf Youtube, soll ich euch dann den Link schicken?«

Nun hellen sich die Gesichter über den Biergläsern tatsächlich auf, sie zücken ihre Handys, tauschen Nummern aus und Thorsten sagt: »War nett, dich kennenzulernen. Und gute Fahrt!« Es klingt wie eine Absolution.

Hi Chiara, tippt er draußen, *tut mir leid, dass ich einfach so weggegangen bin. Ich hab für heute Nacht keine Schlafstätte, deshalb* – nein, das ist eine Ausrede, er löscht es und schreibt *ich glaube inzwischen, es ist besser, wenn wir* – nein, das klingt, als wären sie ein Paar, wie eine Trennungsbotschaft. Was soll man, nachdem man es vermasselt hat, auch schreiben? Er hat ihre Gitarre beschädigt, er ist abgehauen, das ist Fahrerflucht. Aber andererseits, soll er jetzt eine neue kaufen? Die alte klingt doch noch gut. Ach Quatsch, er hat sie kaputt gemacht. *Hi*

Chiara, tut mir leid, dass ich einfach abgehauen bin. Ich melde mich später. LG Jonas. Alles Weitere überlegt er sich in Ruhe, sobald er im Zug sitzt.

Chiara will noch nicht heimfahren. Fast eine Stunde lang hat sie im Notizbuch geblättert, ohne zu schreiben, und dann die Gitarre ausgepackt, aber nicht gespielt. Am liebsten würde sie das Holz streicheln und liebkosen, das Ding besteht aber nur aus glatten Flächen und harten Kanten. Ihr Handy surrt, eine Nachricht von Jonas.

Hi Chiara, tut mir leid, dass ich einfach abgehauen bin. Ich melde mich später. LG Jonas.

Er meldet sich also später, soso. Chiara weiß: Jungs vergessen einen schnell, wenn man sich nicht mehr sieht. Gestern hat er ihr noch lang von seinem Stottern berichtet, vom Erfolg der Therapie, als er zwölf Jahre alt war, und von den Sorgenfalten, die danach trotzdem immer wieder in den Mienen seiner Eltern entstanden. »Bei jeder Sprechpause von mir kam wieder dieses Stirnrunzeln«, meinte er, »*jetzt geht es wieder los*, dachten sie dann bestimmt.« Sie selbst erzählte daraufhin von ihrer Großmutter, von dem ständigen Ärger, wenn sie zu Hause mal laut Gitarre spielt, vor allem dann, wenn sie vorher bei ihrer Mutter war, und beim Erzählen dachte sie: So langsam sind wir Freunde.

Sie muss endlich Nadine schreiben. Sie wird heute noch nicht nach Hause fahren, das wäre zu frustrierend.

»Hey! You are Jonas, aren't you?«

Gerade wollte er in den Bahnhof. Er dreht sich um und erkennt sofort die drei Frauen. Sie sind jetzt einfarbig gekleidet, mit T-Shirt und Leggins in Schwarz, Blau und Rot.

»Sorry, can you tell me your names again?«, fragt er.

Das tun sie: Mariah, Amy, Yuka. Abwechselnd strecken sie ihre Beine aus, dann hüpfen sie auf der Stelle.

Amy sagt, dass sie hier gleich »performen« wollen.

»Oh that's a shame, I mean, I cannot watch you«, sagt Jonas. »My train leaves in a few minutes.«

»Oh, so you are going home.«

»So what about Chiara?« Mariah ist außer Atem. »Where's she staying now?«

Yuka nickt interessiert, bleibt aber stumm. Ihren Namen hat sie eben nur geflüstert. Sie ist noch blasser als sonst.

»I don't know«, sagt Jonas.

»You don't know«, ruft Mariah, »Why?«

Alle drei machen wieder Dehnübungen. In einer Art Halbkreis stehen sie um ihn herum, als wollten sie ihn an der Flucht hindern. Jonas erzählt, dass Chiara auf einer Bank geschlafen hat.

»She felt she had to punish herself. She felt very guilty.« Er wisse aber gar nicht, was vorher passiert sei, fügt er schnell hinzu und weiß nicht, ob sie ihm glauben.

»Is she going to play on her own now?«, fragt Yuka. Sie sieht aus, als könnte sie jeden Moment umkippen.

»I am not sure.« Und schon hat er gesagt: »Her guitar is broken.«

»Why?«, fragt Mariah. »Why broken?«

Jonas erwidert nichts.

»*You* broke it, didn't you?« Mariah hüpft wieder und lacht. »And this is why she sacked you.«

»Sounds like hit and run«, sagt Yuka leise und lächelt endlich, aber nur für einen Moment.

Er müsste durch eine der Lücken zwischen ihnen hindurch, er fürchtet aber, dass die zwei Frauen, zwischen die er seinen Fuß setzen würde, ihre Arme ausbreiten und ihn nicht rauslassen. »I would really like to watch you dance«, sagt er und erzählt, was Chiara ihm über den Tanz der drei Frauen gesagt hat: dass es wirke, als würden sie zu einem einzigen Körper, wie sehr sie dies beneidet habe, dieses Lob, hofft er, müsste ein guter Passierschein sein, die drei lächeln aber nicht, sie sehen unentschlossen aus. Mariah sagt, sie wisse nicht, ob sie das jetzt noch hinbekämen, diese Einheit.

»Well, it all just happened as it did«, meint Amy. Sie hätten wohl alle Fehler gemacht, oder fast alle.

»Rubbish«, erwidert Yuka. »Nobody here did anything wrong. Just me.«

»Well, she *did* show me she wasn't that interested, didn't she?«, antwortet Amy, in ihren Augen glänzt etwas, erst sieht sie wütend, dann geistesabwesend aus, sie weiß wohl nicht, ob sie auf Yuka oder sich selbst wütend sein soll, dies ist der richtige Moment, um zwischen ihr und Mariah durchzugehen, zwei schnelle Schritte, es klappt, niemand hält ihn auf, er hat freie Bahn, sein Zug fährt in vier Minuten.

»Good luck for your dancing«, ruft er, »and for everything else.«

»We still have your video«, ruft Yuka ihm nach.

Jonas dreht sich um. »Don't worry. I will pay for her guitar.«

Nun kichert Yuka, und Mariah lacht laut.

»That's really sweet«, sagt Yuka.

Schnell rennt er in den Bahnhof. Er muss, sobald er im Zug sitzt, Chiara anrufen. Er muss ihr sagen, dass er die Gitarre ersetzen wird.

Wie erwartet hat Nadine gleich Ja gesagt, René, ihr Freund, gibt Chiara im Flur sofort die Hand, anscheinend ohne zu wissen, wer sie ist und warum sie jetzt in seiner Wohnung steht, er fragt aber nicht weiter nach, sondern hockt sich wieder auf den

Teppich im Wohnzimmer, zu einem halb fertigen Puzzle. Daneben liegt ein Buch mit dem Titel *International Law*. »Ich hab eben schon dein Bett frisch bezogen!«, sagt Nadine zu Chiara, die jetzt das Puzzlemotiv erkennt, es ist eins der wenigen Bilder, deren Titel sie weiß: *Die Geburt der Venus* von Botticelli. Sie hat eine Flasche Wein mitgebracht, sie bringt ihre Sachen ins Gästezimmer, dann stoßen sie an und trinken.

»Und du wohnst jetzt nicht mehr bei deinen drei Freundinnen?«, fragt Nadine.

»Nee, erst mal nicht.« Chiara gießt sich Wein nach, als Jonas anruft.

»Hallo Jonas.« Sie geht mit dem Glas in ihr Zimmer.

»Hallo. Ich sitz jetzt im Zug.«

»Aha.«

»Ich fahr jetzt doch schon nach Hause.«

»Hab ich schon verstanden.«

»Ich ruf vor allem wegen der Gitarre an.«

Sie sagt nichts.

»Es tut mir wirklich leid, ich ersetz dir die natürlich.«

»Mhm.«

»Wie teuer war die denn?«

»Weiß ich nicht. Die war ein Geschenk. Von meiner Mutter.«

»Ach so.« Er schweigt, dann sagt er: »Ich meine, die war bestimmt teuer. Die hat ja einen ganz tollen Klang.«

»Das stimmt.«

»Wobei natürlich auch die Frage wäre, wie alt die schon ist. Wenn die schon älter war, dann hat sie natürlich nicht den gleichen Wert wie wenn …« Wieder macht er eine Pause. »Sag doch auch mal was.«

»Was soll ich denn sagen?« Ist er jetzt völlig bescheuert geworden?

»Oder hat deine Mutter die vielleicht schon gebraucht gekauft? Dann wär sie ja –«

»Ist das jetzt dein Ernst?«

»Ich frag ja nur … Weil, ich dachte ja eigentlich, ich würd jetzt Geld verdienen wegen Wunderwerk, aber wenn ich jetzt wieder Studiengebühren zahlen muss, dann –«

»Mir wird langsam langweilig.« Chiara will »Auflegen« anklicken. Aber nein, wenigstens eine Chance soll er noch bekommen. Vielleicht sagt er doch noch etwas Passendes.

»Okay.« Er flüstert fast. »Ich wollte eigentlich auch gar nicht über Geld reden.«

»Machst du aber.«

»Ich wollte eigentlich sagen, dass es mir leidtut.«

»Hast du schon gesagt. Davon wird die Gitarre nicht heil.«

»Ich mein nicht nur die Gitarre. Ich kann nicht mit dir reden, wenn du ständig –«

»Du *musst* nicht mit mir reden. Du fährst doch jetzt sowieso nach Hause.«

»Ja. Stimmt. Das ist aber auch, weil du vorhin gesagt hast, ich würde ja nur –«

»Ja klar«, sagt sie, »das liegt alles nur an mir.« Es ist nicht möglich, Empathie für einen derart peinlichen Jonas aufzubringen.

»Wir reden später weiter«, sagt er. »Ich meld mich wieder.«

»Ist ja toll. Ich freu mich schon«, antwortet Chiara, legt auf und denkt, nein, man *kann nicht* verlangen, dass ich das ohne Ironie sage.

Jonas weiß nicht, was ihn geritten hat. Noch im Moment des Anrufens, beim Tuten, war er fest entschlossen, Chiara eine ganz neue Gitarre zu kaufen, ohne Wenn und Aber, erst beim Sprechen leuchteten die Warnschilder in seinem Kopf, Langzeitstudiengebühren, die bevorstehenden Fragen seiner Eltern, die Ehrfurcht, mit der man schon als Kind das Wort »Geld« hört, bei Geld hört die Freundschaft auf, nenn unter keinen Umständen jemandem deine Geheimnummer, und wie macht ihr das denn bei euren Auftritten, achtest du immer darauf, dass du den korrekten Anteil vom Honorar bekommst? Wegen so was hat er auf einmal den Geizkragen gespielt. Die Fenster im Abteil lassen sich nicht öffnen, bestimmt wird er gleich ersticken vor Scham.

»Hast du Lust, für uns Gitarre zu spielen?«

Chiara legt das Smartphone weg. Eigentlich würde sie gern noch eine Weile allein bleiben, auf dem Gästebett, Gitarre spielen will sie schon gar nicht, da kämen mit Sicherheit sofort Fragen zum Riss im Holz. Sie trinkt ihr zweites Glas Wein leer, doch es hilft nichts. Nadine ruft sie schon wieder.

»Ja, ich komme.«

Sie lässt die Gitarre in ihrem Zimmer, hockt sich auf den Wohnzimmerteppich, neben das Puzzle, und gießt sich neuen Wein ein.

»Und?«, fragt Nadine und sieht fast wie eine grinsende Kasper-Puppe in einem Gruselfilm aus. »Willst du nicht spielen?«

»Ehrlich gesagt, ich bin grade zu schlapp zum Aufstehen.«

Sie schließt die Augen, hebt das Kinn und hofft, dass ihr letzter Satz als Kompliment durchgeht, *ach es ist grad so schön mit euch, lasst uns einfach weiter Wein trinken und quatschen*, aber nichts da, schon ist René, der sowieso keinen Bock aufs Quatschen zu haben scheint, aufgestanden, »Kein Problem. Ich hol deine Gitarre«, schon kommt er mit der Gitarrenhülle zurück, der Reißverschluss wird aufgezogen, »Nein!«, schreit Chiara, sie schafft es, auf den Knien hinzurobben und ihm die Gitarre wegzuziehen, »Nein!«, sie umarmt die Gitarre. »Wollt ihr echt nichts mehr trinken?« Die Gläser der beiden sind immer noch halb voll.

»Und?«, fragt Nadine.

Chiara erschrickt. »Was denn?«

»Wir dachten, du spielst jetzt.«

»Nee. Bin schon zu betrunken.«

Hat René eben »Das stimmt allerdings« gesagt?

Am besten hört er Musik, irgendwas von seinen eigenen Aufnahmen. Der Zug hält gleich in Utrecht. Er klickt eine Datei vom letzten Winter an, zum ersten Mal seit Langem. Was er hört, klingt fremd. Ist er das wirklich selbst? Sein Bass ist übersteuert und brummt wie ein Bär. Nun erinnert sich Jonas: Dieses Stück hat er kurz nach Kasimirs Geburtstag aufgenommen. Wunderwerk hatten bei der Feier gespielt, Jonas entdeckte mittendrin diesen brummenden Sound, als er einen Regler versehentlich zu weit nach rechts drehte. Er fand diesen Klang sofort cool, wie einen Wollmantel oder einen dicken Schal. Als die anderen schon ihre Instrumente abbauten, musste er diesen Sound wiederfinden, er setzte sich mit Bass und Kopfhörer auf den Boden, wie bekam man es hin, dass jeder Ton gut hörbar blieb, trotz der Übersteuerung? Er spielte kleine Melodien, der Sound schien aus einem Urwald zu stammen, nun war er selbst eine Art Affe, der sich von Ast zu Ast schwang, die Töne liefen in die Tiefe des Dschungels hinein, kletterten auf Bäume und wieder hinab, irgendwann konnte er den Sound nicht mehr gut hören, es lief längst andere Musik, ein DJ hatte neben ihm sein Pult installiert. Als Jonas den Kopfhörer abnahm, plauderte alles um ihn herum längst lautstark, man lachte und trank. Schnell baute er Bass und Verstärker ab. Verena saß mittlerweile zwischen zwei Männern, die er nicht kannte, sie schien beide sehr witzig zu finden. Später keifte Kasimir ihn an: Was er sich eigentlich einbilde? Er habe zwei Songs mit seinem Basslärm komplett ruiniert, und warum sie das Equipment allein hätten zum Auto transportieren müssen, manchmal würden sie sich fragen, ob er überhaupt in der Realität lebe.

»Warum bist du so still?«, fragte Verena auf dem Heimweg. »Bist du schlecht gelaunt?«

»Was heißt hier schlecht gelaunt?«, sagte er, sie selbst habe ja schließlich auch nicht mit ihm geredet während der ganzen Feier. Was das denn solle, giftete sie zurück, er habe ewig mit seinem Bass rumprobiert und sie allein da sitzengelassen, noch nie sei sie sich so blöd vorgekommen. Jonas erinnert sich an das Beben, das ihn in diesem Moment durchfuhr. Zwei Tage später machte er dann die Aufnahme, die er jetzt hört.

Vielleicht hätte er es Verena erklären können, mit etwas Mühe und gutem Willen.

Er schreibt eine Nachricht an Chiara:

Vergiss, was ich gerade gesagt habe. Ich zahle natürlich für die Gitarre. Das krieg ich schon irgendwie hin. LG Jonas

Gleich nach dem Absenden kommt der letzte Satz ihm albern vor, *Das krieg ich schon irgendwie hin*, das ist viel zu heroisch, als würde er insgeheim hoffen, dass sie sein Angebot ablehnt. Soll er anrufen? Nein, lieber nicht. Jedenfalls nicht mehr heute.

Mittwoch, 11. September

Nach einer Reise sieht zu Hause alles anders aus. Es ist ungewohnt, am Fenster gleiten gar keine Fahrräder vorbei, nirgendwo glitzert die Sonne im Wasser. Stattdessen ist da Hannover-Linden. Jonas' Hirn legt einen zweiten Film darüber, mit Grachten und Laternen, dieser Amsterdam-Film überlagert erst die WG-Küche, später beim Einkaufen dann auch die Limmerstraße und überhaupt den ganzen Stadtteil. Eigentlich würde er gern weiter herumlaufen und dabei an Amsterdam denken, die Grachten plätschern in seiner Erinnerung noch lauter als in der Stadt selbst. Aber leider läuft auch Chiara in diesem Film ständig durchs Bild, er kann sie nicht herausschneiden.

Die Tür fällt ins Schloss, also wirft Chiara endlich die Bettdecke zurück und geht in die Küche. Vorher hat sie vergeblich versucht, wieder einzuschlafen, trotz der Helligkeit draußen, sie wollte nicht aufstehen, sie wollte vor allem nicht von Nadine und René gesehen oder gehört werden, nicht nach dem gestrigen Abend. Chiara betrachtet weiter den Zettel, keine Anrede, kein Gruß am Ende, das ist die Quittung für gestern: Sie sollte *Haus am See* auf der Gitarre spielen, wie demnächst bei Hannas Hochzeit, sie hat sich geweigert, sie hat die eingepackte Gitarre umklammert, als müsste sie ihre Brut beschützen, später sang sie stattdessen das Kratz-Lied, einfach so, ohne Begleitung, leise und unsicher, weil sie ohne Akkorde nicht wusste, ob die Melodie stimmte, Nadine und René ließen das Lied stumm über sich ergehen, sagten auch danach nichts, also redete Chiara, um die Stille zu füllen, von der kommenden

Hochzeit, sie weiß nicht mehr, was sie alles über Hanna und Richard geplappert hat, bestimmt nichts Nettes, irgendwann war es totenstill, die beiden wechselten vielsagende Blicke, oder lag das an dem von Chiara umgestoßenen Weinglas – ihr wievieltes war es eigentlich? – und an dem großen Fleck auf dem Teppich, über dem sich jetzt ein großer, lang gezogener Salzhaufen erstreckte?

Daneben liegt immer noch das Puzzle mit der Geburt der Venus. Es ist Zeit zu packen. Sie wird nach Hause fahren, wie Jonas. Aber nein, vorher will sie noch einmal auf der Straße Musik machen, nur noch einmal, wenigstens für eine Stunde. Sie nimmt ihre Gitarre und verlässt die Wohnung. Erst jetzt schaut sie aufs Handy.

Vergiss, was ich gerade gesagt habe. Ich zahle natürlich für die Gitarre. Das krieg ich schon irgendwie hin. LG Jonas

Die Nachricht ist noch von gestern. Über die ersten zwei Sätzen freut sie sich. Aber was soll der dritte?

An einem Laternenpfahl hängt ein Zettel mit einem Katzenfoto. Richtig, hier war es. Hier hat sie am ersten Tag gespielt und sich vorgestellt, die Katze wäre ihr Publikum. Wieder muss sie grinsen. Während sie spielt, starren manche Passanten ihre kaputte Gitarre an. Sie merkt, sie ist es nicht mehr gewöhnt, selbst zu spielen. Nach einer Weile hat sie Hunger. Sie liest zum ersten Mal, was auf dem Zettel unter dem Katzenbild steht, auf Niederländisch und Englisch: Katze entlaufen, 4. September, grau gestreiftes Fell, ein Riss im Ohr, dann eine Handynummer. Bestimmt, denkt Chiara, ist die längst wieder aufgetaucht. Der Hunger tut langsam im Bauch weh. Sie läuft ziellos herum, am Dam und an Cafés vorbei, schließlich sieht sie jemanden, den sie kennt: Magdalena, vor einer Häuserwand, mit McDonald's-Becher, auf den Knien ein geöffneter

Pizza-Karton, drei Hawaii-Pizza-Stücke liegen noch darauf, das vierte isst sie gerade. Soll sie Magdalena fragen, ob sie ein Stück abhaben darf? Magdalena würde glatt antworten, sie solle gefälligst arbeiten gehen, statt anständige Leute anzubetteln. Chiara geht weiter, hinter einigen Fahrrädern liegt eine dünne Katze mit grau gestreiftem Fell. Als die Katze wegläuft, ist tatsächlich so etwas wie ein Riss im Ohr zu erkennen. Und schon läuft Chiara den ganzen Weg zur Gasse zurück, außer Atem, wieso hat sie vorhin nicht die Handynummer abgeschrieben, wenigstens will sie Bescheid geben, wo sie diese Katze gesehen hat, in der Spuistraat, nicht weit vom Salbini.

Als sie endlich vor der Laterne steht, außer Atem, und die Nummer abtippen will, erscheint auf ihrem Display eine Nachricht von Nadine:

Liebe Chiara,

weißt du eigentlich schon, wie lang du bei uns bleiben möchtest? Vielleicht können wir das ja heute Nachmittag mal besprechen. Wir sind ab jetzt zu Hause.

Nadine und René

Chiara schließt die Augen. Sie wird nicht lang mit den beiden reden, am besten verabschiedet sie sich schnell. Die wollen doch, dass sie ihre Sachen packt und abhaut, selbst wenn Nadine das nicht so direkt geschrieben hat. Sie wird während des Gesprächs möglichst oft das schöne Gesicht der Venus auf dem Puzzle ansehen, vielleicht lenkt das ein bisschen von der Peinlichkeit ab.

Komme gleich, schreibt sie zurück. *Ich fahre heute Nachmittag. Vielen Dank schon mal für alles!*

Das Handy surrt, eine weitere Nachricht.

Ein Video. Es stammt von Yuka und dauert zehn Sekunden.

Sie sieht sich selbst neben Jonas auf dem Dam, beim Auffangen des Flummis und beim Hochspringen.

Eine Minute später kommt ein zweites Video, darin singt Chiara und bindet sich die Schuhe zu.

Yuka hat keinen Text hinzugefügt.

Chiara schreibt zurück:

Thank you!! :-)

Es kommt aber keine Antwort.

Bestimmt hat Yuka gleich danach den kompletten Film auf ihrem eigenen Handy gelöscht. Aber egal. Chiara weiß, sie muss jetzt eine richtige Nachricht an die drei schreiben. Einen Dank für alles und eine Entschuldigung für das, was am Ende passiert ist. Und danach fährt sie zu Nadine. Aber vorher muss sie unbedingt noch irgendetwas essen, sonst kippt sie um.

»Was hast du da eigentlich getrieben die ganze Woche?«, fragt Charlotte, während Jonas seine Einkäufe in den Kühlschrank räumt. »In Amsterdam?«

»Ich hab nicht gekifft«, sagt er. »Und ich war nicht im Bordell. Falls du so was meinst.«

»Ist ja langweilig. Sondern?«

Er gießt sich Cola ein. Es wäre feige, jetzt schon die Küche zu verlassen. »Ich hab Straßenmusik gemacht.«

»Schöne Grüße von Verena«, sagt Charlotte mit Blick auf ihr Display. »Sie kommt morgen Abend zu Besuch. Echt, Straßenmusik? Hattest du die Gitarre mit?«

»Nee.« Und schon erzählt er von Chiara.

»Soso«, sagt Charlotte, »sieh mal an. Musik mit Chiara.« Jonas verkneift sich die Information, dass Chiara lesbisch ist. Er muss sich ja wohl nicht rechtfertigen.

Natürlich sagt Nadine, sie könne gern noch eine zweite Nacht bleiben. Jetzt tu mal nicht so, denkt Chiara und bemerkt, dass

René zu Boden blickt, vielleicht zählt er in seinem Kopf bis zehn und hofft, dass Chiara vorher weg ist.

Sie hebt den Rucksack auf ihren Rücken, leider muss sie ihren Körper dabei strecken, lieber würde sie sich klein machen.

»Wegen dem Teppich«, sagt sie, »den müsst ihr ja bestimmt eurem Vermieter ersetzen. Ich bezahl euch das irgendwie.«

»Was?«, sagt Nadine. »Ach so. Nee, der Fleck ist weg.«

Nadine sieht auf einmal besorgt aus und meint, Chiara sei total bleich, ob sie sich den Teppich ansehen wolle, Chiara folgt ihr ins Wohnzimmer. Auf dem sauberen Teppich liegt ein neues Puzzle, man kann aber noch nicht erkennen, was es darstellt.

»Habt ihr das Puzzle wieder weggepackt? *Die Geburt der Venus?*«

Nadine lächelt ihr Grübchenlächeln. »Das haben wir aufgehängt. Kann ich dir zeigen.«

Beim Blick auf die nackte Venus und die zwei Götter denkt Chiara wieder an den Tanz, bei dem Yuka, Mariah und Amy zu einem einzigen Körper wurden, ihr schießen Tränen in die Augen.

Kurz darauf, im Flur, nimmt Nadine sie in den Arm.

»Wir sehen uns ja bald bei der Hochzeit.«

»Ich weiß gar nicht mehr, was ich gestern alles geredet hab«, sagt Chiara leise.

»Ist ja egal. Wir auch nicht.« Nadine lächelt sich die Grübchen noch tiefer in die Wangen, René steht daneben und verzieht keine Miene. Chiara ist froh, als sie weg ist.

Im Zug bekommt sie eine Nachricht von Yuka.

Dear Chiara,

thanks for your message!

Please understand that we do not wish to send a longer text. We feel that it is better to keep the distance, at least for the moment.

But of course we keep our promises :-)
Best wishes
Yuka, Mariah & Amy

Am Ende steht ein Youtube-Link. Chiara klickt darauf und sieht sich selbst auf dem Dam beim Fangen des Flummis, beim Springen, und dann kommt das Ausguss-Lied in voller Länge. Das Video wurde vor zwei Stunden hochgeladen. Es haben schon über hundert Leute angeklickt.

Soll sie den Link gleich an Jonas weiterleiten? Nein, der kann ruhig noch warten. Dieses »das krieg ich schon irgendwie hin« am Ende seiner letzten Nachricht, das stört sie immer noch. Es klang mal wieder so leidend. Dafür weiß sie jetzt, was sie zu Hause als Erstes tun wird: Sie macht ihre Aufnahme vom Ausguss-Lied fertig.

Donnerstag, 12. September

Donnerstags arbeitet Jonas in einem Lindener Copyshop.

Als er ankommt, sieht er: Direkt vor der Kasse liegen Wunderwerk-Flyer aus. Wunderwerk spielen nächsten Freitag im Pavillon, als Hauptact.

»Wer hat denn die Flyer ausgelegt?«, fragt er Helmuth, seinen Chef.

»Ach so, das war der Herr Seifert. Dieser eine, dem immer die Haare ins Gesicht hängen. Der hat die auch hier drucken lassen.«

Helmuth nennt immer nur die Nachnamen der Kunden, unabhängig von ihrem Alter. Manchmal fragt sich Jonas, ob Helmuth den Inhalt der Sachen, die hier gedruckt werden, überhaupt wahrnimmt, die Hochzeitseinladungstexte, die Examensarbeiten oder Konzert-Flyer. Lediglich am Ende, wenn ein Auftrag geschafft ist, lächelt Helmuth, während er das Resultat als Ganzes betrachtet. Weiß er eigentlich, dass Jonas Bassist bei Wunderwerk war? Jonas hat zwar früher allen möglichen Kunden selbst Wunderwerk-Flyer in die Hand gedrückt – manche kannten ihn sowieso von Auftritten, anderen sagte er: »Übrigens, ich mach auch Musik« –, Helmuths Gesicht gab aber nie zu erkennen, ob er zuhörte.

Nach einer halben Stunde kommt ein Kommilitone aus Jonas' Literaturstudium: Herr Schulz, den Vornamen hat Jonas noch nie gehört. Herr Schulz trägt immer weiße Hemden mit langen Ärmeln, auch im Sommer. Nie sah man, dass er sich mit anderen Studis unterhielt. Die Professorin im Seminar nannte seinen Namen besonders oft, weil Herr Schulz sich viel meldete, »Herr Schulz«, unterbrach sie ihn, »Sie dürfen Kafka nicht einfach nur als narrative Demonstration der Ideen Freuds verstehen«, oder »Herr Schulz, wir sollten jetzt weiter über ›Fräulein Else‹ sprechen und nicht über das Leben von Schnitzler.« Herr Schulz ließ sich nicht entmutigen, auch nicht davon, dass kein Mensch im Seminar seinen Vornamen kannte.

»Oh, du trittst ja bald wieder mit deiner Band auf«, sagt Herr Schulz nach dem Bezahlen seiner Kopien und nimmt einen Flyer. Jonas ist überrascht.

»Ja, genau.«

»Und es läuft gerade ziemlich gut bei euch, oder? Wart ihr nicht neulich bei nem größeren Festival, in Hamburg?«

»Na ja, so groß war's nun auch wieder nicht. Aber ja, stimmt, es läuft gerade gut.«

»Dann sieht man dich ja bestimmt bald nicht mehr im Copyshop.«

Jonas sieht zu Helmuth herüber, der starrt auf seinen Bildschirm. »Mal sehen«, sagt Jonas leise.

»Bist du denn noch an der Uni eingeschrieben?«, fragt Herr Schulz.

»Doch, doch. Im Wintersemester bin ich auch wieder da.«

»Ich geh zu Doktor Weinheim«, sagt Herr Schulz. »Erzählstrategien der Romantik.«

»Ja. Da wollte ich vielleicht auch hin.« Er muss sich endlich mal das Vorlesungsverzeichnis angucken.

Erst zwei Stunden später kommen wieder Menschen, die er kennt, diesmal gleich drei, kurz hintereinander. Zunächst Franz-Pierre, dessen Alter schwer zu schätzen ist. Franz-Pierre hat alle paar Monate neue »Musikprojekte«, früher spielten Wunderwerk und er oft an den gleichen Auftrittsorten, zu elektronischen Klängen spricht Franz-Pierre dann Texte, die man nicht versteht, man lässt ihn bei Gemeinschaftsgigs meist am Anfang oder am Schluss auftreten, seine Musik ist nie allzu laut, die Zuschauer können dabei plaudern und sich an der Theke Bier holen, außerdem hilft er oft den anderen Bands bei technischen Pannen. Franz-Pierres neues Projekt heißt *Verdeck verdreckt*, er wird morgen Abend im Faust auftreten, deshalb ist er heute im Copyshop, er möchte die Cover für CDs drucken lassen, die er, wie jedes Mal, nach seinem Auftritt zu verkaufen hofft. Seitdem er allerdings betont, es gebe seine Alben jetzt auch bei Spotify, kauft erst recht niemand die CDs. Er ist der einzige Kunde, mit dem Helmuth sich duzt. Helmuth sieht die Druckvorlage Franz-Pierres auf dem Computer an, schüttelt, wie bei allen Kunden, den Kopf, nein, das gehe so nicht, das passe vorn und hinten nicht aufeinander, »Nie im Leben. Kann ich gleich sagen.« Scheinbar entsetzt ruft Franz-Pierre: »Echt? Passt das wirklich nicht? Ich hab total genau gemessen!« So reagiert er jedes Mal auf Helmuths Prognosen, obwohl er längst wissen muss, dass am Ende stets alles genau so aus dem Drucker kommt wie von ihm gewünscht, wahrscheinlich, denkt Jonas, ist Franz-Pierre gewiefter als alle glauben: Er kapiert, dass Helmuth glücklich ist, wenn seine Kunden schwitzen und er am Ende das Unmögliche vollbracht zu haben scheint.

Während Helmuth und Franz-Pierre am Computer stehen, kommen Leila und Shaya herein, zwei Schwestern, beide jünger als Jonas. Auch die kennt er durch Wunderwerk. Zweimal sind Wunderwerk mit ihnen zusammen aufgetreten, Leila studiert Germanistik, wie Jonas, einige Semester unter ihm. Sie nennen sich Sazgari, spielen Zither, Gitarre und alle möglichen Trommeln, dazu singen sie zweistimmig auf Deutsch oder rappen auf Persisch. Wie immer tragen sie Kopftücher – allerdings behaupten viele, sie würden die »nur zur Show« auf der Bühne tragen, Jonas hat sie aber noch nie anders gesehen –, sie holen heute Leilas spiralgebundene Hausarbeit für ein Literaturseminar ab, bevor sie ihre Instrumente für den nächsten Gig ins Faust bringen wollen. Jonas holt die Arbeit aus dem Regal und liest den Titel: *Schnittwunden und Schläuche. Gewalt und Auto-Aggression in Elfriede Jelineks »Klavierspielerin«.*

Die beiden winken Franz-Pierre zu und rufen »Hi!«, dann fragen sie Jonas: »Hast du den Grooving-September-Auftritt gesehen? Ich mein, den von Wunderwerk? Mit Malte am Bass?«

Jonas nickt und guckt wieder zu Helmuth, der redet zum Glück immer noch mit Franz-Pierre. Er fragt nicht nach, weshalb sie »Malte« sagen statt »Malte Schuster«, er wüsste auch gern, wieso sie ihn dermaßen fröhlich auf Wunderwerk ansprechen. Glauben sie, das wäre für ihn ein schönes Thema? Nun sagt Shaya auch noch, es müsse doch ein »tolles Gefühl« sein, für diesen Erfolg von Wunderwerk mitverantwortlich zu sein, »Wie lief das eigentlich?«, fragt sie, »hast du Malte eingearbeitet?« Leila erklärt, es sei doch auf jeden Fall cool, dass Jonas jetzt lieber »was für sich selbst« machen wolle. Nun erst begreift er: Sie haben online seinen »Abschiedsbrief« gelesen, sie glauben, er sei freiwillig ausgestiegen, ja klar, sagt er schnell, bei ihm sei alles in Ordnung, und genau, der Kontakt zu »den Jungs« sei weiter »entspannt«, der neue Bassist »definitiv die richtige Wahl«.

»Ach ja, was macht eigentlich Verena?«, fragt Shaya, als sie an der Kasse stehen, Jonas erschrickt, er weiß zwar, dass die beiden Verena kennen, ist aber unsicher, ob sie von der Trennung wissen. Zum Glück muss er gar nicht antworten. Leila erzählt, Verena sei jetzt Hiwi bei einer Literaturprofessorin. Der Druckauftrag ist bezahlt, Leila und Shaya stehen am Ausgang, sie winken Franz-Pierre zu und rufen: »Bis morgen Abend!«, dann sagt Shaya zu Jonas: »Wenn du Bock hast, komm doch morgen auch ins Faust. Da spielen wir. Franz-Pierre spielt auch.«

»Ja, vielleicht«, sagt Jonas. »Hört sich gut an.«

Später spricht ihn auch noch Franz-Pierre auf Wunderwerk an. Auch er hat offenbar die letzten Auftritte verfolgt. Diesmal sitzt Helmuth an der Papierschneidemaschine, von wo er das Gespräch definitiv mitbekommt. Das gehe doch sowieso widerlich intrigant zu in diesem verdammten Musikbusiness, sagt Franz-Pierre, »hab ich ja damals auch erlebt.« Franz-Pierre spricht viel von »damals«, er ist dafür bekannt, »damals« bei einem halben Dutzend inzwischen bekannter Bands mitgespielt zu haben, in Hannover und Hamburg, aber auch in Berlin, wobei er am Ende seiner Erzählungen immer von »künstlerischen Differenzen« spricht, nie von einem Rauswurf. Er habe letztes Jahr im Faust den »Wubber-Sound« von Jonas' Bass-Synthesizer bei diesem Wüsten-Lied echt irre gefunden, sagt Franz-Pierre. Das habe er nur ganz selten gehört, dass jemand »so ein Riff dermaßen fließend spielt, und dann noch mit diesem krassen Sound«, das habe aber einfach nicht zur Musik von Wunderwerk gepasst, »na gut, man sieht sich ja vielleicht im Faust«, meint er. Jonas beschließt, am nächsten Abend dort hinzugehen. Dadurch vermeidet er dann vielleicht auch die Begegnung mit Verena. Und er denkt hoffentlich nicht mehr so oft an Chiara, die ihm noch immer keine Antwort geschickt hat.

Erst später, auf dem Weg nach Hause, überkommt ihn Wut. Wieso hat er dieser Lüge mit dem »Abschiedsbrief« zugestimmt?

Freitag, 13. September

Am Nachmittag besucht Chiara ihre Mutter. Als sie die Gitarre abgestellt, sich ins Wohnzimmer gesetzt und eine Tasse Tee entgegengenommen hat, kennt sie bereits die Namen, Berufe und Familienstände von fünf Personen aus dem Improtheater-Workshop, den ihre Mutter letztes Wochenende im Harz geleitet hat. Nach dem dritten Schluck Tee weiß sie auch, wer beim Theatersport und beim Statuswechselspiel nur den Clown markiert und wer dagegen tiefere Gefühle offenbart hat, und Chiara merkt wieder einmal, dieses viele Gequatsche ihrer Mutter, auf das Hanna immer so sehr schimpft, stört sie gar nicht, nur beim Reinkommen fand sie es seltsam, dass ihre Mutter gar nichts zu ihrer Gitarre sagte, schließlich hat sie die schon lange nicht mitgebracht. Die Erzählungen sprudeln aus ihrer Mutter heraus, als wären sie die ganze Woche unter Verschluss geblieben und hätten nur auf Chiara gewartet. Chiara genießt es, keine Fragen beantworten zu müssen – anders als bei den Gesprächen mit ihrem Vater –, sondern einfach umsorgt und unterhalten zu werden.

Während ihre Mutter Tomaten und Gurken für einen Salat klein schneidet, fragt sie: »Wie war denn Amsterdam?«

»Eigentlich schön. Aber zum Teil auch anstrengend.« Und schon berichtet die Mutter von ihrer eigenen ersten Amsterdamreise »in den frühen Neunzigern« und von der Autopanne damals – Chiara kennt die Geschichte längst in allen Details –, dann ruft sie: »Aber jetzt erzähl doch mal mehr! Wie war das denn, das Spielen auf der Straße? Wahrscheinlich angenehmer als damals im Schnee, oder?« Chiara ist überrascht. Sie erinnert sich nicht, von ihrem Auftritt in Frau Meirings Straße erzählt zu haben. Aber ihre Mutter weiß es noch, letztes Jahr im Sommer hat Chiara offenbar davon gesprochen, warum auch immer. Egal, sie erzählt vom Duo mit Jonas, holt die Gitarre aus dem Flur und zeigt die beschädigte Decke.

»Da kann man vielleicht innen zusätzliches Holz befestigen. Damit das nicht größer wird.« Im schlimmsten Fall, fügt ihre Mutter hinzu, werde sie Chiara einfach eine neue Gitarre kaufen. Sie solle aber erst mal diesem Jonas die Chance geben, sich zum Kauf einer Ersatzgitarre durchzuringen, der sei ja vermutlich in sie verliebt, so wie Chiara ihn beschreibe, vielleicht habe er sich deswegen auch auf die Gitarre gesetzt, also müsse man nicht alles auf die Goldwaage legen, was er sage und tue, und für den Fall, dass es ihm wirklich an Geld mangeln sollte, habe der ja ebenfalls Eltern. Also erst mal abwarten. Sie öffnet eine Flasche Wein, kurz darauf essen und trinken sie zusammen. Chiara bekommt auf einmal Lust, mit ihrer Mutter Gitarre zu spielen, wie früher, das tun sie auch nach dem Essen und singen *Cloudbusting* von Kate Bush.

»Willst du auch was bei Hannas Hochzeit vorspielen?«

Ihre Mutter schüttelt den Kopf. »Auf keinen Fall. Das wäre Hanna doch peinlich.«

Das stimmt. Wie es sich gehört, widerspricht Chiara trotzdem und wird sofort unterbrochen, »Hanna ist ja auch nicht als Einzige bei der Feier«, sagt ihre Mutter, »und jetzt möchte ich nicht weiter darüber reden.« Der scharfe Klang dieser Sätze hallt in Chiaras Kopf nach, während sie *Space Oddity* von David Bowie spielen und zweistimmig singen, mit geschlossenen Augen singt ihre Mutter am Ende, und besonders laut, so als hätte sie Chiaras Anwesenheit vergessen. Chiara bezwingt zum Glück schnell ihre Wut darüber. Es kommt ihr vor, als wäre der Kopf ihrer Mutter von einer Kapsel umschlossen, so wie der Kopf des Astronauten in dem Lied, als würde ihre

Mutter vergeblich versuchen, mit ihrer Stimme das Glas zu durchbrechen.

Am Ende zeigt Chiara noch das Youtube-Video, in dem sie mit Jonas auf dem Dam steht.

»Wow«, sagt ihre Mutter. »Du wirst ja berühmt. Nein, du bist es schon.«

Inzwischen gibt es schon über zweitausend Klicks und einige coole Kommentare. Das mit dem Flummi scheint viele zu beeindrucken. Und einige schreiben, sie würden den Song mögen. Morgen wird sie sich bei Jonas melden.

»Hi, Jonas! Schön, dass du da bist!«

Er dreht sich um und blickt in die dunklen Augen Leilas und Shayas. Schon seit Längeren steht er im Faust an der Theke, nachdem er sich aus der WG geschlichen hat, ohne dort Verena zu begrüßen.

»Heute ist ein super Tag!« Leila spricht von der abgegebenen Hausarbeit und der Vorfreude auf den Auftritt mit Shaya, aber nun solle Jonas auch mal was erzählen. »Was machst *du* denn jetzt musikalisch?« In diesem Moment begrüßt sie ein Typ von links.

»Hi!«, ruft Leila.

»Und *ihr* kennt euch doch auch, oder?«, sagt Shaya.

Eine Hand und ein ballonartiger Bauch recken sich Jonas entgegen, darüber ein Kopf mit schütteren krausen Haaren.

»Hallo! Schön, dich auch mal wieder zu sehen. Ahoi Wunderwerk!«

Erst jetzt fällt bei Jonas der Groschen. »Ah! Malte Schuster!«

»Korrekt.«

»Und woher kennt *ihr* euch?«, fragt er Leila.

»Malte hat doch damals bei Happy Diner gespielt!«

Wieder muss Jonas überlegen. »Ach ja! Happy Diner!«

»Das war beim Pfingst-Open-Air«, sagt Malte Schuster, »vor zwei Jahren, glaub ich.«

Direkt daneben steht Kasimir.

»Hi Jonas! Sauber!«

Nach einer Schrecksekunde kann Jonas wieder lächeln.

»Wir waren gerade bei deiner Musik«, sagt Leila zu Jonas. Er erzählt vom Bass-Synthesizer, und von Amsterdam, was Kasimir immer wieder durch ein »Schön!« oder auch »Sehr schön!« unterbricht, bis Malte Schuster einwirft, er habe sich übrigens echt geschmeichelt gefühlt. »Ich meine, von deinem Kommentar.«

Jonas weiß nicht, was er meint. So entsteht eine Schweigeperiode, die Kasimir durch dröhnendes Lachen zu tilgen versucht. »Er meint den Abschiedskommentar! Zu deinem Ausstieg.«

»Aha?«, macht Jonas.

»Auf unserer Homepage, und bei Instagram«, erklärt Malte. »Da hast du doch geschrieben: *Ich freu mich, dass so ein geiler Bassist wie Malte Schuster meinen Platz einnimmt.*«

»Prost!«, ruft Kasimir dazwischen und hat es eilig, mit allen anzustoßen.

»Äh, Prost«, sagt auch Jonas. Diesen schleimigen Satz über Malte hatte er schon vergessen. »Ja klar!«, entgegnet er schnell. Ist ja auch die volle Wahrheit.«

»Und du bist weg von Wewe wegen deiner anderen Projekte?«, fragt Malte. »Ist doch cool!«

Ach so, denkt Jonas. Wewe heißt Wunderwerk. Während er nun doch nicht anders kann als zu sagen, na ja, ganz so sei das eigentlich nicht gewesen damals mit dem Weggang, zieht Kasimir an seinem Ärmel, »Hey, guck mal!«, ruft er, »*Den* kennen wir doch auch!«, zügig legt er den Arm um Jonas' Hals und bugsiert ihn zur Theke, mit schnellen Schritten, dort steht Franz-Pierre, wieder ertönen »Prost!«-Rufe, das sei ja wie in alten Zeiten, sagt Kasimir, »Malte und ich brauchten das heute einfach mal, sonen gechillten Back-to-basic-Abend.« Er bestellt neues Bier.

»Diese Woche war nämlich ätzend«, meint er beim Trinken leise zu Jonas. »Ich hab im Moment total Stress mit meinem Vater.«

»Ich geh schon mal zur Bühne, geht ja gleich los«, sagt Franz-Pierre, und dann zu Jonas: »Hinterher muss ich dir was zeigen!«

»Ach so«, sagt Kasimir. »Wir haben Malte gar nicht so im Detail erklärt, wie das damals mit deinem Ausstieg gelaufen ist. Beziehungsweise, ich weiß das eh nicht mehr genau, ich sag immer, Schwamm drüber hinterher. Aber bei dir läuft's ziemlich geil im Moment, oder? Mit deinem Soloprojekt und Amsterdam? Ist doch die Hauptsache!«

Schon gehen Franz-Pierres elektronische Klänge los. Eine Mischung aus Telefontuten, Blubbern und künstlichen Geigenklängen, dazu liest Franz-Pierre Sätze aus seiner China-Kladde, man versteht immer wieder die Wörter »Telerausch« und »Liebestausch«, oder heißt es »Diebestausch«?

»Das ist einer von denen, die wir brauchen«, sagt Kasimir.

»Wie meinst du das?«, fragt Jonas.

»Einer, der sein Ding durchzieht. Ohne Kalkül und so. Und das seit Jahren. Oder seit Jahrzehnten.«

»Genau.« Jonas findet den Auftritt von Franz-Pierre leicht beklemmend. »Und seit Jahrzehnten immer im Faust, wo noch nicht mal wer zuhört«, antwortet er. »Wie alt ist der? Fünfundfünfzig?«

»Das ist ja das Geile. Der zieht das durch.«

Damit zumindest hat Kasimir recht: Franz-Pierre zieht das durch. Alle trinken und plaudern, Franz-Pierre aber sagt unbeirrt weiter »Telerausch« und zieht die »e«s immer mehr in die Länge.

Dann sieht Jonas, wie Charlotte und Verena hereinkommen.

»Guck mal«, sagt Kasimir. »Da ist doch Verena.«

»Ja. Stimmt.«

»Seid ihr nicht mehr zusammen?«

»Nein.«

»Ich geh trotzdem mal hin. Oder findest du das blöd?«

»Quatsch. Mach ruhig.«

Nun hat Jonas keine Wahl, er muss sich voll auf Franz-Pierre fokussieren, er will nicht, allein an der Theke stehend, Verenas Gespräch mit Kasimir ignorieren müssen, er will sich aber erst recht nicht zu den beiden dazugesellen. Leila und Shaya sind von Menschen umringt, die er nicht kennt, also nimmt er sein Bier und geht nach vorn, zur Bühne, sofern man das hier so nennen kann, im Schneidersitz setzt er sich vor Franz-Pierre hin, der inzwischen zu Grillenzirpen und Techno-Sounds Latein spricht und dessen Auftritt kein Ende nimmt. Jonas weiß, er ist Franz-Pierres einziger wirklicher Zuhörer. Also wird Franz-Pierre hinterher das Gespräch mit ihm suchen und Kommentare zu seinem »neuen Konzept« hören wollen, Jonas wird überfordert sein, schon jetzt ist er mit den Gedanken woanders, manchmal bei seinem Bass-Synthesizer – ist seine Musik etwa genauso nervig wie die von Franz-Pierre? –, manchmal bei Chiaras Fingerschnipsen in Amsterdam, nun ist Franz-Pierre fertig, ein Gespräch mit ihm bleibt Jonas aber erspart, weil Leila und Shaya direkt zu Franz-Pierre hinlaufen, ihm gratulieren, einige Sätze mit ihm wechseln und ihm dann einen aufgeklappten Laptop mit zwei Kabeln vor die Nase halten, sie brauchen wohl Hilfe. Franz-Pierre erklärt und tippt viel auf der Tastatur herum. Kasimir redet immer noch mit Charlotte und Verena. Warum ist Verena auf einmal wieder dermaßen schlank? Kam das durch Liebeskummer? Nein, sie sieht gesünder aus als je zuvor. Jonas ist erleichtert, als Leila und Shaya endlich anfangen zu spielen. Kasimir steht wieder neben ihm.

Es ist bestimmt ein Jahr her, dass Jonas Sazgari auf der Bühne gesehen hat. Ihre Kopftücher, die heute nur locker den Kopf, aber nicht den Hals bedecken, sind schwarz und leicht glitzernd, Leila begrüßt die Zuschauer und sagt, sie studiere, »wie manche von euch vielleicht schon wissen«, seit einiger Zeit Literatur, anscheinend geht sie davon aus, ein Gesprächsthema zu sein, sie spricht von Elfriede Jelinek und ihrem »total krassen« Buch *Die Klavierspielerin*, mit dem sie sich jetzt ein paar Wochen »voll intensiv beschäftigt« habe, am Schluss sei sogar ein Song daraus entstanden.

»Weißt du was?«, zischt Kasimir Jonas ins Ohr, »Ich hab gehört, der Vater von denen ist *Deutscher!*« Er sagt das, als hätte er einen Betrug aufgedeckt.

Zum Glück muss Jonas nicht antworten, denn schon schlägt Shaya wie wild auf die Bongotrommeln zwischen ihren Knien ein, Leila beginnt zu rappen, »Wut« und »Blut« kommen vor, sie betont jeden Laut so rhythmisch, dass drei oder vier Trommeln im Einsatz zu sein scheinen, die Zuhörer zucken mit, und dann singen die beiden zweistimmig, Leila mit glasklarem Sopran, Shaya mit rauer, fast männlicher Stimme. Beim nächsten Lied spielen sie Zither und Gitarre, immer wieder wechseln sie die Instrumente, Jonas ist auf demütigende Art beeindruckt. Was hat er selbst denn in letzter Zeit zustande gebracht? Er hat eine Woche lang irgendwelche Standard-Hits auf der Gitarre geschrammelt, einfallsloser geht's nicht. Und nachher wird er nach Hause gehen, zu seinem Bass-Synthesizer, und der nächste Franz-Pierre werden.

»Die sind echt cool«, sagt er zu Kasimir, »unglaublich originell. Und virtuos.« Na ja, antwortet Kasimir, er wolle jetzt zwar nicht behaupten, dass die bloß durch ihre Kopftuch-Masche originell wirkten, aber er finde das schon übertrieben, wie die von allen bestaunt und beweihräuchert würden, als ob die von 'nem anderen Stern kämen. »Und bei Franz-Pierre hört kein Mensch zu«, sagt er, »Ist halt 'n alter weißer Mann.« Shaya spielt derweil mit flinken Fingern Akkordeon, Leila singt eine besonders hohe, dann auf einmal sehr schnelle Melodie, während Shaya wild aufs Akkordeon klopft und gleich danach weiterspielt, dies ist ihr letztes Lied, sie verbeugen sich, selten hat Jonas hier im Faust solch einen tosenden Applaus gehört. Franz-Pierre hilft den beiden beim Abbauen, sie gehen lachend mit ihm zur Theke und haben ihm viel zu erzählen, was Franz-Pierre sichtlich amüsiert, warum hat Jonas ihn eigentlich eben noch bedauert? Dann winkt Franz-Pierre ihn dazu. Jonas geht hin, Kasimir folgt.

»Ich wollte dir doch was zeigen.« Er habe sich jetzt mal bei Youtube den letzten Wunderwerk-Auftritt aus Hamburg angesehen, »und guck mal, was dann als Nächstes kam.« Er hält Jonas sein Handy vor die Nase. Chiara auf dem Dam, in der Hocke, der springende Flummi, die springende Chiara, jetzt hört man sie singen, während das Display ihn selbst zeigt, lächelnd, mit geschlossenen Augen, sein Magen zieht sich zusammen, er konnte es noch nie ertragen, sich selbst in Videos zu sehen.

»Hey!«, sagt Kasimir, »bist *du* das in Amsterdam? Ist ja echt nett!«

Das sei erst gestern hochgeladen worden, sagt Franz-Pierre, es hätten schon über sechstausend Leute angeklickt,

Auch Leila und Shaya schauen aufs Display.

»Ist das Chiara Adler?«, fragt Leila.

»Was?«, sagt Jonas. »Ja. Sie heißt wirklich Chiara. Ich weiß den Nachnamen nicht. Kennt ihr die etwa?«

Ja, von Instagram, sagt Leila, und von Soundcloud, da gebe es auch genau dieses Lied, aber nicht live.

»Und mit der hast du jetzt 'ne neue Band?«, fragt Shaya.

Nein, ich hab ihre Gitarre kaputt gemacht, würde Jonas fast

rufen, »Ja, genau!«, sagt er stattdessen, sie wüssten allerdings im Moment noch nicht, »wie es weitergeht«. Er muss endlich diese Sache mit der Gitarre klären.

»*Ihre* Songs«, sagte Shaya, »und *du* dazu als Gitarrist und Sound-Freak, das wäre doch geil.«

»Wieso *ich* als Sound-Freak? Wie kommst du da drauf?«

»Du hast doch früher immer für dich allein gespielt, nach den Auftritten. Und zwischendurch hast du wild an den Reglern gedreht.«

Jonas erschrickt und wundert sich. Shaya und Leila waren nicht bei Kasimirs Geburtstag.

»Aber … wann habt ihr das denn gesehen?«

»Hier. Als wir zusammen aufgetreten sind.«

»Aber, ich meine – doch nur kurz, oder?«

Leila lacht. »Lang genug, dass es uns aufgefallen ist.«

»Jetzt guckt doch mal wieder her!«, ruft Franz-Pierre und sagt, direkt danach komme bei Youtube jedes Mal ein früherer Wunderwerk-Auftritt, wieder mit Jonas, wieder mit seinen typischen Kopfbewegungen. Diesen zweiten Film kennt Jonas schon: Wunderwerk beim Festival im Park.

»Das wird jetzt auch richtig viel angeklickt«, sagt Franz-Pierre, Kasimir dagegen meint, das habe schon immer total viele Klicks gehabt, »auch vorher schon«, worauf Franz-Pierre erwidert, das seien heute aber noch mal tausend mehr geworden, mindestens, also schaut Kasimir weiterhin pikiert drein, zumal nun auch noch Shaya sagt, Jonas' Bass habe sich bei Wunderwerk ja sowieso immer geil angehört, aber das Wichtigste sei, dass er jetzt mit Chiara Adler spiele, »ihr beide seid echt ein krasses Duo.« Leila fragt, ob sie Nummern austauschen wollen, »damit man auf dem Laufenden bleibt.«

Kasimir schweigt mittlerweile. Die dritte Band des Abends hat inzwischen ihre Instrumente aufgebaut und beginnt zu spielen, mit Sonnenbrillen und starren Mienen, so klingt auch die Musik. Jonas sieht sich um, Leila und Shaya stehen weiter hinten, umringt von jungen Frauen und Männern, Kasimir und Malte sitzen in einer Ecke und diskutieren ernsthaft, vielleicht ist das ein guter Moment, um aufzubrechen. Er ist froh, nicht an Charlotte und Verena vorbeizumüssen.

Die trifft er stattdessen draußen.

»Hi! Wir brauchten mal frische Luft«, sagt Charlotte, »und es ist da drin grade so laut. Gehst du jetzt schon?«

»Ja.«

»Wieso? Weil Kasimir da ist?«

Statt zu antworten, wendet er sich Verena zu, fragt sie nach ihrem Hiwi-Job und erfährt, dass im Juli, »gleich nach dem Oberseminar zu Peter Handke«, das Angebot von Frau Schmidt-Weidenfeld kam, später könne sie vielleicht auch bei der promovieren.

Verenas Augen strahlen vor Dankbarkeit, das kennt Jonas gut von früher, von Tretbootfahrten und von Nachmittagen an den Ricklinger Kiesteichen.

»Wir gehen noch mal rein. Oder?«, fragt Charlotte. Verena nickt.

Und schon läuft Jonas allein nach Hause. Ab und an schaut er aufs Handy, er sucht vergeblich nach dieser Ausguss-Version, die Chiara allein aufgenommen haben soll. Dann klickt er sich wieder zu ihrem Youtube-Film, zu Chiaras Flummiwurf, fast wirkt es, als brächte Jonas' Gitarre den Flummi zum Springen, vielleicht sollten sie zusammen im Faust auftreten, warum nicht? Als Nächstes kommt etwas Neues, das *Love-Street*-Video, vorhin erst hochgeladen. Chiara bindet die Schuhe zu und singt, auch dies wurde schon zigmal angeklickt. Am liebsten würde er sie sofort anrufen. Aber er hat noch immer keine Antwort von ihr.

Samstag, 14. September

Nachmittags ist Hanna zu Besuch, ohne Richard, ihren Verlobten. Der hat heute seinen Junggesellenabschied.

Sie trinken Kaffee, im Wohnzimmer, zu dritt. Danach holt ihr Vater die Großmutter von ihrem Lesekreis ab.

»Weißt du eigentlich, ob Merle jetzt auch zur Hochzeit kommt?«, fragt Hanna. Sie sitzen in Chiaras Zimmer.

»Nein. Ich hab länger nicht mit ihr geredet.«

»Ach so.«

Seit gestern hat sie wieder ständig Juckreiz, vor allem in den Armbeugen. Will Hanna wieder einen wunden Punkt berühren, redet sie deshalb von Merle?

»Und spielst du jetzt auch *Haus am See*?«, fragt Hanna. »Bei der Hochzeit?«

»Ja klar. Hab ich auch schon geübt.«

»Hast du eigentlich schon was zum Anziehen?«

»Nee. Ich dachte, ich nehm das Outfit von der Abifeier.«

»Na ja«, sagt Hanna. »Die schwarze Jeans?«

»Und den Blazer.«

»Die schwarze Jeans mit dem Riss?«

»Ich guck mal.« In Wirklichkeit hat Chiara bereits mit ihrer Mutter ein extrem schickes Kleid für die Hochzeit gekauft, ihre Mutter hat bezahlt. Aber das muss sie jetzt noch nicht erzählen. Stattdessen sagt sie: »Es gibt allerdings ein Problem. Komm mal mit.« Sie gehen in ihr Zimmer, lächelnd zieht sie die Gitarre aus der Hülle. »Die sieht nicht mehr so richtig geil aus«, sagt sie, »Oder vielleicht sieht sie jetzt *gerade* geil aus. Wie man's nimmt.« Unschuldig grinst sie Hanna an, dann spielt sie *Haus am See*. Wie erhofft entgleisen Hannas Gesichtszüge.

»Willst du wirklich mit *dieser* Gitarre bei meiner Hochzeit spielen?« Der Riss ist tatsächlich noch größer geworden, das Holz ist uneben. »Na toll. Dann hast du 'nen Riss in der Hose *und* in der Gitarre. Irgendwo hört es doch mal auf.«

»Ich will gar nichts. Ich dachte, *du* willst, dass ich das Lied spiele.«

»Wie ist das denn passiert? Das mit der Gitarre?«

»Geht dich eigentlich nichts an«, sagt Chiara, ist sie etwa ein Kind, das eine Zerstörung im Haus der Eltern beichten muss? »Ich weiß das nicht mehr, irgendwer hat sich draufgesetzt, nach 'nem Auftritt, keine Ahnung.«

Kurz darauf kommen ihr Vater und ihre Großmutter wieder, es wird gegessen. »Mach es, wie du willst«, stöhnt Hanna, als wären sie noch immer zu zweit, »es ist ja *dein* Auftritt«.

»Was ist denn los?«, fragt ihr Vater.

»Chiara, du kratzt dich schon wieder«, seufzt die Großmutter und bestreicht ihre Brotscheibe.

»Gar nichts ist los!«, keifen Chiara und Hanna fast gleichzeitig, es ist wie damals, beim Zanken mit zwölf, dreizehn. Der Juckreiz in den Armbeugen wird stärker, Chiara greift nach einer Brotscheibe, die Hände müssen beschäftigt werden. Sie finde es einfach schade, erklärt Hanna, dass Chiara sich bei ihrer Hochzeit dermaßen schlecht verkaufen wolle.

»Ich *verkaufe* mich überhaupt nicht!«, giftet Chiara zurück, wieder fragt ihr Vater, was denn los sei. »Wovon redet ihr eigentlich?«

»Bring doch mal deine Gitarre her«, sagt Hanna, »Übrigens, war das nicht ein Geschenk von Mama?« Am liebsten würde Chiara ihr die Gabel ins Auge stechen. Seit wann kümmert es Hanna, was ihre Mutter denkt?

»Die Gitarre hat einen Riss.« Chiara bleibt sitzen. »Aber die klingt noch so wie vorher.«

»Der Riss ist total groß«, sagt Hanna. »Es sieht völlig unmöglich aus.«

Wenn sie sich recht erinnere, sei diese Gitarre doch noch ganz neu gewesen, meint ihre Oma. »Vor einem Jahr gekauft«, sagt ihr Vater.

»Die war sicher teuer«, sagt die Oma. »Deine Mutter macht dir doch immer erstaunlich teure Geschenke.«

»Ich dachte sowieso, du wärst mit deiner *alten* Gitarre nach Amsterdam gefahren«, meint ihr Vater, bevor Chiara der Großmutter widersprechen kann. »Wenn du jetzt schon *mehrere* Gitarren hast.«

»Ich hab nicht mehrere, ich hab nur die eine«, sagt Chiara. »Die alte hab ich Merle geschenkt.«

»Ach«, ruft ihr Vater, »du machst das so wie Elvis?« Er lacht nervös. »Der hat immer ganz spontan seine Sportwagen verschenkt. Er hatte wahrscheinlich auch ziemlich viele.«

»Ich werd sie jedenfalls nicht von Merle zurückverlangen. Vielleicht kauft Mama mir eine neue.« Sie legt die Hände auf die Knie, dann reibt sie über ihre Arme.

»Das sieht deiner Mutter ähnlich«, ruft sofort die Oma, das werde sie aber nicht ohne Widerspruch hinnehmen. Bevor Chiara reagieren kann, meint Hanna, es werde ja wohl eine Möglichkeit geben, an eine andere Gitarre zu kommen. »Ohne dass Mama dir noch mehr – egal, du wirst jedenfalls nicht mit der Schrottgitarre bei meiner Hochzeit auftreten.«

»›Ohne dass Mama‹? Was wolltest du denn gerade sagen?!«, ruft Chiara. »›Ohne dass Mama dir noch mehr in den Arsch schiebt‹? Das wolltest du doch sagen, oder? Dabei hat sie dir –«

»Das hast *du* gesagt, nicht ich! Du interpretierst immer gleich –«

»Chiara, leg deine Hände auf den Tisch«, ruft die Oma. »Du kratzt dir wieder alles blutig!«

»Ich kann auch genauso gut *gar nicht* bei deiner Hochzeit auftreten!« Chiara kratzt sich weiter, während ihr Vater und die Oma gleichzeitig fragen, was ihr denn einfalle, ihre Schwester heirate und habe sich einen Beitrag von ihr gewünscht, das sei ja wohl eine Selbstverständlichkeit, schließlich verkündet die Großmutter, sie werde dann eben *selbst* die Ersatzgitarre finanzieren, damit die arme Mama nicht schon wieder ihr Portemonnaie zücken müsse und damit das Theater endlich aufhöre. Cool, denkt Chiara und weiß, sie wird sich eine besonders schöne, teure aussuchen, die Großmutter wird sich nicht lumpen lassen, sie wird am Ende auf keinen Fall was Billigeres kaufen wollen als ihre böse Ex-Schwiegertochter. Im Grunde ist es ja sowieso ein Geschenk für Hanna, indirekt. Chiaras Arme tun immer mehr weh, zum Glück trägt sie lange Ärmel, die zieht sie sich über die komplett zerkratzte Haut, die Armbeugen ächzen schon. Ihr Handy vibriert, sie hat Bock, unhöflich zu sein, nimmt es aus der Hosentasche und sieht: Jonas ist ihr zuvorgekommen.

Hey Chiara, wie gesagt, das mit der Gitarre bekomme ich hin, ich kaufe eine neue. Aber gib mir noch ein paar Wochen Zeit.

Und guck dir mal das hier an. Wird gerade richtig viel angeklickt :-)

Danach kommen die zwei Youtube-Links, die sie schon kennt, aber die Zahl der Klicks hat sie noch nicht gesehen. Es sind schon fast zwanzigtausend.

Montag, 16. September

Hey Jonas, kein Stress, meine Oma hat mir heute eine neue Gitarre gekauft :-) LG Chiara

Es folgt eine Audiodatei: ichkratzmichblutig. Jonas hört, wie Chiara leise singt, leise, als würde sie dem Hörer ein Geheimnis ins Ohr flüstern, sie spielt fast das Gleiche auf der Gitarre wie er selbst in Amsterdam, es fehlen nur wenige Töne, wie hat sie sich das gemerkt? Beim zweiten Hören schließt er die Augen. Fast kommt es ihm vor, als würde er wieder Gitarre spielen, gesteuert von Chiaras Stimme. Sie singt noch zwei weitere, offenbar neu von ihr hinzugefügte Strophen, dann eine neue Schlussmelodie.

Großartig!, tippt er, zögert und geht noch einmal zu ihrem Text.

Hey Jonas, kein Stress, meine Oma hat mir heute eine neue Gitarre gekauft :-) LG Chiara

Soll er mehr schreiben? Oder doch nur eine kurze Nachricht, so wie sie? Dann wird sie sich ewig nicht melden. Aber er wird jeden Tag darauf warten. Also doch eine längere Antwort? Er muss sich das überlegen. Erst einmal geht er zu Youtube und liest die neuesten Kommentare unter den Amsterdam-Videos:

CarmenLovesMusic, Heute

Der Gitarrist erinnert mich voll an den einen Typ von Wunderwerk. Diesen Out-of-time-and-space-Bassisten, der beim Spielen immer die Augen zumacht.

TomDownUnderThisYear, Heute

@CarmenLovesMusic: Das IST der Bassist von Wunderwerk. Aber der frühere. Inzwischen haben sie ja diesen Malte. Absurd, der hier ist viel kultiger. Mit seinem Trance-Blick und den Zuckungen.

Mittwoch, 18. September

Hey Jonas, war cool neulich im FAUST! Wollen wir vielleicht demnächst mal wieder was zusammen trinken? Es gibt auch neue Projektideen zu besprechen!

Ciao, Kasimir

Samstag, 21. September

Findest du es wirklich in Ordnung, wenn ich zu Hannas Hochzeit komme?, hat Merle vor zwei Tagen geschrieben.

Mach es, wie du willst, antwortete Chiara, in der Hoffnung, dass Merle dann wegbleiben würde. Vor dem Abschicken tippte sie dann aber doch noch ein Smiley dahinter. Und heute Morgen fand sie die Vorstellung, am Abend neben Merle beim Essen zu sitzen, dann doch wieder ganz gut. Bis jetzt konnten sie allerdings kaum miteinander reden, Merle geht, während alle ihren Begrüßungssekt trinken, ständig auf jemanden zu, »Hallo, ich bin Merle!«, sagt sie und reicht Hannas Schwiegermutter die Hand, »Ich bin eine Freundin von Chiara«, schon wiederholt sie diese Sätze bei anderen Gästen, zuerst bei Christian, Hannas Schwager, dann geht sie mit ihrem Glas strahlend weiter, immer wieder versteht man »Freundin von Chiara«, nur manchmal »*Eine* Freundin von Chiara«, na gut, dann gelten Chiara und Merle eben bei manchen als Paar, warum nicht?

Sie gehen zu ihren Plätzen. Nach der Suppe hält ihr Vater seine Hochzeitsrede. Der Satz mit den ungeahnten Wegen, die seine Töchter einschlagen, ist immer noch drin, trotz Chiaras dringenden Abratens, Hannas plötzliche Heirat mit einem wortkargen Endvierziger ist sowieso jedem hier suspekt, muss man das auch noch aussprechen? Beim Hauptgang redet ihre Mutter leise mit Hannas Schwiegermutter, Chiara merkt, sie selbst ist das Gesprächsthema, ihre Mutter redet tatsächlich von »Chiaras Liebe zu Frauen« und davon, dass sie selbst »das ja schon ganz früh gespürt und selbstverständlich unterstützt« habe, »ich denke, noch bevor Chiara selbst es wusste«, sie spricht von »tollen Unterstützungsangeboten für die sexuelle Orientierung und Identität, sogar von der katholischen Kirche«, wieder einmal muss Chiara ihre Wut unterdrücken, natürlich waren sie damals gar nicht wegen »ihrer Orientierung« bei dieser Familienberatung, sondern wegen der Streitereien ihrer Eltern, auch nach der Trennung zankten die sich ständig, Chiaras »Orientierung« kam höchstens am Rande zur Sprache. Merle tätschelt kurz ihre Hand und zwinkert ihr zu, wie in alten Zeiten. Merle kapiert es immer sofort, wenn Chiara etwas ärgert. Richard, der Bräutigam, zerschneidet wie gewohnt sehr konzentriert und langsam sein Fleisch, als würde diese Aufgabe ihn zu sehr fordern, um sich am Gespräch zu beteiligen.

»Und was macht die Uni?«, fragt Chiaras Vater Merle, die ihr Geologiestudium immer noch super findet, vor allem die modernen Forschungsbereiche. Auch Chiaras Mutter wird offenbar neugierig und fragt, bei welcher Forschung Merle im Moment mitmache, sie sei jetzt in einem coolen Projekt über den geologischen Untergrund als Energiespeicher, sagt Merle, Chiaras Mutter und auch ihr Vater finden das hochinteressant, so stellt Chiara sich ihre Eltern als Paar vor, das schafft nur Merle.

»Und du?«, fragt die Schwiegermutter Chiara.

»Ich studiere Bio«, sagt sie. »Psychologie hat nicht geklappt.«

Ihr Kleid hat kurze Ärmel, sie will sich heute nichts wundkratzen, sie reibt über die Armbeugen. Und soll sie wirklich später hier Gitarre spielen und singen? Sie wird sich bestimmt noch blöder fühlen als im Moment, wie ein Kind zwischen lauter Erwachsenen.

Nachdem Chiara *Haus am See* gespielt hat, kommt Hanna auf sie zugerannt.

»Das war super«, sagt sie. »Kannst du auch noch dieses Ausguss-Lied spielen?«

Chiara sieht sie fragend an.

» Das aus dem Video, wo du diesen Flummi auffängst.«

Chiara ist erstaunt. Was Hanna inzwischen alles kennt.

»Das Lied ist total cool, ist das von dir?«

»Ja.«

Hanna sieht sie erst ungläubig, dann strahlend an, ihre Wangen sind gerötet, schon den ganzen Abend lang, ein ungewohnter Anblick, »Papa und Richard finden das Lied auch toll, auch wie du da in dem Video hochspringst, und dann dazu dieses geile Lied, kannst du das jetzt noch spielen?«

Und Chiara spielt. Hat Hanna wirklich *dieses geile Lied* gesagt? Danach, beim Applaus, kommt es ihr vor, als wäre sie selbst so etwas wie die Braut an diesem Abend, jedenfalls für gute dreißig Sekunden.

Was ist los mit dir?, liest sie eine Stunde später, erst jetzt merkt Chiara, sie hat bestimmt eine halbe Stunde lang stumm dagesessen.

Komm doch zum Malstand :-)

Die Nachricht stammt von Nadine. Sie haben sich vorhin nur ganz kurz begrüßt, sie saßen an verschiedenen Tischen.

Nadine und zwei weitere Freundinnen von Hanna, die Chiara nur vom Sehen kennt, stehen da in weißen Kitteln, mit der Rückseite nach vorn, auf dem Bistrotisch vor ihnen liegt ein großes Bild zum Ausmalen. Nein, nicht die Geburt der Venus. Man sieht die Umrisse mehrerer Personen auf einer Picknickdecke, neben dem Tisch steht eine große Staffelei mit dem vollständigen Bild in Farbe, wahrscheinlich auch ein bekanntes Gemälde, aber wohl in vereinfachter Form. »Nimm dir 'nen Pinsel«, sagt Nadine, »such dir einfach ein Feld, wir malen das aus, so wie da auf dem Bild. Wir haben auch schon die passenden Farben gemischt.«

Chiara färbt ihren Pinsel schwarz und beginnt, das Jackett eines Mannes auszumalen, langsam, vorsichtig, sie schafft es, nicht über den Rand zu pinseln. »Man kann Fehler ganz leicht übermalen«, sagt Nadine. Die ebene Fläche, die Form des Jacketts, das Bewegen des Pinsels, dazu die leise Stimme Nadines direkt neben ihrem Ohr, durch all das tritt der Rest der Feier, Musik und Stimmen, immer weiter in die Ferne.

»Du hättest wirklich noch 'ne Nacht bei uns bleiben können«, sagt Nadine.

»Weiß ich.«

René kommt näher, eine der Freundinnen hat ihr Feld komplett ausgemalt, wäscht ihren Pinsel ab und gibt ihm ihren Kittel.

»Ich hatte auf jeden Fall die ganze Zeit noch dein Lied im Ohr. Das mit *›Es ist nicht mutig, wenn niemand guckt‹*.« Es sei beeindruckend, wie Chiara das allein gesungen habe, »Hmmm, wie soll ich das ausdrücken ...«, Nadine säubert ihren Pinsel, um eine andere Farbe zu benutzen, *verletzlich* habe das irgendwie gewirkt, sagt sie dann, »ich weiß, das klingt doof. Na ja, egal.« Auch Chiara benutzt noch eine weitere Farbe, Weiß für das Hemd unter dem schwarzen Jackett, sie malen schweigend weiter, in Chiaras Kopf wiederholt die leise Stimme Nadines immer wieder den letzten Satz und überdeckt so weiterhin die umgebenden Geräusche. Millimeter für Millimeter malt Chiara, die Farbe soll wirklich gleichmäßig verteilt werden. Auf einmal steht Merle neben ihr und malt ebenfalls, wie lange schon?

»Das mit Graz ist echt schade«, sagt Merle. »Das klappt aber bestimmt noch woanders. Mit Psychologie.«

Später gibt es noch ein Mitternachtsbuffet, Chiara ist viel hungriger als vorhin und sieht, ihre Mutter streift ihrem Vater den Malkittel über und streicht den Kragen glatt, ihr Vater schüttelt sich und lacht, als würde er gekitzelt, danach stehen sie schweigend nebeneinander und malen.

Merle verabschiedet sich um halb eins und sagt, sie könnten sich doch mal wieder treffen, zum Kaffeetrinken oder so, »oder findest du das blöd?«

»Nein, gar nicht«, sagt Chiara, »können wir machen«, und als Merle gegangen ist, gerät ein Kribbeln in ihren ganzen Körper, aber nicht das Juckreiz-Kribbeln, sie geht auf die Tanzfläche und zögert einen Moment, sich dort zu bewegen, bis Nadine sie mit ihren Grübchen anlacht, das Kribbeln kehrt zurück und wird stärker, während sie ihre Füße bewegt und sieht, wie Hanna und Richard zusammen tanzen, für ein paar Sekunden halten sie sich an den Händen fest und lehnen sich zurück, in entgegengesetzte Richtungen, sodass nur der Griff der Hände sie am Fallen zu hindern scheint, Richard sieht panisch aus, aber Hanna findet ihr Gleichgewicht wieder, zieht ihn hoch und lacht wie früher, als sie und Chiara im Dunkeln mit Taschenlampen gespielt haben. Leider, denkt Chiara, kann man nicht ständig die Jalousien unten lassen. Vielleicht schafft sie es ja wenigstens heute zu feiern, ohne zu grübeln.

Sonntag, 22. September

»Du bist auf jeden Fall weiter ein Teil von Wunderwerk, weißt du ja«, sagt Kasimir und hebt sein Glas. Jonas' Talent, das fließe nach wie vor in die Band ein, indirekt jedenfalls, aber was noch wichtiger sei, Jonas habe ihn damals, am Anfang, total als Songwriter gepusht. »Du warst der Erste, dem ich meine Songs vorgespielt hab«, sagt er. Natürlich erinnert sich Jonas: In der Oberstufe war er einmal bei Kasimir zu Hause, zuerst spielte Kasimir *Smells Like Teen Spirit* nach. »Übrigens, ich hab mir jetzt auch selber was ausgedacht«, meinte er hinterher, mit einer wegwerfenden Handbewegung, wie beim Beichten einer lässlichen Sünde. Das Lied, das er spielte, war auf Englisch. Seine Mutter brachte selbst gebackene Kekse und sagte: »Spiel ruhig weiter«, während Kasimir innehielt und rot wurde. Jonas überlegte, ob es mutig oder doch eher peinlich war, wie Kasimir »I drink too much, I miss your touch« sang, mit bemüht brüchiger Stimme, hinterher bekam Jonas das Lied aber nicht mehr aus dem Kopf. Auch Jonas spielte Kasimir zwei seiner Songs vor, eigentlich waren das gar keine richtigen Lieder, eher Instrumentalstücke mit vielen kleinen Gitarrenmelodien und einigen kurzen Textpassagen. Kasimir meinte, das klinge abgefahren, sie müssten sich öfter mal treffen und sich gegenseitig auf neue Ideen bringen.

»Und dank dir hab ich dann ja auch zum ersten Mal vor anderen Leuten gespielt«, sagt Kasimir.

Irgendwer hatte Jonas gefragt, ob er zum Grillen an den Ricklinger Kiesteichen seine Gitarre mitbringen könne. Er spielte dann dort zur Untermalung, ohne zu singen, und als er Kasimir fragte, ob der auch mal was vorspielen wolle, am besten was von seinen eigenen Songs, da reagierten alle überrascht. »Waas? *Du* schreibst selber Lieder?!«, fragte Deborah Bollmann, die Jonas einmal im Unterricht zugeflüstert hatte, »der Kasi« sei »zwar im Grunde hohl, aber irgendwie heiß«, sie war wohl dankbar, endlich einen anspruchsvolleren Grund fürs Heiß-Finden zu haben, nur Kasimir selbst fummelte nach Jonas' Vorschlag erst nervös an seiner Zigarettenschachtel herum, letztlich lächelte er dann aber doch stolz, nahm die Gitarre entgegen und sang »I drink too much, I miss your touch« diesmal weicher, die Melodie kam dadurch noch besser zur Geltung, wodurch nicht nur Deborah Bollmann, sondern auch Verena sich nach vorn beugte und beim Zuhören das Kinn aufstützte. Bald setzte sich ein Typ dazu, den sie aus der Schule kannten, aus dem Jahrgang über ihnen, er stellte sich als »Steve« vor und sagte: »Ich rappe«, er trete manchmal bei offenen Bühnen auf, Kasimir und er könnten ja »mal was zusammen machen«, meinte er, ohne Jonas anzusehen, nahm er die Gitarre, trommelte mit den flachen Händen darauf herum und rappte etwas über Kapitale und glatte Aale, es wurde gelacht, von diesem Tag an stand Kasimir in den Schulpausen meistens bei Steve und dessen Clique, nur noch selten bei Verena und Deborah Bollmann, noch seltener bei Jonas. Ein paarmal trat Kasimir mit Steve im Debakel auf, einmal war Jonas dabei, er saß zwischen Deborah und Verena, die ziemlich viel tranken, Deborah rief mehrmals, Kasimir komme sich »so wahnsinnig geil vor mittlerweile«, und als Kasimir mit einem schnellen »Hallo« an ihnen vorbeiging, zwinkerte Verena Jonas zu. Erst nach der Abinoten-Verkündung saßen Kasimir und Jonas wieder länger bei einem Bier zusammen, als die meisten anderen schon weg waren. Er werde jetzt wohl doch Ingenieurswissenschaft studieren, stöhnte Kasimir, sein Vater meine, es sei doch nicht verkehrt, später ins

Unternehmen einzusteigen, zumindest solle er diese Option nicht gleich ausschließen. Das sei zwar nicht das Allergeilste, er wisse aber auch nicht, was er sonst machen solle. Und vielleicht werde das mit der Musik ja doch noch mal was. »Aber du kennst das ja«, sagte er – Jonas wusste nicht, was er meinte – und eigentlich hätten sie sich damals ja öfter treffen wollen, zum Musikmachen. Er werde sich auf jeden Fall bei ihm melden, versprach er am Schluss. Das tat er allerdings erst zwei Jahre später, da bot er Jonas an, bei Wunderwerk einzusteigen. Verena und er studierten da schon länger zusammen. Aber zum Paar wurden sie erst nach einem Wunderwerk-Gig.

»Was ich eigentlich sagen wollte –« Kasimir beugt sich zu ihm nach vorn und spricht leiser – »ich denke, wir sollten jetzt echt mal über Synergien nachdenken. Was meinst du?«

»Ähm … inwiefern?«

Kasimir hält sein Smartphone hoch, das sei doch totaler Wahnsinn, was Jonas mittlerweile erreicht habe mit diesen Youtube-Videos, er will nun genau wissen, von wem diese Lieder stammen und vor allem, wie Jonas Chiara kennengelernt habe, das Kennenlernen Chiaras erstaunt ihn offenbar noch mehr als die vielen Klicks.

»Und die wollte, dass du für sie Gitarre spielst?«

»Ja.«

Kasimir nickt, dann sagt er, bei Wunderwerk laufe es auch grandios. »Unsere EP ist seit einem Monat draußen, die verkauft sich auch ganz schön gut und wird mega gestreamt.« Und bei dem kommenden Album gebe es jetzt eine kleine Sensation, eine Zusammenarbeit mit Balthasar T. Brecht, der sei erst dreiundzwanzig und habe schon mit neunzehn Songs für Taylor Swift abgemischt, und jetzt neulich einen Remix von Billie Eilish, und der würde mit ihren Aufnahmen arbeiten.

»Cool!«, sagt Jonas. »Und wie ist das so mit dem?«

Nee nee, sagt Kasimir, sie hätten den noch nicht getroffen, der mache das von London aus, sie hätten bisher auch erst eine einzige Studiosession fürs Album gehabt, fünf Songs hätten sie aufgenommen, ziemlich schnell, aber die Studiotypen hätten gesagt, das sei schon mal geiles Material. »Die meinten: Das geht jetzt an Balthasar T. Brecht, und ihr werdet niederknien, was der da noch rausholt, das erkennt ihr nicht wieder.« Er habe zwar nicht verstanden, wieso es zum Niederknien sei, wenn man seine eigenen Songs nicht mehr erkenne, »aber wir lassen uns überraschen, ich mein, wir können ja eh nichts anderes machen.« Er streicht sich übers Kinn, als könnte das einen Zauber bewirken. »Nee, das klingt jetzt schon viel zu negativ. Ich wollte sagen, das ist schon echt grandios alles im Moment. Aber das Coolste kommt jetzt noch.« Er betrachtet seine Finger. »Die Promoter haben das mit euch mitbekommen. Mit dir und deiner Chiara. Wenn ihr Bock habt, könnt ihr in unser Vorprogramm. In Hamburg. Da haben wir ein größeres Konzert.«

»Aha.« Jonas ist sprachlos. »Also … wieso denn? Bloß wegen Youtube?«

Na ja, sagt Kasimir, was den Vorverkauf angehe, da sei noch Luft nach oben. Und Jonas' Projekt mit dieser Chiara, das habe Potenzial, noch mehr Wunderwerk-Fans aus der Frühphase zu ziehen, die Jonas damals am Bass erlebt hätten, und auch neues Youtube-Publikum von ihm und Chiara. Kasimirs Handy surrt, er greift danach, sagt erst »Hallo«, dann »Ah! Hi Leif!« und sieht auf einmal ernst aus. »Ja genau, das war Maltes Idee«, dann hört er länger zu. Jonas nimmt sein eigenes Handy und scrollt zu den neuesten Kommentaren zum Ausguss-Video:

HeineS., Heute

Die Gitarre groovt total, wie macht der das? Und die Frau ist ganz schön stylish. Coole Stimme! :-)

ILoveIndieMusic, Heute

Hat der Typ von Wunderwerk jetzt ein Duo? Mit dieser coolen Flummifrau? Der Glückliche :-)

Nein, würde Jonas am liebsten antworten, *ich habe KEIN Duo mit der coolen Flummifrau*. Er hätte sich längst bei ihr melden müssen, ihre Nachricht ist fast eine Woche alt.

»Wenn du meinst«, spricht Kasimir in sein Handy. »Kein Thema, ich versteh das schon. Nee, natürlich hat das nichts mit Zensur zu tun oder so. Ich geb den andern beiden gleich Bescheid, dann ändern wir das.« Er hört länger zu, dann sagt er: »Gut. Dann die Tonspur mit dem Foto vom Juli. Sag ich gleich den andern. Nee, ist doch kein Ding. Tschüs dann.« Kasimir legt sein Smartphone weg und fragt: »Hast du jetzt schon der Chiara geschrieben?«

»Was? Nee. Mach ich später.«

»Aha. Na egal. Das war eben Leif von Universal. Es gibt da ein Problem mit 'nem Film auf unserm Instagram-Profil, obwohl ich's eigentlich ganz witzig fand. Guck mal.«

Er zeigt Jonas ein Video, in der Mitte steht Malte Schuster, mit einem T-Shirt, das sich über seinem ballonartigen Bauch wölbt, für eine Sekunde sieht man seinen Bauchnabel, den linken Arm hat er um Kasimir, den rechten um André gelegt und nun singen alle drei *Die Wüste in dir*, a cappella, dieser Malte hat eine richtig hohe, weibliche Singstimme, die man ihm aufgrund seines Aussehens nicht zutrauen würde, er singt die Hauptmelodie eine Oktave höher als gewohnt, Kasimir und André singen tiefer, schließlich endet der Gesang abrupt nach dem Refrain, alle drei brechen in Gelächter aus.

»Stimmt. Das ist lustig«, sagt Jonas.

»Ja, bei Universal finden sie's nicht so richtig geil, meint Leif. Also, die Musik schon, aber nicht, wie Malte da in der Mitte steht. Er meinte, man würde denken, wir wären bloß

Maltes Begleitband. Und sie finden auch seinen Bauchnabel nicht wirklich sexy, meinte er.«

»Und jetzt müsst ihr das wieder löschen?«

»Nein nein, wir *müssen* gar nichts, das ist echt nur 'ne Empfehlung von denen, das hat er auch zweimal betont. Aber jetzt wieder zurück zu unserer Sache. Wie gesagt, unser Tourmanagement meint, euren Erfolg, den könnte man nutzen.« Er lehnt sich zurück. »Ihr könnt in Hamburg als Support auftreten, als sone Art Pilotprojekt. Das ist am dritten Oktober. Dem Feiertag.« Er schaut aufs Handydisplay. »Ich muss jetzt noch mal André anrufen.«

Unter dem Wunderwerk-Video vom Festival im Park liest Jonas, dass er *der einzig geile Bassist der einzig geilen Wunderwerk-Besetzung* sei.

»Leif meint, man kann die Musik auch einfach mit dem letzten Bandfoto unterlegen«, hört er Kasimir sagen. »Ja, das vor der großen Treppe.« André scheint Einwände zu haben, Kasimir verdreht die Augen und entgegnet, das habe Leif nun mal vorgeschlagen, und nein, mit Partei für Leif ergreifen habe das gar nichts zu tun, man müsse Leif aber auch verstehen, der sei ja sowieso bloß in einer Vermittlerposition.

»Als ob ich was dafürkann, dass ich auf dem Bild im Vordergrund steh«, sagt er nach dem Auflegen, »Leif hat nun mal gesagt, der Film ist unprofessionell, das kann man doch einfach mal akzeptieren. Und jetzt erzählt mir André, das Profil bei Instagram wäre schließlich kein Kasimir-Profil und erst recht kein Leif-Profil, sondern unser gemeinsames Wunderwerk-Profil. Na egal. Hast du jetzt der Chiara geschrieben? Ich mein, du hast doch gerade wieder was mit deinem Handy gemacht, oder?«

»Wie? Nein, hab ich noch nicht. Mach ich nachher.«

»Aha, du willst sie lieber *allein* kontaktieren.« Kasimir grinst. »Läuft da was?«

»Nee, Quatsch, das ist nur so freundschaftlich. Und natürlich musikalisch.«

Zu Hause guckt er wieder auf Chiaras letzte Nachricht.

Hey Jonas, kein Stress, meine Oma hat mir heute eine neue Gitarre gekauft :-) LG Chiara

Dann folgt der Link zu ihrem Song.

Erst jetzt sieht er, danach kommt noch mehr:

Schreib mir doch mal, wie du die Version findest. Und hättest du Lust, dazu was mit deinem Bass zu erfinden?

Ihm fällt das Handy runter, zum Glück mit dem Display nach oben. Diese Nachricht hat sie wenige Minuten später abgeschickt, wieso hat er das vorher nicht gesehen? Er muss sofort anrufen, egal wie spät es schon ist.

Sie sagt »Hallo« und schweigt. Er entschuldigt sich für die übersehene Nachricht und die ausgebliebene Antwort, sie macht nur »Mhm.« Er fragt sie nach ihrem Studium und erfährt – nachdem sie nochmals eine Weile geschwiegen hat –, dass sie jetzt erst mal Biowissenschaften in Münster studiert und wahrscheinlich später eine zweite Psychologie-Aufnahmeprüfung in Österreich machen wird. Wenn er jetzt nichts sagt, legt sie bestimmt gleich auf.

Als er ihr von dem Konzertangebot erzählt hat, schweigt sie erst wieder. Dann sagt sie leise: »Ja. Das machen wir.« Und dann ruft sie laut »Geil!« und muss lachen: »Scheiße, jetzt hab ich bestimmt meine Oma geweckt.«

Donnerstag, 3. Oktober

Vor der Bühne steht ein Typ namens Leif. Er sei Manager, erklärte er vorhin und gab erst Jonas, dann Chiara die Hand, schließlich zwinkerte er ihr auch noch zu, sie weiß nicht recht, was das sollte. Frühmorgens ist sie nach Hamburg gefahren, von Münster aus, wo gerade die Orientierungsphase läuft, gestern war Stadt-Rallye, heute hat sie frei.

Der Soundcheck von Wunderwerk ist vorbei, nun müssen Chiara und Jonas auf die Bühne. Auf einmal ist es ganz still im Saal, die Techniker, die eben noch am Mischpult und anderswo herumhuschten, sind anscheinend nach draußen gegangen. Das Bühnenlicht ist nicht so grell wie das Flutlicht eben bei Wunderwerk, eher ein schummriges Blau. Sie spielen zwei Lieder, *Friday I'm in Love* und *Ich kratz mich blutig*, es klappt gut, findet Chiara, es macht auch Spaß, draußen scheint die Sonne, hier drinnen werden sie trotzdem im Dunkeln von Scheinwerfern bestrahlt, ein wenig wie früher bei den Taschenlampen-Spielen.

Eigentlich sollte sie letzten Samstag zu Jonas nach Hannover kommen, zum Proben. Stattdessen fuhr er zu ihr nach Osnabrück, wo sie natürlich erst recht keine Ruhe hatten, ihr Vater und ihre Oma nahmen Jonas sofort in Beschlag, die Oma schwärmte von den Youtube-Videos, die sie sich »mit Genuss« angesehen habe – davon wusste Chiara noch nichts –, dann gingen sie nach oben. Jonas setzte sich aufs Sofa und nicht zu ihr aufs Bett. Einmal redeten sie zwischen den Liedern für längere Zeit, Chiara erzählte, ihre Oma mache sich wohl Hoffnungen, sie würde durch Jonas wieder hetero. Sah er so leidend aus, weil sie den Satz im Konjunktiv sagte? Irgendwann rief sie: »Geil, wir spielen nächste Woche vor zweitausend Leuten! Das ist doch unglaublich, oder?!« Sie musste ein paarmal schnell nacheinander mit beiden Füßen auftreten, aber gegen halb sieben brach Jonas auf, er müsse »seinen Zug« nach Hannover kriegen, erklärte er, als gäbe es keine späteren Verbindungen mehr, und nein, sie brauche ihn nicht zum Bahnhof zu bringen. Na gut, er ist halt komisch. Auch heute hat er noch kaum mit ihr geredet.

»Übrigens«, sagt Leif nach dem dritten Lied, das sie proben. »Wir haben uns 'ne Performance überlegt. Ich würd sagen, nach eurem ersten Song kommt Kasimir und wirft von der Seite 'nen Flummi auf die Bühne. Chiara, du fängst den, haust ihn auf den Boden und singst, so wie in dem Video. Das wär doch 'ne krasse Anspielung.«

»Find ich gut. Das ist auch 'ne coole Überraschung fürs Publikum, wenn Kasimir auf einmal schon bei der Vorgruppe auftaucht«, sagt André. »Damit rechnen die noch gar nicht, die jubeln dann bestimmt.«

»Wollen wir das mal auf der Bühne proben?«, fragt Leif. »Kasi, du kommst dann mit dem Flummi von rechts.«

»Ich denke auch, das kann funktionieren«, sagt Kasimir und marschiert mit erhobenen Schultern los.

»Nee, ich find das nicht so geil«, sagt Chiara.

Alle sehen sie schweigend an.

»Das ist doch damals in Amsterdam ganz spontan passiert. Wenn man das künstlich wiederholt, das wirkt nur noch affig.«

Genau so *entstehe* aber doch Kunst, verkündet Leif. Zunächst passiere etwas spontan, und das werde dann vom Künstler ausgebaut und reproduziert, »Ihr wollt doch professionell agieren, also –«

»Ja ja, voll große Kunst, 'nen Flummi werfen und auffangen«, unterbricht ihn Chiara, »ich hab's verstanden. Können wir jetzt weiter Musik machen?«

Jonas sieht aus, als würden sie gleich in Handschellen abgeführt. Leif sagt: »Na gut. Dann macht mal weiter.« Ist das eine Drohung?

»Ich rauch erst mal eine«, verkündet Leif nach dem Soundcheck.

Kasimir ruft: »Ich komm mit!«, schon gehen sie, zusammen mit André und Malte, der heute ein sehr weites Hemd trägt, auch Jonas scheint ihnen folgen zu wollen,

»Ich bleib hier«, sagt Chiara. »Du kannst aber ruhig mitgehen.«

»Wieso hast du diesen Leif eben so angezickt?«, flüstert Jonas. »Du hattest natürlich recht, aber –«

Bevor sie antworten kann, ruft hinter ihnen jemand: »Hi! Ihr seid Chiara und Jonas, oder?« Da stehen zwei Frauen, ähnlich alt wie sie, eine mit Dreadlocks und eine mit kurzen hellblond gefärbten Haaren.

»Genau«, sagt Chiara.

»Wir machen den Fanartikel-Stand. Habt ihr auch was zu verkaufen? T-Shirts oder Poster oder CDs oder so?«

»Nee. Leider noch nicht«, antwortet Chiara. »Wir arbeiten aber dran.«

»Cool«, sagt die Hellblonde, »wir freuen uns auf euer Konzert!« Dann gehen sie wieder.

Dieser Leif sei ja wohl völlig Panne, flüstert Chiara, sie mache doch hier keine Flummi-Performance, erst recht nicht, wenn man sich dazu Weisheiten über Kunst anhören müsse. Nun kann auch Jonas ein Grinsen nicht unterdrücken. Wird ja auch mal Zeit.

Fünf Stunden später, am Schluss des kompletten Konzerts, während Wunderwerk, nach ihrer letzten Zugabe, erschöpft, aber sichtlich glücklich von der Bühne schlurfen, steht Jonas mit müden, doch inzwischen wieder festen Knien im Publikum.

Beim Warten auf diesen Tag hatte er oft ein mulmiges Gefühl. Im Zug wäre er am liebsten geflohen vor der bevorstehenden Zeit mit Chiara, vor dem Wunderwerk-Konzert mit diesem Malte Schuster, erst recht wollte er nicht blöd herumstehen, während Chiara hinterher mit irgendwelchen Frauen flirten würde, zum Glück wurde sein Kopf, bevor der Auftritt mit ihr losging, mehr und mehr vom Lampenfieber gefüllt, schließlich kam der Anblick des großen Publikums, die aufmerksame Stille vor den Liedanfängen, das alles war eine Befreiung, nur einmal erschrak er, als Chiara plötzlich von Amsterdam redete, nichts war abgesprochen. »Es war manchmal echt abenteuerlich«, verkündete sie, und da rief er selbst in sein Mikro: »Allerdings! Am letzten Tag hab ich mich auf ihre Gitarre gesetzt.« »Macht nichts, meine Oma hat mir ’ne neue gekauft«, antwortete sie. »Ich hätte sie aber auch bezahlt«, konterte Jonas, nach jedem dieser Sätze wurde gelacht, so bekam der nächste Song, *Wolkenbruch im Weizen*, noch mehr Energie, am Ende, nach dem Schlussakkord von *Ich kratz mich blutig*, herrschte dann aber für mehrere Sekunden völlige Stille, bis langer Beifall folgte, war das Publikum wirklich so euphorisch oder klang es nur so in seiner Erinnerung, danach in der Garderobe? Egal, Leif und Kasimir füllten Sektgläser und überschlugen sich vor Lob, die »Flummi-Performance« habe überhaupt nicht gefehlt, und »unglaublich lässig« hätten sie auf der Bühne von Amsterdam erzählt. »Echt?«, fragte Jonas, »Geborene Showtalente« nannte Leif sie beide, er sehe so was inzwischen sehr schnell. Kasimir stimmte jedem Satz von Leif zu, das tat er aber sowieso schon den ganzen Tag, vor allem wenn Leif sich selbst lobte, wie Chiara Jonas zuflüsterte, um direkt danach loszuprusten. Dann sahen sie Wunderwerk mit Malte Schuster am Bass, das Konzert war ziemlich gut, fand er, nicht einmal das schmerzt ihn jetzt, während das Saallicht angeht. Allerdings verblüfft es ihn, wie Chiara durch Wunderwerk aus dem Häuschen ist. Hat sie nicht immer leicht spöttisch über die Band geredet, zumindest über Kasimir? Sie klatscht schnell und dauerhaft, völlig begeistert, und streckt eine gefühlte Minute lang die Arme über dem Kopf aus.

»Komm, wir müssen zur Garderobe, gratulieren!« Will sie jetzt etwa Groupie werden?

»He, was ist los? Die haben uns doch vorhin auch gratuliert!« Sie greift nach seiner Hand, schon laufen sie los.

Wieder hält Leif eine Ansprache, er habe »immer an Wunderwerk geglaubt«, verkündet er, und Kasimir ruft: »Ja, das spüren wir auch auf der Bühne.«

»Alberner Schleimer«, flüstert Chiara und lacht wieder, es ist doch ganz gut, dass sie nur auf Frauen steht, aus demselben Grund ist sie auch immun gegen die Flirtversuche aller hier anwesenden Männer, auch André und Malte versuchen immer wieder, ihr mit Scherzen zu imponieren, Chiaras Lachen bleibt aber stets beruhigend halbherzig.

Sein Handy vibriert, er hat eine Nachricht von Leila und Shaya.

Wie ist es gelaufen???

»Darf ich mal ein paar Ideen loswerden?«, ruft Leif.

Alle schweigen abrupt. Leif redet von kreativen Kräften, die sich noch besser in Kombination miteinander entfalten, über Möglichkeiten, die man einfach mal gedanklich durchspielen könnte, kurz gesagt, ob es denn vorstellbar wäre, dass Jonas mal bei Wunderwerk Gitarre spiele, »Und Kasi singt dann nur. Einfach nur ausprobieren. Vielleicht kann Kasi sich dann noch besser aufs Singen konzentrieren«, manchmal komme Kasi durch das gleichzeitige Singen und Spielen nicht *ganz* so lässig rüber wie Chiara und Jonas. »Nicht falsch verstehen, das war wieder 'n krasser Gig heute. Also, auch von Wunderwerk«, sagt er. »Aber ich muss auch sagen, Jonas' Gitarre groovt wirklich geil. Übrigens, Chiara, du spielst doch auch Gitarre, oder?«

»Ja.«

»Hast du schon mal probiert, Bass zu spielen?«

»Nein. Wieso?«

»Ist 'ne ganz allgemeine Frage. Ich will nur sagen, es gibt immer noch jede Menge Potenziale, einfach nur so fürs Brainstorming, also, auch für euch beide. Wunderwerk haben ja auch *jetzt* 'nen coolen Bassisten.« Er nimmt Malte in den Arm, der guckt etwas gequält.

Jonas schreibt schnell eine Antwort an Leila und Shaya. Inzwischen stehen auch die zwei Frauen vom Verkaufsstand in der Garderobe. André und Malte versuchen mal wieder, witzig zu sein, eindeutig vergeblich. Die beiden Frauen finden Chiara witziger. Jonas bekommt nicht richtig mit, was Chiara mit denen redet. Na gut, muss er ja auch nicht wissen. Und sie trinkt ganz schön viel. Wollte sie nicht eigentlich früh schlafen gehen, weil sie morgen Früh wieder nach Münster muss?

»Hey, Jonas!«, ruft Chiara. »Komm doch mal her!«

Er geht zu den drei Frauen.

»Das sind Ines und Lynn, die haben 'ne coole Idee. Hör dir das mal an.«

Ines, die Blondgefärbte, spricht von einem Pop-Förderprojekt aus Niedersachsen, sie seien da beide in der Planungsgruppe. Man könne Gelder für Tourneen beantragen, auch für kleinere Club- und Kneipen-Auftritte mit zehn bis zwölf Euro Eintritt, Fahrten und Übernachtungen würden von der Förderung bezahlt, ergänzt Lynn, die mit den Dreadlocks, dafür könnten sie Chiara und Jonas gern vorschlagen, bestimmt sei das eine tolle Gelegenheit, Erfahrungen zu sammeln und rumzukommen. »Und Spaß zu haben«, sagt Ines.

»Klingt cool, oder?«, sagt Chiara, Jonas stimmt zu.

»Also, wir fänden's geil!«, ruft Ines, Lynn sagt: »Ich glaub, das kriegen wir hin.«

»Ihr kennt doch auch Leila und Shaya, oder? Die von Sazgari«, fragt Ines. »Die haben sich auch dafür beworben.«

»Die sind ja auch genial«, sagt Lynn.

»Auf jeden Fall!«, ruft Jonas und will erzählen, dass ihm Leila und Shaya gerade eine Nachricht geschrieben haben, also sagt er: »Das ist witzig, ich hab nämlich vorhin erst eine Nachricht v-v-v-« Wieso gerät er ausgerechnet jetzt ins Stottern, eben hat er noch das extrem nette Lachen von Ines genossen, vielleicht ist genau das der Grund, sein Kiefer kommt nicht von der Unterlippe los, »v-v-v-«, Chiara füllt die Pause, indem sie verkündet, Sazgari schon lang von Facebook und Soundcloud zu kennen, »ja, die sind geil, und total nett, wir schreiben uns manchmal und schicken uns gegenseitig unsere Songs zu«, es dauert nicht lang, dann haben Ines und Lynn je einen Stöpsel im Ohr und hören Chiaras Aufnahmen, um gleich danach von ihren Studienplänen zu erfahren, von der O-Phase in Münster und den netten, aber eher unkreativen Bio-Studis, Ines und Lynn sprechen ihrerseits von gewechselten und abgebrochenen Studiengängen, Jonas setzt zweimal an, um selbst etwas über sein eigenes Studium zu sagen, er kommt aber nicht dazwischen, beide Male hört ihn offenbar niemand, die Gesichter von Ines und Lynn sind ganz auf Chiara fixiert, die sowieso nicht mehr gewillt ist, jemand anderen als diese Frauen zu beachten, sie hat sein Stottern gut für sich ausgenutzt. Er will sich nicht zu den Männern stellen, Kasimir und Leif sind eh weg, die anderen wirken schon ziemlich betrunken, er wird jetzt gleich in sein Hotelzimmer gehen, ohne sich von irgendwem zu verabschieden, das ist die beste Art, diesen Abend zu beenden. Auf einmal, denkt er, ist wieder alles wie in Amsterdam.

Und das Ätzendste: Chiara hat auch noch den gleichen Frauengeschmack wie er.

Freitag, 4. Oktober

Wacht man an einem neuen Ort auf, hat man erst mal keine Ahnung, wo man ist. Chiara blinzelt in die Umrisse des Hotelzimmers und überlegt. Ist das ihre neue WG, in Münster? Nein, Quatsch, sie ist in Hamburg. Gestern waren sie Vorgruppe von Wunderwerk. Nach den ersten Nächten in Münster ging es ihr genauso, wo bin ich hier eigentlich, dachte sie, ach so, das ist mein neues Zimmer. Ihre WG-Leute hat sie bisher kaum kennengelernt. Einer heißt Maximilian – anscheinend wird er tatsächlich Maximilian genannt, nicht Max, jedenfalls nicht von Jenny, der zweiten Person in der WG –, dieser Maximilian goss am Sonntag in der Küche die Blumen und sprach nicht viel. Vielleicht hätte sie sich doch noch ein paar andere Zimmer angucken sollen.

»War ein irrer Tag, mir fallen gleich die Augen zu«, hat sie gestern schon gegen Mitternacht gesagt, in Wirklichkeit juckte es wieder überall, Ines und Lynn sollten das nicht mitkriegen, aber manchmal hat sie sich trotzdem gekratzt.

Und noch irgendetwas anderes stimmte nicht gestern Abend. Sie weiß aber nicht mehr was. Auf jeden Fall hat sie verschlafen. Es ist schon Viertel nach neun, für neun waren sie zum Frühstücken verabredet, sie muss sofort ins Bad. Die warme Dusche stimmt sie wieder zuversichtlicher.

»Morgen, Chiara! Gut, dass du schon da bist!«, ruft direkt neben ihr dieser Leif, als sie den Frühstückssaal betritt, oder eher bestolpert, auch Jonas ist schon da. Leif spricht wieder, als wäre eine Konferenz im Gang, egal, sie geht erst mal zum Buffet.

»Tut mir leid, ich hab verschlafen«, flüstert sie Jonas nach dem Hinsetzen zu, er sagt »Macht ja nichts«, er könnte es netter sagen. Nun weiß sie wieder, was gestern nicht stimmte: Er war irgendwann nicht mehr da, während sie mit Ines und Lynn redete. Nicht mal verabschiedet hat er sich.

»Ich hab das gerade schon Jonas erzählt«, sagt Leif. »Ich weiß nicht, ob ihr's gestern noch mitbekommen habt. Malte will wohl bei Wunderwerk aussteigen. Na ja, er spielt die Tour noch zu Ende, aber danach wird er irgendwas an der Uni machen, er hat da wohl son wissenschaftliches Angebot. Und er meinte, er würde irgendwie spüren, dass er nicht richtig in sone Profiband reinpasst.« Die Tür öffnet sich, Leif schreckt hoch, beruhigt sich aber gleich wieder, es ist nicht Malte, sondern Kasimir, der »Morgen« sagt und auch erst mal zum Buffet geht. Leif spricht weiter: »Also, Malte meint, dass er auf Dauer nicht reinpasst in die Band, das würden wir ihm ja auch, wie hat er das gesagt? Ach ja, das würden wir ihm auch häufig spiegeln. Ich versteh nicht ganz, wie er das meint. Ihr habt ja gehört, wie ich ihm gestern noch betont hab, er ist 'n geiler Bassist.«

Kasimir setzt sich mit seinem Tablett dazu. »Genau, Malte ist 'n geiler Bassist, deshalb ist es echt schade. Aber ich freu mich trotzdem total für ihn. Hab ihn grade schon gesehen, auf dem Balkon. Der ist jetzt viel gelöster.« Er schmiert sich ein Nutellabrötchen. »Man hat ja auch gemerkt, dass ihn das gestresst hat in letzter Zeit, zum Beispiel die Sache mit dem Instagram-Film, und dann gab's ja zum Teil echt fiese Online-Kommentare bei Youtube und Insta, über sein Aussehen, manchmal stand da ja sogar, Jonas wär der geilere Bassist und so. Na jedenfalls, dass er da jetzt wissenschaftlicher Mitarbeiter wird, das ist ja echt mega für ihn«, sagt Kasimir, »das freut mich total, wie gesagt.« Er habe sich gestern auch noch mal dieses Ausguss-Lied angehört, sagt er schließlich zu Chiara, diese Version bei Soundcloud. »Ist echt

’ne coole Aufnahme. Und du singst nicht nur, du spielst dazu selber Gitarre, ja?«

So was werden auch nur Frauen gefragt. »Ja klar.«

»Echt cool«, meint Leif, »wer so spielt, der kann doch auch meistens ganz gut Bass spielen.« Wenn sie Bock habe, solle sie das einfach mal probieren, auf jeden Fall sei es eine geile Vorstellung für ihn, Wunderwerk jetzt neu zu besetzen, mit Jonas an der Gitarre – »oder auch zwei Gitarren«, sagt er mit Blick auf Kasimir – und eventuell Chiara am Bass, sie sollten sich das echt überlegen.

»Jonas«, sagt Kasimir, »wir haben ja zum Glück auch keine schmutzige Wäsche zu waschen oder so« – er lächelt abwechselnd Chiara und Jonas an, sofern er das beim Kauen hinkriegt – »wir wissen ja, ’ne Band, das ist immer son fließender Prozess«, er gestikuliert mit seiner Brötchenscheibe und erklärt, damals sei es ein richtiger Schritt für sie alle gewesen, erst mal neue Wege zu gehen, »und dieses Ding mit euch beiden, das kann man doch toll bei Wunderwerk integrieren.«

»Jonas, wollen wir das mal allein besprechen?«, sagt sie.

»Wann? Jetzt?«

»Ja, warum nicht? Wollen wir mal kurz ins Foyer?«

»Okay.«

Sie setzen sich draußen in die Ledersessel. Die anderen zwei von Wunderwerk kommen gerade aus dem Fahrstuhl, grüßen sie und gehen weiter zum Frühstückssaal.

»Also, ganz ehrlich«, sagt sie. »Ich will das nicht. Ich werd das nicht machen.«

Jonas nickt.

»Aber du kannst natürlich mitmachen, wenn du willst. Würde ich verstehen.«

»Du meinst jetzt, bei Wunderwerk, oder?«

»Ja genau.«

Wieso pult er an seinen Fingernägeln herum?

»Na gut«, sagt er. »Ich weiß noch nicht. War das denn alles, was du sagen wolltest? Wollen wir jetzt wieder reingehen?«

»Wenn du willst«, sagt sie.

Ines und Lynn kommen mit ihrem Gepäck ins Foyer, sie grüßen nett, und Lynn fragt: »Habt ihr noch mal über unsern Vorschlag geredet?«

Jonas erwidert, während er weiter auf seine komplett sauberen Fingernägel starrt, sie hätten doch schon Ja gesagt, was aber wenig zustimmend klingt. »Ihr meintet nur, es klingt gut«, sagt Ines. »Aber ihr könnt euch ruhig Zeit lassen. Schreibt uns einfach die nächsten Tage, wie ihr euch entschieden habt. Wir sehen uns ja bestimmt gleich noch.« Die beiden geben ihr Gepäck zur Rezeption und gehen in den Frühstücksraum.

Jonas weiß, es ist blöd, ständig auf seine Finger zu glotzen. Er soll also zwischen zwei Übeln wählen: Er kann Musik allein mit Chiara machen, dann endet jeder gemeinsame Tag mehr oder weniger wie der gestrige. Oder er geht zurück zu Kasimir und André, die seine Songs »nicht Wunderwerk-kompatibel« finden. Und wehe, er probiert irgendwas mit dem Bass-Synthesizer.

»Du willst wieder bei deiner Band mitspielen, oder?«, fragt Chiara. »Würde ich vielleicht auch machen an deiner Stelle.«

Sie hat noch Schaum vom Milchkaffee auf der Oberlippe und geht, nachdem er es ihr gesagt hat, mit der Zunge drüber, das hat sie auch in Amsterdam gemacht, bei ihrem ersten Frühstück, kurz bevor sie sich gegenseitig ihre Aufnahmen vorgespielt haben. Eine Familie kommt aus dem Fahrstuhl, ein Junge läuft hinter einem Mädchen her und gibt ihm eine Spielkarte, das Mädchen lacht.

»Warum bist du gestern einfach gegangen?«, fragt Chiara. »Ohne dich zu verabschieden?«

»Weil ich –« Jonas holt tief Luft. »Ich war eifersüchtig.«

»Oh. Auf wen?«

»Auf dich. Auf die beiden. Ach egal.«

Sie grinst.

»Und du hast angefangen –«

»Angefangen, mit den beiden zu quatschen, als du gestottert hast«, unterbricht sie ihn.

»Genau.«

»Ich weiß. Es tut mir leid.« Er sagt nichts, ihm würde auch die Stimme versagen.

»Mach ich nicht mehr. Ich versuch's wenigstens.« Wieder grinst sie. »Du wirst mich auch weiterhin mit anderen Frauen flirten sehen. Aber ich kann dich beruhigen. Manche sind auch hetero. Ines und Lynn zum Beispiel. Hab ich gestern schnell gemerkt.«

»Ich will eigentlich gar nicht zu Wunderwerk zurück. Nein, wir machen das mit dieser Pop-Förderung. Wenn du noch willst.«

»Klar will ich«, antwortet Chiara. »Du kannst es dir aber noch überlegen. Es ist ja nicht mal sicher, ob die uns nehmen. Bei dieser Förderung.«

»Na und? Wenn nicht, suchen wir uns selber Auftritte.«

»Wer weiß, ob uns überhaupt jemand will. Die von Wunderwerk wollen dich auf jeden Fall.«

»Und vielleicht mobben sie mich auch schnell wieder raus«, sagt er. »Nee, von mir aus können wir jetzt reingehen und sagen, dass wir zu zweit Musik machen, und nicht mit Wunderwerk.«

»Okay.«

Sie strahlt glücklich, dann schlägt sie ihm mit der Hand aufs Knie. Soll er ihr sagen, dass sie das besser lässt?

»Also! Wir haben uns entschieden. Wir gehen leider nicht zu Wunderwerk«, verkündet Chiara. »Wir machen das Projekt mit Ines und Lynn.« Sie sieht sich im Frühstücksraum um, am großen Tisch ist jetzt kein Stuhl mehr frei.

»Ach so«, ruft Lynn, »haben wir euch die Plätze weggenommen?« Sie will aufstehen.

»Nein nein, schon okay«, sagt Chiara, »wir setzen uns nach da drüben.«

»Du verhältst dich jetzt natürlich total unprofessionell und mädchenhaft«, raunt sie ihm kurz darauf beim Frühstücken zu. »Du entscheidest dich für so ein Kleinprojekt mit drei Frauen, und dann noch mit 'ner Lesbe als Partnerin, statt für ein cooles großes Männerprojekt.«

»Stimmt«, sagt Jonas.

»Und später wirst du es mir ständig vorwerfen«, flüstert sie. »*Dafür hab ich meine Rockstar-Karriere aufgegeben!* Das sagst du mir dann jedes Mal, wenn wir Streit haben.«

»Stimmt auch«, sagt Jonas.

Er denkt wieder an ihren Auftritt gestern. Am Ende haben sie das Kratz-Lied gespielt und zweistimmig gesungen, manchmal fragte er sich, ob dieser Text nicht doch peinlich ist, auch seine eigenen Zeilen. Doch schon bald kam es ihm wieder vor, als würden seine Akkorde Chiaras Stimme antreiben und umgekehrt, und am Schluss genoss er den Applaus und den Jubel umso mehr durch die zwei Schrecksekunden, die vorher entstanden, weil es nach den letzten Tönen so still war.

Samstag, 11. April

»Ich fang dann mal an«, sagt Chiara zum Bildschirm, auf dem sie Merle mit ihrer Kaffeetasse sieht. »Ich muss mir Mut antrinken.« Sie gießt sich Sekt ins Glas.

»Mut für was? Für heute Abend?«, fragt Merle.

»Nee, heute Abend bin ich hoffentlich wieder nüchtern. Ich meine, Mut für alles irgendwie, die Probe, den ganzen Tag, wer weiß, wie das wird. Und ich hab Jonas lang nicht gesehen.«

»Wann probt ihr denn?«

»Wir proben um vier. Also, auch per Zoom natürlich.«

»Du hoffst also, um vier spürst du den Alkohol noch, aber um acht soll er wieder komplett weg sein?«, fragt Merle.

»So ungefähr.«

»Du hast im Biologiestudium noch nicht viel gelernt.«

»Kann sein.« Chiara verschweigt, dass sie vor allem wegen dieses Zoom-Treffens mit Merle nervös ist, wegen dieses Zoom-Frühstücks, sie hat zwar in den letzten Monaten schon einige Male mit Merle telefoniert, verspürt aber trotzdem bei jedem dieser Gespräche Beklommenheit, eine Angst, etwas Falsches zu sagen, erst recht, wenn man einander nur auf dem Laptop sieht, sie ist das noch nicht gewohnt. Sie hat Merle noch immer nicht gefragt, wie alt eigentlich Sophia, ihre neue Freundin, ist. Sie weiß, Merle geht jetzt öfter mit Sophia wandern, im letzten Winter eine ganze Woche lang. So was hätte sie mit Chiara nie gemacht. Wahrscheinlich ist Sophia älter, vielleicht so alt wie Merle selbst?

»*Natürlich* hab ich schon was im Studium gelernt!«, ruft sie.

»Ich hab jetzt ein Mikroskop hier. Gestern hab ich mein Blut drunter gelegt.«

»Ja und? Sieht man da viel?«

»Na immerhin die roten Blutkörperchen. Noch cooler sind Gewässerproben, da ist richtig was drin los. Aber mein Blut zu sehen fand ich irgendwie beruhigend. Dass da so eine stille Landschaft in mir drin ist.«

»Das weiß ich auch ohne Biostudium«, sagt Merle. »Und ohne Mikroskop.«

»Ja, aber *ich* weiß es jetzt noch mal anders!«

»Wow, der Sekt ist ja schon in deinen Blutkörperchen. Du wirst überschwänglich.«

»Ich weiß. Das Mikroskop ist aber auch so eine Art Droge, wenn man erst mal damit arbeitet.« Chiara versucht, wieder ernst zu werden. Sie erzählt Merle, dass sie vielleicht doch noch einen Psycho-Studienplatz in Deutschland bekommt, aber manchmal nicht weiß, ob sie überhaupt wechseln will, weil die Biologie eine Neugierde in ihr weckt, mit der sie nicht gerechnet hätte, »Ich mein, mit dem Mikroskop, das fand ich schon in der Schule toll. Aber jetzt ist es noch mal cooler.« Sie überlegt. Es fällt ihr schwer, ihre Stimmung bei der Laborübung im letzten Semester zu beschreiben. Sie spricht zaghaft von der Ruhe und Konzentration bei der Arbeit mit den Präparaten, von der Aufregung beim Betrachten der Mikroben im Wasser, vom ganzen Kosmos, der nur unterm Objektiv sichtbar wird, von der Art und Weise, wie sie dabei die einzige Zuschauerin eines von ihr selbst geschaffenen Films ist, wie dies ihren Verstand schärft, und von dem Gefühl hinterher, beim Abbau, als würde man von einer Reise zurückkommen, als wäre man lang im Wasser gewesen und spürte noch immer die Wärme, die durch das Schwimmen entsteht, überall auf der Haut.

»Klingt cool«, sagt Merle und scheint sich wirklich zu freuen.

»Ja. Und jetzt, durch den Lockdown, hab ich mein eigenes Mikroskop hier im Zimmer. Haben wir alle, damit die Laborübung online gemacht werden kann. Besser geht's doch gar nicht.«

»Es klingt, als wäre das für dich ein bisschen wie das Musikmachen. Also die Musik, die du jetzt zu Hause machst.«

»Ja, genau!«

Wieder einmal hat Chiara Wesentliches verschwiegen: Dass die Arbeit am Mikroskop eine notwendige Hilfe war, eine Möglichkeit, Halt zu gewinnen, als die Leute aus der Bio-O-Phase sehr viel über sie, aber kaum noch mit ihr redeten, als sie auf einmal nicht mehr über die abendlichen Treffen Bescheid wusste und sogar Julia, ihre »beste Freundin« – natürlich nannten sie sich nicht gegenseitig »beste Freundinnen«, aber wären sie zusammen in die Grundschule gegangen statt zur Uni, hätten sie das bestimmt getan – sich im Seminar zu den anderen setzte und Chiara keinen Platz freihielt. Das alles begann im Dezember, nach dem Glühweinabend in der WG von Ole, dem Typ mit dem Panda-Tattoo. Zu diesem Treffen hatte Chiara ihre Gitarre mitgebracht, weil Ole vorher meinte, ihre Songs würde er sich lieber live anhören statt gestreamt. Wahrscheinlich sagte er das nur, damit Chiara mit ihrem Handy und ihrem Kopfhörer von ihm wegblieb, aber darauf war sie nicht gekommen.

»Super, bei der Gelegenheit bring ich mal meine Gitarre mit!«, hatte sie vorgeschlagen, als Ole sie einlud. Es sagten schließlich alle immer »Geil!« oder »Ist ja krass!«, sobald sie von ihrer Musik erzählte, vor allem in der O-Phasen-Woche war das so, nach dem Konzert in Hamburg.

»Ja klar, cool«, meinte Ole.

Nur Luise, die Leiterin der O-Phasen-Gruppe, hatte jedes Mal, wenn Chiara von ihren Songs, den Aufnahmen und Auftritten sprach, sehr schnell und bestimmt das Thema gewechselt. Die soll sich mal besser auf ihr Studium konzentrieren, dachte die bestimmt.

Leider lud Ole auch Luise ein. Trotzdem packte Chiara gegen elf, nach vier Gläsern Glühwein, die Gitarre aus, spielte drei Lieder und erzählte ausführlich von Amsterdam, unter anderem die Geschichte mit der *Happy Birthday* singenden Magdalena, einige lachten, als sie die Bewegungen Magdalenas und ihr inbrünstiges Singen nachahmte, aber dann meldete sich Luise zu Wort, es tue ihr leid, aber sie könne da nicht mitlachen, wenn eine traumatisierte, auf der Straße lebende junge Frau zur Witzfigur gemacht werde, sofort waren alle stumm, was solle das denn, sagte Chiara und geriet fast ins Stottern, wie Jonas manchmal, sie seien schließlich total nett zu Magdalena gewesen und hätten sie sogar singen lassen, oh ja, klar, das sei natürlich gnädig, konterte Luise mit drohend leiser Stimme, für ihre eigene »Show« – bei diesem Wort hob sie die Augenbrauen – und für die Aufmerksamkeit der Touristen sei das bestimmt förderlich gewesen, »Wieso? Was hätten wir denn sonst machen sollen?«, rief Chiara und fing, noch bevor Luise antworten konnte, mit dem nächsten Lied an, darauf sagte ein Mädchen namens Kim, das neben Julia saß und noch mehr Glühwein getrunken hatte als Chiara, jetzt sei es aber mal gut, vier Lieder würden reichen, Chiara müsse sich hier nicht aufplustern wie diese Magdalena. Chiara stand nach dem Spielen auf, packte im Flur ihre Gitarre ein, zögerte eine Weile und sah beim Zurückkommen, dass alle anderen schon wieder in engen Gesprächsrunden auf dem Teppich hockten, manche schauten zu ihr hinüber und flüsterten sich irgendwas zu, aber niemand machte ihr Platz. Ein Kribbeln durchfuhr sie, ein Drang, wieder »Seht mich gefälligst an!« zu schreien, und während sie noch dachte, ich schaffe es nicht, ich schreie gleich los, stand ihr wieder der stammelnde Jonas vor Augen. Jonas war die letzte Person, die ihr Schreien hatte ertragen müssen. Vielleicht bezwang sie ja die Wut, wenn sie in ihrem Kopf den Basslauf anhörte, den er sich fürs Kratz-Lied ausgedacht und ihr neulich zugeschickt hatte, sie summte die Melodie vor sich hin, das half, nach einer Weile sprach ein Junge namens Kai sie an und erzählte – wie schon häufig – von seiner großen Leidenschaft, der Lokomotivenfotografie. Sie bemühte sich um Respekt. Prompt wurde sie zum Abschied lang von Kai, von Julia dagegen nur kurz umarmt, von einigen auch gar nicht. Sie zwang sich wieder, an Jonas' Basslauf zu denken, das half gegen den erneuten Wutimpuls, schließlich kam aber doch wieder Juckreiz über sie, und als dann Luise – leise wie immer – »He, warum kratzt du dich denn« zu ihr sagte, fing Chiara dann doch noch zu schreien an: »Hör gefälligst auf, mich zu nerven, ich kann mich kratzen, so viel ich will!« Totenstille. Wieder einmal war sie viel lauter und schriller geworden, als sie wollte. Sie griff nach ihrer Gitarre und stürmte ins Treppenhaus, ohne sich noch einmal umzusehen.

Ab dann ging sie meist erst ganz spät zu den Seminaren, sodass sie erst kurz vor Beginn ankam, aber Julia hielt ihr keinen Platz frei, Chiara musste woanders sitzen und mit anderen Leuten in die Mensa gehen, und von den abendlichen Treffen bekam sie meistens nichts mit. Traf man Maximilian oder Jenny in der WG-Küche, war das gemeinsame Essen nett, aber Chiara war meistens schneller fertig als die beiden, ging sie danach sofort in ihr Zimmer, fühlte sie sich unhöflich, blieb sie aber in der Küche sitzen, während die andere Person noch aß, kam sie sich aufdringlich vor. Maximilian und Jenny sagten hauptsächlich kurze Sätze und lachten nicht oft.

Einmal kam dann ein Anruf von Jonas, abends um zehn. Sie sollte sich anhören, was er gerade aufgenommen hatte. Für ein paar Sekunden wurden ihre Augen feucht, es war eine Befreiung. Danach redeten sie noch eine Stunde lang. Er sprach von einem Referat, das er bald halten würde, diesmal mit anderen Leuten zusammen, über eine Geschichte, in der jemand seinen Schatten verkauft, und sie erzählte ihm vom Mikroskopieren.

»Mikroskopieren ist natürlich ganz was anderes als Musik machen«, sagt sie zu Merle. »Aber du hast recht, irgendwie ist es auch ähnlich.« Sie hat zwei neue Songs geschrieben und mit Jonas aufgenommen. Hier und da verfeinert er ihre Melodien und Akkordfolgen noch, sie schicken sich Dateien hin und her, nach und nach bekommen die Stücke Gitarren- und Bass-Begleitungen, hier und da gibt es sphärische Klänge, aber nie zu viel.

»Nur leider könnt ihr jetzt nicht mehr auftreten«, sagt Merle.

»Konnten wir vorher ja auch nicht.«

»Ich weiß«, sagt Merle, »das heißt, nein, so ganz genau weiß ich es immer noch nicht. Konntet ihr nicht oder wolltet ihr auch nicht?«

»Hmm. Mit dieser Pop-Förderung hat es nicht geklappt, das hab ich dir ja erzählt.«

»Stimmt. Und sonst?«

Chiara erzählt wieder, wie Jonas im Januar bei ihr in Münster war. Sie traten bei der »Offenen Bühne« in der Pianobar auf, leider hörte kaum jemand zu. Vielleicht lag es am Termin, die Leute kamen gerade aus den Weihnachtsferien zurück und hatten einander viel mitzuteilen. »Aber dann standen auf einmal zwei Mädels aus meinem Seminar vor mir« – genau genommen waren es Julia und Kim, die sie freundlich, wenn auch etwas verlegen ansprachen –, »die haben mir von ihren Weihnachtstagen erzählt. Die meinten sogar, sie fänden unsere Musik richtig schön.« Julia hatte tatsächlich »schön« gesagt, sie war glücklich, weil Julia endlich wieder länger mit ihr redete und weil auch Kim auf einmal nett war. Jonas spielte währenddessen allein weiter, ohne sie. Er war beleidigt, das kannte sie aus Amsterdam, und probierte viel mit seinem kleinen Verstärker herum, es klang verzerrt und nervig, irgendwann fragte die Frau hinter der Theke sehr laut, ob sie jetzt nur noch Lärm machen und den Betrieb stören wollten, sie spielten danach noch zwei Stücke, aber es war eher peinlich, ein paar Gäste hatten schließlich das Gekeife mitbekommen. Immerhin ließen sich Julia und Kim nichts anmerken und fragten Chiara, ob sie demnächst mal wieder mit ihnen ins Kino wolle.

Später saß sie mit Jonas in ihrem WG-Zimmer. Sie überlegten, warum sie wohl diese Pop-Förderung nicht gekriegt hatten.

»War das nicht wegen der zwei Perserinnen?«, fragt Merle.

»Ja klar«, meint Chiara. Weil Leila und Shaya diese Förderung auf jeden Fall bekommen sollten, hieß es im Dezember, wolle man im gleichen Jahr nicht noch ein weiteres Akustik-Duo finanzieren, sondern nur noch »richtige Bands«.

»Aber trotzdem«, erklärt sie, »man fragt sich dann eben doch, ob das nicht auch noch andere Gründe hatte. Diese Frauen, die uns das angeboten haben in Hamburg, die haben ja auch Jonas' Stottern mitgekriegt, meinte er, und auch die Spannungen zwischen uns. Und er wäre denen gegenüber sowieso total unlocker gewesen, fand ich eigentlich gar nicht, aber das glaubt er mir nicht. Na jedenfalls haben wir uns dann entschieden, wir machen erst mal nur unsere Aufnahmen weiter. Aber keine Konzerte.« Umso mehr habe es sie überrascht, dass Jonas sofort die Idee cool fand, am Samstag vor Ostern ein Streaming-Konzert zu machen. »Es fährt jetzt ja sowieso niemand über Ostern nach Hause.«

Sie erklärt Merle, dass sie sich abwechseln werden, weil es technisch nicht anders geht, »bei jedem ist dann aber die Musik vom andern dabei, nur halt vorher aufgenommen, zum Teil singen wir dadurch auch zweistimmig. Also einer live, einer vom Band.«

»Kann ich mir nicht so ganz vorstellen.«

»Lass dich überraschen.«

»Wie ist es denn jetzt in der WG?«, fragt Merle.

»Ich wohn hier inzwischen allein«, sagt Chiara. Die anderen beiden sind schon im März zu ihren »Liebsten« gefahren, wie sie selbst sagten, sie schreiben dort ihre Masterarbeiten. »Und jetzt, mit dem Zuhausebleiben«, sagt sie, »das geht tatsächlich besser, als ich dachte.« Das stimmt, komischerweise hat sie inzwischen sogar wieder mehr Kontakt zu Julia, auch zu einigen anderen von der Uni, sie treffen sich per Zoom oder gehen spazieren. »Und neulich hatt' ich sogar zwei Online-Dates.« Natürlich wird sie die Frauen so schnell nicht live treffen. Aber das hat Zeit, man muss auf den Sommer hoffen.

»Gestern Nachmittag ist übrigens was Schönes passiert. Ich hab vor der Haustür eine getroffen, die neben mir wohnt und mir immer auffällt, weil sie gar keine Haare hat, ich weiß nicht, wahrscheinlich hat die 'ne Chemo gemacht. Sie meinte, ihre WG ist jetzt auch meistens leer. Sie studiert Geschichte auf Lehramt, und sie war letztes Jahr auch in Amsterdam, so wie ich. Sie hat mir ganz viel vom Van-Gogh-Museum und vom Anne-Frank-Haus erzählt. Ich musste dann zugeben, dass ich da gar nicht drin war. Sie will vielleicht heute Abend zugucken. Sie ist jetzt auch meistens allein in ihrer WG.«

»Hört sich nett an«, sagt Merle. »Also, ich meine, euer Kontakt.«

»Übrigens, ich trink jetzt noch 'nen Schluck«, sagt Chiara.

»Ich auch. Prost.«

Sie hält ihr Glas vor den Bildschirm, Merle hebt ihre Tasse hoch.

Jonas sitzt in seinem Zimmer und singt mit der abwesenden Chiara das Ausguss-Lied. Fast jeden Tag hört er sich ihre gemeinsamen Aufnahmen an, zu Hause oder unterwegs, und auch wenn er sie nicht hört, spuken sie oft durch seinen Kopf. Manchmal werkelt er bis spätnachts an den Songs, mit Kopfhörer und Bass-Synthesizer. Einmal war er drauf und dran, dieses ganze Musikmachen mit Chiara von einem Tag auf den anderen zu beenden. Er will schließlich neue Kontakte knüpfen, er muss mit dem Studium weiterkommen.

In der dritten Semesterwoche musste er sich mit einer Referatsgruppe treffen. Es ging um Adelbert von Chamissos *Peter Schlemihls wunderbare Geschichte*, deren Held für ein »Glückssäckle« dem Teufel seinen Schatten verkauft und dann, als er schattenlos durch die Stadt läuft, die Empörung der anständigen Bürger hervorruft, die ihrerseits dem Teufel längst ihre Seelen verkauft haben. In der Gruppe waren Herr Schulz, der mit Vornamen Constantin heißt, und eine Frau namens Lisa, sie saßen bei Jonas in der Küche, bis Lisa sagte: »Zeig uns doch mal dein Zimmer!«

Und eine Minute später: »Oh! Du machst ja Musik.«

»Ja«, sagte Constantin, »der Jonas ist in einer richtig bekannten Band.«

»Nein. Bin ich nicht mehr.« Er zögerte, fing dann aber an, von der Musik mit Chiara zu erzählen – so kam er Fragen nach Wunderwerk zuvor –, Lisa wollte wissen, wozu die verschiedenen Regler am Bass-Synthesizer dienten. Sie planten ihr Referat, es wurde spät, trotzdem meinte Constantin, er könne ihnen doch noch was von dieser Musik vorspielen, sie hörten sich dann die neueste Version vom Kratz-Lied an.

Danach verbrachte er öfter Zeit mit Lisa und Constantin in der Mensa, Lisa hat hell strahlende Augen und einen Freund, der in Hamburg Jura studiert, beim Referat guckte Jonas viel auf seine Karteikarten, aber egal, es klappte einigermaßen.

Manchmal unterhielt er sich nach seinen Kursen auch mit anderen Studies, aber die verabschiedeten sich meist nach kurzer Zeit, in freundlichem Ton, aber auch sehr bestimmt. An den Wochenenden war Jonas oft allein, Charlotte war viel unterwegs. Einmal, bei einem Musikabend im Faust, sah er wieder Leila und Shaya auf der Bühne, Franz-Pierre und Malte Schuster standen im Publikum. Mit Leila und Shaya ging er später einmal Kaffeetrinken, kurz vor dem Lockdown verabredete er sich sogar mit Malte und Franz-Pierre, sie saßen abends bei Jonas, spielten einander Musik ihrer Lieblingsbands vor und staunten, als sich Charlotte vorsichtig beschwerte und ihnen erst dadurch klar wurde, dass es schon zwei Uhr nachts war. Über Wunderwerk sprachen sie nicht.

Chiaras letzte Aufnahme mit Gesang und Gitarre läuft jetzt über die Boxen seines Computers. Er spielt Bass und singt eine zweite Melodie.

Ab und an wurde er im Winter noch in der Mensa angesprochen, von Leuten, die ihn durch Wunderwerk kannten. Einmal, im Dezember, war eine Studentin mit einem lustig aussehenden Haarknoten dabei, die auch seine Youtube-Auftritte aus Amsterdam kannte. Ihre Freundinnen liefen in der Zeit schon weiter, also gingen sie und er zu zweit Kaffee trinken. Als sie erfuhr, dass Chiara und er kein Paar waren, strahlte sie. Am Ende vereinbarten sie, sich »mal so« zu treffen. Sie nannte sich Anka – wahrscheinlich hieß sie Ann-Kathrin –, in einer Lindener Kneipe erzählte sie ihm viel über ihr Architekturstudium und schien keine langen Entgegnungen zu erwarten, es folgte ein zweites Kneipentreffen und eine dritte Verabredung bei ihr zu Hause, bei der sie sich irgendwann küssten und einander die Pullover auszogen, sie lächelte breit, genussvoll und mit geschlossenen Augen, auf eine Art, die Jonas fremd vorkam, als würde es nicht wirklich ihm gelten, vielleicht stellte sie sich vor, mit einem Rockstar in einem Luxushotel zu liegen, er konnte sein Lachen nicht vor ihr verbergen und löste sich beinahe schroff aus der Umarmung. »He! Warum lachst du?« Sie war noch nicht mal beleidigt. Er sagte: »Kann ich nicht sagen. Also, weiß ich selber nicht.« Er hatte Angst zu stottern, sagte nur noch kurze Sätze, und mit dem Küssen war es vorbei.

»Du bist schon seltsam irgendwie«, meinte sie. Es gab keine weitere Verabredung.

Danach war er wieder ein Wochenende lang allein in der WG. Er nahm eine neue Bassspur auf und rief irgendwann Chiara an, obwohl es schon zehn Uhr abends war. Sie freute sich, als hätte sie darauf gewartet. Seitdem telefonieren sie häufiger.

In der WG ist jetzt meistens Charlottes Freund zu Besuch. Bis zum Lockdown kam auch Verena manchmal vorbei, Jonas begrüßte sie pflichtbewusst, redete kurz mit ihr, ging dann aber meist zügig in sein Zimmer.

Er hört sich ein Lied an, das Chiara und er gemeinsam geschrieben haben. Sie hat ihm den Refrain geschickt und er hat die Strophe ergänzt, im Text geht es um Grachten, die lachten, dies ist der einzige Reim, »Wir blinzelten ins Wasser und es blinzelte zurück«, singt sie.

Kurz nach dem missglückten Date mit Anka freute er sich: Lisa lud ihn zu einem Spieleabend ein, mit Constantin und noch ein paar anderen, Anfang des Jahres gab es ein zweites Treffen in Jonas' WG-Küche. Charlotte kam spätabends herein, machte sich Tee und sah amüsiert zu.

»Du kennst echt nette Leute«, meinte sie hinterher. »Hast du eigentlich nicht Lust, dich mal bei Tinder oder so anzumelden?«

»Mal sehen. Ja, warum nicht.«

Vor der Zentralbibliothek begegnete er einmal zufällig Anka wieder, kurz vor den Semesterferien. Sie wollten beide weggucken, das klappte aber nicht.

»Und? Schreibst du jetzt auch Klausuren?«

»Ja genau«, war seine Antwort, obwohl es nicht stimmte. Dann gingen sie beide schnell weiter.

Er spielt Bass und singt die zweite Strophe des Grachten-Lieds, er selbst hat eine Strophe über Gleise hinzugefügt, die sich erst zu verknoten scheinen und dann doch ihren Weg finden, dieses Lied hört er sich manchmal an, wenn er jetzt allein spazieren geht – Chiara hat ihm erzählt, dass sie das auch häufig macht – hinterher kommt es ihm oft vor, als käme er von einer Verabredung, neulich meinte sogar Charlotte, er wirke neuerdings entspannter, nicht mehr so nervös.

Hey Anka, wie geht es dir im Lockdown?, schreibt er nach dem Lied.

Heute Abend machen Chiara und ich ein Streaming-Konzert. Du musst auf diesen Link gehen. Ich freue mich

Die letzten drei Wörter löscht er.

Wir freuen uns, wenn du dabei bist.

Er kopiert den Link in die Nachricht und schickt sie ab.

»Wollen wir echt weiter hier draußen sitzen?«, fragt Philipp.

»Definitiv«, sagt Thorsten. »War so abgemacht.«

Philipp meint, ihm sei kalt. »Und ich bin sowieso im Homeoffice. Ich treff niemanden. Also bin ich auch nicht infiziert.«

»Hol dir 'ne Jacke, wenn du frierst«, sagt Thorsten. »Ich kann auch 'ne Decke holen. Das war die Voraussetzung. Dass wir hier draußen sitzen.«

Thorsten hört Philipp seufzen. Vielleicht war diese Aktion mal wieder ein Fehler. Aber Philipp hat es selbst vorgeschlagen, er wollte unbedingt, dass sie zusammen dieses »Konzert von Jonas und seiner Chiara« gucken. Aber alles, was Philipp will, kippt schnell wieder um.

»In Amsterdam war es abends auch nicht wärmer«, sagt er, nachdem sie eine Weile geschwiegen haben.

»Aber Amsterdam war trotzdem absolut geil«, sagt Philipp.

Seltsam, denkt Thorsten, das hör ich zum ersten Mal. Philipp sagt immer erst später, dass irgendetwas »geil war«. Und dieses nachträgliche Lob, das ist dann ja auch wieder ein indirektes Jammern. »Früher war alles besser.« Vielleicht kann Philipp nur im Rahmen des Gejammers überhaupt etwas Positives von sich geben.

»Sag mal«, fragt Thorsten beim Griff in die Bierkiste, »ich weiß immer noch nicht, was du in dieser einen Nacht gemacht hast. Als du abgehauen bist.«

Philipp atmet tief aus. »Na ja. Wollte ich eigentlich auch nicht erzählen.« Er trinkt. »Kann ich jetzt aber machen. Ist ja schon länger her.« Er trinkt noch einmal, dann spricht er länger, als Thorsten ihn, ohne Gejammer, je hat sprechen hören. »Eigentlich wollt ich in die Bananenbar.« Stattdessen sei er ewig draußen herumgelaufen und am Ende sei er in einer ganz normalen Kneipe gelandet, immerhin habe sich dabei ein Gespräch mit vier Deutschen ergeben, denen habe er vom Rijks und von Madame Tussauds erzählt. »Ich hab gesagt, was du immer über Rembrandt meinst: dass das voll fotografisch gemalt ist, aber dabei viel intensiver als jedes Foto, wie da die Gesichter aus dem Dunkeln raustreten – stimmt ja auch, hab ich nie bestritten! –, aber dass ich Madame Tussauds nicht so geil fand, weil die Figuren genauso unecht wie meine Oma im Sarg aussahen, das fanden die sogar witzig, eine von denen meinte dann, sie fand das auch total kitschig, wie ihre Tante im offenen Sarg lag, wie sone Wachsfigur.« Und dann hätten sie noch über alles Mögliche geredet, er wisse nicht, wie lange.

Am Ende sei er dann noch allein durch die Nacht gelaufen. »Einmal hab ich gehört, dass irgendwo jemand Gitarre gespielt hat. Ich glaub, es hat auch wer gesungen.« Er habe diese Gitarrenklänge danach noch eine Weile im Ohr gehabt, sei irgendwann stehen geblieben und habe aufs Wasser geguckt, es sei ihm vorgekommen, als würden die gespiegelten Lichter zur Musik in seinem Kopf tanzen, irgendwann habe er sich komplett auf eine Bank gelegt und sei eingeschlafen. »Als ich aufgewacht bin, war mir saukalt. Und trotzdem dachte ich, es war schon irgendwie total cool, dass wir nach Amsterdam gefahren sind.«

Na toll, denkt Thorsten. Das hat er mir hinterher aber nicht gesagt. Er hat nur raushängen lassen, dass er froh war, mich mal loszuwerden. Er guckt auf die Uhr. In drei Minuten müsste es anfangen.

»Okay, let's switch our microphones off«, flüstert Yuka ins Headset. »They're starting.«

Zwei Kästchen sieht man oben links, das obere zeigt Mariah, das untere Amy. Daneben sieht Yuka, die linke Bildschirmhälfte komplett ausfüllend, Chiara im Schneidersitz, zwischen zwei kleinen schwarzen Boxen auf einem Sofa, die rechte Hälfte des Bildschirms zeigt Jonas, der mit seiner Gitarre auf einer Matratze hockt.

Does she know we are watching her?, schreibt Mariah im Chat.

»Hallo«, sagt Chiara auf dem Bildschirm. Die nächsten Sätze, ebenfalls auf Deutsch, versteht Yuka natürlich nicht.

Well, she doesn't care we don't unterstand her :-(, antwortet Amy.

Yuka überlegt und schreibt: *She only speaks German because she does not want to sound pretentious, like: Oh we are so famous! The whole world is watching us! :-)*

Inzwischen kennt sie die Amsterdam-Videos mit Chiara und Jonas fast auswendig. Einmal kam es ihr beim Anschauen vor, als würde sie selbst Chiaras Bewegungen steuern, nur mit ihrem

Gehirn. Hier aber, beim Livestream, bewegt sich Chiara wieder von allein. Ungewohnt ist das. Nun spricht Jonas, ebenfalls auf Deutsch. Er stimmt seine Gitarre, Chiara macht irgendwas mit einer Tastatur. Yukas Herz klopft schneller. Sie hätte nicht gedacht, dass dieses Online-Konzert sie derartig aufregt. Seit der Reise hat sie Chiara nur auf den Videos gesehen, aber die zeigten ja nur, was *vorher* war. Und nicht, was *dann* kam.

Nach dem Abend, an dem *es* geschah, lag Yuka im Schlafzimmer auf dem Parkett. Mariah hatte sie erst eine halbe Stunde lang angeschrien und dann »I will not lie in that bed with you anymore!« gesagt, um sich mit einer Wolldecke auf den Boden zu legen, sodass Yuka sich natürlich nicht allein im Bett ausbreiten wollte, sie nahm noch nicht mal die Bettdecke mit auf den Boden, sie legte sich einfach nur aufs Parkett, auf die andere Seite. Mariah schlief überraschend schnell ein, Yuka lag wach, schnell taten ihr alle Knochen weh, gegen fünf Uhr hielt sie es nicht mehr aus, aufstehen musste sie, weg von hier, draußen herumlaufen, sie wollte auf keinen Fall Mariah wecken, nicht von ihrem Blick getroffen werden, so leise wie möglich zog sie ihre Leggins an, die auf dem Boden herumlag, schlüpfte in die Hausschuhe und verließ die Wohnung im T-Shirt, obgleich es saukalt war. Sie ging und ging, bis ihr auf einmal dieses Mädchen gegenüberstand, von dem sie zuerst dachte, es wäre Chiara, sie zuckte heftig zusammen, auch vorher hatte sie schon die ganze Zeit gebibbert, das Mädchen, das definitiv nicht Chiara war, sondern einen verstörend schiefen Mund hatte, sagte: »Hey! You freezing. You want my blanket?« Sie griff nach Yukas Hand und zog sie zu einer Bank. »You wait here!« Sie brachte ihr eine Decke, legte sie ihr um den Oberkörper und ließ die Hände auf ihren Schultern ruhen. In diesem Moment brachen die Tränen, deren Existenzberechtigung Yuka bis jetzt verleugnet hatte, mit einem Mal aus ihr heraus.

»Good you cried«, sagte das Mädchen nach einigen Minuten. »Very good. Now give back the blanket«, schon sprang sie auf und zog mit heftigem Ruck die Decke weg. Nun musste Yuka lachen. »Hey you! Thank you!«, rief sie dem Mädchen hinterher.

Das Mädchen drehte sich um. »Who are you? What do you do in life?«

»I am Yuka. Well … I was hoping to be a dancer.«

«Ah! A dancer! Very good.« Das Mädchen hob sein Kinn. »I am a singer! Since yesterday.« Darauf breitete sie die Arme aus. Wollte sie mitten in der Nacht laut singen? Nein, sie drehte sich abrupt um und ging weiter. Yuka blieb auf der Bank, die Müdigkeit übertrumpfte die Kälte.

Am Morgen hatten Mariah und Amy frisch gewaschenes Haar und rochen gut, der Frühstückstisch war gedeckt, sie gossen Yuka sogar Kaffee ein, war das eine Henkersmahlzeit? Nein, sie sagten, während Yuka keinen Bissen runterbekam, sie seien zu einer Entscheidung gekommen: »Point one: Let's forget about that German bitch. Point two: We are here to dance. Full stop.« Sie wollten an diesem Tag auf jeden Fall eine Performance in der Stadt machen. Beim Proben war Yuka auf der Hut, vielleicht würden die zwei ihr beim Tanzen das Genick brechen, aber nein, nichts Böses passierte, irgendwann fühlte sie sich wieder sicher, nur ihr Magen war löchrig, sie hatte fast nichts gegessen. Und sie wusste, sobald das Tanzen vorbei war, bildeten die zwei wieder eine Gemeinschaft, zu der sie selbst nicht mehr gehörte.

Auf dem Display singt Chiara jetzt eins ihrer deutschen Lieder. Yuka kennt dieses Stück nicht, auch die Bassbegleitung ist neu für sie, der Bass macht die Musik wärmer, gleichzeitig spürt sie, wie Chiaras leise Stimme sie erregt und erbeben lässt, sie muss achtgeben: Amy und Mariah können sie auf ihren

Bildschirmen sehen, hoffentlich nur in klein. Yuka weiß nicht, wie gut sie jetzt ihre Mimik unter Kontrolle hat.

Rechts auf dem Bildschirm sieht man Chiaras Musikpartner aus Amsterdam. Wie heißt der noch mal? Er hält seine Gitarre im Arm, ohne zu spielen. Hanna hört, wie Chiara ein Lied singt, das sie noch nicht kennt, irgendwas mit Grachten.

»Wo kommt denn die Gitarre her? Und die tiefen Töne?«, fragt sie Richard. »Ich meine, wieso hört man das jetzt? Er spielt doch nicht.«

»Das haben sie alles vorher aufgenommen«, sagt Richard.

»Das hab ich auch schon kapiert! Ich meine, kommt das aus den Boxen? Die da auf ihrem Sofa stehen?«

»Wahrscheinlich.«

Richard kaut Chips, sehr rhythmisch, es passt zum Takt des Liedes. Ist das Zufall, Absicht oder unbewusst? Jedenfalls macht es Hanna nervös: wie er dasitzt und schweigend Chiara auf dem Bildschirm anguckt. Natürlich ist diese Nervosität Unfug, Hanna weiß, Richard findet Chiara nicht anziehend, dennoch sträubt sich etwas in ihr dagegen, dass er jetzt neugierig Chiara zusieht und zuhört, allerdings will sie auch nicht, dass er mit den Gedanken woanders ist, und schon gar nicht soll er Chiara peinlich finden, was wahrscheinlich wieder mal der Fall ist. Chiara singt, als hätte sie das Publikum vor den Bildschirmen vergessen, und Hanna merkt, man muss ihr einfach zuhören. Richard könnte jetzt endlich mal aufstehen und irgendwas anderes machen, in seinem Arbeitszimmer. Wenn Hanna Chiara allein vor sich hat, wenn sie niemand anderem beim Zuhören zusehen muss, erst dann genießt sie es, Chiara singen zu hören.

Sie schaut diesen Gitarristen an, der inzwischen parallel zu Chiara den Mund bewegt. Es gab in Hannas Schulzeit einen

Jungen, der so ähnlich guckte wie der, Pedro, er spielte Geige, er hatte sie manchmal mit ihrem Cello im Bus gesehen und fragte irgendwann errötend, ob sie nicht zusammen Musik machen wollten. »Ich überleg's mir«, antwortete sie und sagte schließlich Nein. Er sollte ihr Gekrächze nicht hören. Kurz danach fuhr er nicht mehr mit dem Bus, und sie sah ihn nicht wieder.

Manchmal ist es gut, dass man so etwas vergisst. Aber auch eine ganz leichte Freude, wenn es einem plötzlich wieder einfällt.

Eine Nachricht erscheint im Chat: *Hey Yuka! Why do you look so sceptical?*

Sie erschrickt. Dann schreibt sie zurück: *So you like it?*

Mariah antwortet: *I'm still not too fond of HER. But I like IT. The music. It's like in Amsterdam. Like red wine and strawberry punch! :-)*

Amy antwortet mit einem erhobenen Daumen.

Verdammt, gleich kommen Yuka selbst noch die Tränen. Natürlich sind Mariah und sie kein Paar mehr. Aber vielleicht können sie ja demnächst wieder etwas lockerer miteinander reden.

»So wie jetzt, so hat die doch auch in Amsterdam gesungen. So ganz leise«, sagt Philipp. »Boah, ist das krass.«

Thorsten findet nichts von dem *krass*, was er da sieht und hört. Jonas sieht auf dem Bildschirm weggetreten aus, so ähnlich wie Philipp, aber andererseits, dieser Bass, in Verbindung mit ihrer Säuselstimme, das hat was von der Dunkelheit, die Rembrandts Gesichter umgibt, und vielleicht hat es sich ja doch gelohnt, Philipp in all die Museen mitzuschleppen, ihn in den Hintern zu treten, immerhin sitzen Philipp und er jetzt endlich mal wieder zusammen und denken gechillt an ihre Reise zurück. Das nächste Lied singt Jonas, von Chiara hört man eine zweite Stimme, allerdings nicht live. Thorsten fällt wieder ein, wie er selbst früher oft selbst gesungen hat, *Nothing Else Matters* und so was, als er allein wohnte und niemand es mitbekam, manchmal in der Küche, manchmal im Bad. Irgendwie hat er sich das total abgewöhnt. Er könnte mal wieder auf dem Weg zur Arbeit Metallica hören und einfach mitsingen. In letzter Zeit schreit er hinter der Windschutzscheibe manchmal andere Autos an.

Nun kommt ein Song, den Hanna gut kennt. Es ist das Ausguss-Lied. Das letzte Mal hat sie es bei ihrer Hochzeit gehört, sie selbst hatte es sich gewünscht, angetrieben durch das Wohlwollen, von dem sie selbst an diesem Tag überschwemmt wurde. Danach singen die beiden im Duett, zweistimmig, wobei Chiaras Stimme vom Laptop zu kommen scheint. Die passive Chiara auf dem Sofa lächelt etwas verlegen in die Kamera, dann schließt sie die Augen. Hanna hätte Lust, wieder wie früher neben ihr in einem verdunkelten Raum zu hocken, mit Taschenlampen, als wäre es schon Nacht. Auch jetzt hat sie beinah ihr Zeitgefühl verloren, ihr fällt auf, Richard ist weg. Wie lang schon? Und wie lang läuft jetzt schon das Konzert? So oder so weiß Hanna, sie wird gleich eine Chatnachricht schreiben und sich eine Zugabe wünschen, *Haus am See.*

Auf Jonas' Display friert das Bild ein, dann verschwindet es. Er schaut auf die Chatnachrichten.

Hey Jonas, geiler Gig!, schreibt Kasimir. *Da weiß ich doch wieder, warum ich dich damals in meine Band geholt hab.*

Steht da wirklich »in meine Band«? Ja. Und ohne Smiley dahinter.

Bei uns ist jetzt die neue Freundin von André am Bass. Na ja, warum nicht? Ist aber ganz schön ungewohnt für mich. Muss ich bald mal mehr von erzählen!

Es folgt eine Nachricht seiner Eltern. Sie endet tatsächlich mit *Deine Eltern*. Und vorher: *Wir freuen uns, dass du offenbar einen schönen Weg gefunden hast, die Musik neben dem Studium weiter als Hobby zu betreiben.* Na ja. Hauptsache sie freuen sich.

Anka schreibt: *Cool! Melde dich mal :-)*

Und dann Verena: *Yeah! Was ich eben gesehen und gehört hab, das war wirklich Jonas. Gut, dass du nicht mehr bei Wunderwerk bist.*

Jetzt musst du nur noch aufhören, dich zu verstecken, wenn ich in eurer WG bin. Aber das dauert ja noch etwas. Bis dahin! LG Verena

Jonas weiß, auch jetzt versteckt er sich in der WG. Er weiß, Charlotte und ihr Freund haben drüben gemeinsam zugeschaut. Aber noch kommt es ihm vor, als wäre er in einem anderen Haus, mit Chiara neben sich und den Zuhörern vor seiner Nase, dieser Ort wird leider in sich zusammenfallen, sobald er die Zimmertür öffnet. Das darf noch ein bisschen dauern.

Chiara sieht, alle drei Amerikanerinnen haben Nachrichten im Chat hinterlassen, da stehen Wörter wie *awesome* und *terrific*, na gut, das könnte man auch behaupten, ohne wirklich zugehört zu haben. Immerhin schreibt Mariah, Chiaras Stimme habe oft leise und gleichzeitig so nah geklungen, als wären sie wieder im selben Zimmer. Yuka schreibt: *We were so stupid. Let's keep in touch* und dass manchmal Kontakt auf Distanz besser sei, diese Nachricht bringt nun doch Juckreiz auf Chiaras Haut, aber nicht den schlimmen Juckreiz, sondern den coolen, der schnell in ein schönes Kribbeln übergeht. Nur Amy hat sich nicht gemeldet. Soll Chiara ihr von sich aus schreiben, einzeln? Vielleicht morgen, im Laufe des Tages. Mit etwas Glück fällt ihr etwas Passendes ein.

Nun kommt eine Nachricht von Hanna. *Danke für »Haus am See«! Es war wie bei der Hochzeit, auch vorher!* Dann zeigt der Bildschirm, dass Jonas sie anruft, sie klickt drauf und sieht wieder sein Gesicht.

»Hey! Ich les grade die ganzen Nachrichten.«

»Ich auch«, sagt Jonas. »Wir müssen das weitermachen. Unbedingt.«

»Hat irgendwer denn was anderes behauptet?« Sie lacht. Jonas hebt an, sich zu erklären, »Ist schon gut«, würgt sie ihn ab, er nickt und scheint erleichtert.

Wieder eine neue Nachricht, diesmal auf ihrem Handy. Chiaras Nachbarin hat ihr geschrieben, die Geschichtestudentin, die keine Haare hat.

Hey Chiara, ich nehm mir jetzt 'ne Flasche Bier und setz mich auf den Balkon. Gibt ja was zu feiern. Kommst du dazu?

»Ich werd grad zum Biertrinken eingeladen«, sagt sie zu Jonas, »von meiner Nachbarin.«

»Oh! Hört sich gut an. Und ich geh zu Charlotte und Jonathan. Die klopfen grad bei mir an der Tür.«

Chiara antwortet ihrer Nachbarin: *Bin gleich da!*

»Ich komme sofort!«, ruft Jonas.

»Klar, kein Problem, lass dir Zeit!«, hört er draußen Charlotte.

Chiara und er verabschieden sich. Gleich werden sie beide bei Menschen sein, die eben noch ihre Musik gehört haben, es wird sich anfühlen, als verbrächten sie den Abend weiter zusammen.

»Bin gleich da!«, sagt er, steht auf und öffnet die Tür.

Danksagung

Oft hört man, Schreiben sei eine einsame Tätigkeit – aber zum Glück ist das nicht zwangsläufig so. Ich danke allen, die diesen Roman bei seiner Entstehung begleitet haben, mit ihren Eindrücken, Einschätzungen und Ideen, bei anregenden Gesprächen oder auch durch aufmerksames Test-Lesen:

Claudia, Detlev, Juliane, Gero, Hendrik, Holger, Katharina, Kerstin, Liane, Markus, Sarah, Stefan, Steffie, Thomas sowie dem Kölner Literatur-Atelier und der UPH-Schreibgruppe.

Zudem danke ich Barbara Giller und Alexander Potyka für ihre Initiative, durch die zum zweiten Mal ein Text von mir zu einem Buch werden durfte. Und für die sehr angenehme gemeinsame Arbeit.